新装版

野望街道

豊田行二

祥伝社文庫

目次

寝室の情報

1

中丸恭子《なかまるきようこ》の固く尖《とが》った左の乳首を吸うと、かなり強く女の匂いがした。それは、本来は女の亀裂から発しているべき匂いである。それが乳首から立ちのぼっているのは、先ほど、円城寺竜之介《えんじようじりゆうのすけ》が恭子にキスをしながら、濡れた亀裂《きれつ》に指を使い、その指で乳首をつまんだからである。

ベッドに入る前に、恭子はバスルームでシャワーを浴びている。それにもかかわらず、亀裂の匂いが乳首についたのは、洗い方が乱暴だったからだろう。

三十二歳といっても、恭子は独身である。人妻のように入念に亀裂を洗う習慣は持ち合わせていないのだろう。

竜之介は乳房への入念な愛撫を行なってから、亀裂へも舌の愛撫を行なうつもりである。そのときに出会うはずの匂いにひと足早く出会って、竜之介は苦笑した。けっして悪い匂いではない。むしろ、男の理性を痺《しび》れさせ、欲情をくすぐる、妖《あや》しい匂いである。

竜之介は女の匂いをむさぼるように左の乳房を舌で愛撫した。ふと、気がついて、右の乳首にも、舌を這《は》わせる。右の乳首からは女の匂いはしなかった。

竜之介は乳房にたわむれるときに、どうしても左側の乳房を愛撫する癖がある。手で愛撫するときも、左側が優先的になる。左の乳首に女の匂いがついていて、右にはついていなかったということは、右の乳首は指でつままなかったことになる。

ほんの儀礼的に右の乳首に挨拶をすると、竜之介はふたたび女の匂いのする左の乳首に唇を戻した。

「あーっ……」

恭子はいささかオーバーに、大きな声を上げ、体をよじる。

それは、いつも会社で見せている、とりすました表情の恭子からは想像ができないものだった。

恭子は社長秘書である。営業第三課の竜之介にとっては、美人の社長秘書は、高嶺《たかね》の花だった。それが、成り行きで、今夜、肌を合わせるようになったのだから、女は口説《くど》いてみなければ分からない、と思う。

竜之介は堪能《たんのう》するまで乳房に戯《たわむ》れると、予定どおり、唇を下方にすべらせ、茂みに顔を埋めた。

ひときわ高く女の匂いが竜之介を包む。その匂いに竜之介は後頭部が甘く痺れるのを感じた。

舌を伸ばして、茂みの下方の亀裂を探る。

恭子は竜之介が舌を使いやすいように、両足を開いた。女の蜜が舌を迎えた。指で探索したときよりもはるかに多い蜜液が熱く溢《あふ》れている。舌が亀裂の上部の固い小突起を探り当てると、恭子は女体をピクンと弾《はず》ませた。

女体の亀裂の入口にある、固い小突起はガードしている厚いベールから、半分ほど頭を覗《のぞ》かせていた。竜之介はその剝《む》き出しになった頭を舌の先で優しく愛撫する。

「アーッ……」

恭子は信じられないほど大きな声を出して、のけぞった。

恭子は処女ではない。竜之介は恭子を抱いた男を、ふたり知っている。

ひとりは、元社長で前会長の武山竹四郎《たけやまたけしろう》で、もうひとりは、竜之介が最も尊敬していた、前営業第一課長の重村《しげむら》だった。重村は竜之介よりも三歳年上で、大学の先輩でもある。

営業第一課長のポストは重役への最短コースとみられているエリートのポストだった。

重村も何かと竜之介には目をかけて、あれこれ貴重なアドバイスを与えてくれていた。

その重村は三カ月前に、出張先のヨーロッパで、乗っていた乗用車が高速道路で追突事故を起こして即死してしまった。

死の出張に出る前に、竜之介は重村とふたりだけで、酒を飲んだ。そのときに、重村は社長秘書の中丸恭子と関係を持っていることを打ち明けたのだ。

「中丸恭子は前会長の武山竹四郎さんが社長時代に手をつけた女だけど、そいつをオレがいただいた、というわけさ」

重村はそう言って豪快に笑ったものだ。

「先輩。何も、将来を嘱望《しよくぼう》されているのに、オフィス・ラブの危ない橋を渡ることはないじゃありませんか」

竜之介はたしなめるように言った。

「ただの遊びじゃない。中丸恭子はオレにとって大切な情報源さ。彼女をベッドで抱きながら、社長がどんなことを考えているか、どんな社員の出現を望んでいるかそいつを聞き出す。誰が社長を訪ねて来て何を話していったかを聞き出す。それでだいたい、会社がどっちを向いて進んでいるかは分かる。オレはそれを出世に活用しているのだ。オフィス・ラブといっても君が考えているような、お遊びじゃないよ」

重村はそう言った。そんな重村を竜之介はますます尊敬したものだった。

その重村の死を知ったとき、竜之介は重村の生き方を真似《まね》てみようと思った。そのためには、何としても、社長秘書の中丸恭子を手に入れなければならなかった。

竜之介は恭子を食事に誘った。そして、重村からあなたのことは聞いていました、と言った。

「先輩は、オレに何かあったら、中丸恭子を可愛がってやってくれ、といつも言っていました。僕も、何かあったら女房をよろしく、と言っていました。よろしく、というのは、僕の代わりに抱いてやってください、という意味です。男はお互いに心を許し合ったものにはそう言って後事を託すものなのです」

食事をしながらそう言う。それで、恭子は竜之介に抱かれることを了承したのだ。

2

竜之介は恭子を一流のホテルに誘った。

竜之介は重村から恭子の体の攻め方については何も聞いてはいなかった。だから、どこをどう攻めればいいのかは、試行錯誤《しこうさくご》を繰り返して覚えていくほかはない。

恭子の亀裂は短めだった。

恭子の身長は一メートル六十五センチ。女にしては大柄である。竜之介は一メートル六十七センチだから、差はほとんどない。

大柄な女は、一般に、亀裂も長い。それが短いのは、恭子の胴が短いからかもしれない。日本人は、胴が長く、足が短い。恭子は欧米人のように、胴が短く、足が長かった。

室内の明かりは落としてあるが真っ暗ではない。お互いの表情が識別できる程度には明るくしてある。薄暗い明かりに眼が馴《な》れると、入り組んだ女の亀裂の内部の凹凸《おうとつ》も、はっきり分かる。

亀裂の両側に伸びている一対の淫唇《いんしん》は、腫《は》れぼったい感じがした。独身の女性にしても、発達している。しかし、醜いほど、異常に発達しているわけではない。

亀裂はときおり全体が収縮し、長さがさらに短くなる。竜之介はしばらく複雑怪奇な形状をしている恭子の亀裂に舌を使った。

妻の霧子《きりこ》には、ここ数年間はしたことがない愛撫である。霧子は竜之介が亀裂に舌を使おうとすると、そんなことはするものではありません、と言って拒《こば》む。無理に強行すると怒り出してしまう。

どうやら、霧子は亀裂を不浄の場所、と勝手に思い込んでいるようである。つまり、亀裂に舌を使う行為は、竜之介にとっては禁じられた行為だったのである。

それだけに、竜之介は熱心に舌を使った。舌にからみつく蜜液の味も香りも珍しかったし、舌の動きに、声を出しながら全身をピクンとさせる女体の反応も珍しかった。

しかし、馴れない愛撫だけに、しばらくすると竜之介は舌が疲れて、つったような感じになった。竜之介はしかたなく、その部分への愛撫を、舌から指に切り換えた。

まず、中指を内側に進入させる。内側は余裕が感じられた。中指を締めつけてくる力もそれほど強くない。

通路の真上の部分は天井が低くなっていて、無数のひび割れがあった。左右の天井は高く、ちょうど、トンネルの内部が中央で仕切られた感じである。

竜之介は左右の通路に一本ずつ、指を入れることにした。二本の指を揃え、指の腹を上に向けて、挿入を試みる。

「痛いわ、無茶しないで」

黙って体を委《ゆだ》ねていた恭子が初めて顔をしかめてそう言った。亀裂の短い亀裂は、弛《ゆる》やかな内側とはうらはらに入口は狭い。

「重村さんは、そうすると、いつも指は一本だけしか入れなかったのかな」

竜之介はそう言いながら、改めて、中指だけを入れて、ゆっくりと内部を掻き回した。

「今、何本入れてるの？」

「一本だよ」

柔らかく中指を締めつけながら、小さな声で恭子は聞く。

「感じが違うわ。もっと、中が充《み》たされていたもの。わたし、指で内側を愛撫されるのも好きよ。そうね、むしろ、外側を愛撫されるよりも好きかもしれない。でも、こんな物足りない感じではなかったわ」

「だったら、重村さんは、二本入れていたことになる」

竜之介は中指を抜いた。

「でも、さっきみたいに、入れるときに痛くなかったわ」

いかにも、竜之介の技術がヘタだと言わんばかりの恭子の口振りだった。

竜之介は二本の指を揃えるのではなく、重ねることを思いついた。中指の腹に人差し指の背面を重ねると、ちょうど、碁を打つときに碁石を指先ではさむ形になった。その形で、指の腹を上に向けて女体に挿入する。

今度は、スムーズに二本の指が進入した。進入させてから、重ねていた指を揃える。

恭子は強く二本の指を締めつけてきた。

「これよ、この感じ」

恭子は体をくねらせながら嬉《うれ》しそうに叫んだ。

竜之介は指を手前に折り曲げるようにした。低い天井を両側からはさみつけるようにして、高い左右の天井を押す。

「あっ……」

恭子はヒップを持ち上げた。

「その感じよ……」

あえぎながらそう言う。

竜之介は指先で高い天井を引っ掻くようにした。

「あうっ……」

恭子はヒップをシーツにバウンドさせた。

「いいのかね」

「オシッコ、チビりそう……」

恭子は泣きそうな声で言う。

竜之介は指の攻撃を続けた。

右手の指で女体の内側を攻めながら、遊んでいる左手で、茂みの生《は》えた恥骨《ちこつ》の丘のふくらみを撫《な》でる。恥骨の丘のふくらみは、発達し、小山のように盛り上がっている。

男を狂喜させるふくらみだな、と竜之介は舌なめずりをした。恥骨の丘は発達していればいるほどいい。恥骨の発達していない女体は抱いても圧迫してくる感じがなく、まるで面白《おもしろ》くない。

重村先輩は、情報をとるため、と言いながら、結構楽しんでいたようだな、と竜之介は恥骨のふくらみを撫でながら思った。

竜之介は、さらに、右手の親指を前戯に参加させた。女体の最も敏感な小突起をベールの上から押さえたのだ。

「あーっ……」

恭子はゆっくりとヒップを持ち上げ、中空に腰で円を描いた。

竜之介は親指で小突起を押し回す。

「いいわ……」

恭子は心の底から絞り出すような声で言った。

男はともすれば、女体により強烈な快感を与えようとして、小突起のベールを押し下げて、剝《む》き出しにしたものを指で刺激したがるところがある。

しかし、剝き出しにされた小突起を指で刺激されて喜ぶのは、四十代から上の、感覚が鈍《にぶ》ってきたベテランの女性だけである。三十代までの女性は、そんなことをされれば、ピリピリして飛び上がるだけである。小突起への刺激は、ベール越しに行なうのが、正しい女体の愛撫法である。

「重村さんと比べて悪いけど、あなたの指の使い方のほうが上手《じょうず》だわ」

恭子は震《ふる》える声で言う。

「重村さんにさわられると、ピリピリしてあまりよくなかったわ」

そう言う。重村先輩も小突起のベールを剝いてから小突起を刺激する誤りを犯していたのだな、と竜之介は思った。

右手の三本の指と左手の愛撫で女体は蜜液を激しく溢れさせた。

挿入している二本の指を伝って蜜液が外に溢れ出る。溢れ出た蜜液は右手の手のひらに溜まるほどだった。竜之介は挿入していた二本の指を小さく前後に動かした。

「あっ……」

恭子は女体を弾ませた。ヒップでベッドを叩くように激しくバウンドさせる。それほど激しい反応をみせた女は初めてだった。

これまで竜之介が抱いた女たちは、ベッドではおしとやかにするものだ、と思っているように反応が控えめだった。そういった女たちに比べると、恭子は奔放だった。

竜之介はベッドで奔放な乱れ方をみせる恭子に、知性を感じた。頭のいい女性だから、ここまで乱れるのだろう、と思う。乱れることで男が喜ぶことを恭子は知っている女だった。

恭子はしきりに背中を持ち上げるようにした。クライマックスに達したがっているのだな、と竜之介は思った。

3

恭子はクライマックスに達したがっていたが、なかなかのぼりつめようとはしなかった。

どうやら、恭子はクライマックスに到達する一歩手前で、ブレーキをかけているようだった。指の愛撫だけでクライマックスに押し上げられることに抵抗しているようだった。結合を待っているのだな、と竜之介は考えた。

それなら、ひとつになってクライマックスに導いてやるべきである。竜之介の欲棒は準備を完了した状態で今か今かと出番を待っている。

竜之介はひとつになる前に、欲棒のサイズを恭子に確認させておくべきだと思った。

恭子の手を取って、欲棒に導く。恭子はおずおずと欲棒を握り、まず、硬度を確かめるように強くつかんだ。

老人の愛人だった女は、男の欲棒の硬度をまず確かめる癖がある。勃起《ぼっき》力が弱く、硬度不足が常識の老人と寝るときには、可能かどうかを、まず、欲棒の状態で判断しなければならない。この程度の硬度があれば可能で、この程度ではダメだ、ということを指で確かめなければならないからだ。

恭子は老人にない硬度を確かめると、嬉しそうに溜息をついた。今度は欲棒に指をスライドさせて、長さを確かめる。

「凄《すご》いのね。とても固くて、とても大きいわ」

恭子はそう言って、ツバを呑み込んだ。

「入るよ」

竜之介はそう言った。

「いいの？　ホントに？」

恭子は欲棒をつかんだまま、じっと竜之介を見つめた。

「わたしを抱いた男は、みんな死んでしまうのよ。前会長の武山竹四郎さんはわたしを抱いた直後に死んじゃったし、重村さんもヨーロッパに出発する当日、わたしを抱いていって、交通事故で死んでしまったわ。あなたもわたしを抱いたら死んじゃうかもしれないわ。それでもいいの？」

恭子はそう言いながら、欲棒に変化が現われないかどうかを見るように、つかんだ指に力を入れた。

「そんなの平気だよ。君にそんな変なジンクスがあるのなら、僕が打ち破ってやるよ」

竜之介はそう言った。それが口だけではない証拠に、欲棒にまるで変化はない。欲棒は恭子を欲しがった状態を続けている。

「嬉しいわ」

恭子はうなずいて、両足を大きく開き、竜之介を迎える形をとった。

竜之介はその両足の間に膝《ひざ》をついた。

ゆっくりと体を重ねる。

恭子が欲棒をつかんで入口に導いた。

竜之介は恭子とひとつになった。恭子の熱く濡れた襞《ひだ》が柔らかく欲棒を包む。欲棒はすっぽりと根元まで包み込まれた。柔らかい襞に、リズミカルに締めつけてくる力が生まれた。

恭子はゆっくりと腰を使った
その動きに合わせて竜之介も出没運動を行なう。

「あーん……」

恭子はシーツを握りしめ、大声で叫びながら、腰を突き上げる。

やがて、女体は小刻みに震えはじめた。クライマックスが近づいたのだ。

「スキンはつけなくてもいいのかね」

竜之介は恭子に尋《たず》ねた。装着の必要があれば、そろそろつけたほうがいい。

「ねえ……、わたし……、あーっ……」

あえぎながら恭子はそう言い、グイ、と背中を持ち上げる。ピクン、ピクンと女体が弾む。同時に、ヒクヒクと女体の通路が収縮を開始した。

「いくぅ……」

恭子は呻《うめ》く。

「一緒に、お願い……」

恭子は竜之介が自分のクライマックスに合わせて男のリキッドを噴射することを望んだ。

竜之介はもっと楽しみたいと思った。しかし、最初の肌合わせを成功させるには、女の意思を尊重するに限る。竜之介は動きを速めて、リキッドを噴射した。

「熱いわ……」

男のリキッドを受けとめて恭子は呻く。呻き声に満足そうな響きがあった。

4

やがて、持ち上げられていた背中が平らになり、欲棒を捕えていた力が消えていった。欲棒も力を失う。

柔らかく縮んだ欲棒は静かに押し出された。

竜之介はナイトテーブルの上に用意しておいたティッシュペーパーで恭子の後始末をしようとした。

「自分でするわ」

恭子は竜之介の後始末を断わった。

女には、後始末は男に委《まか》せて、ジッとしている者もいれば、男に後始末をしてもらうのをいやがる者もいる。例外もあるが、総じて前者は甘えるタイプであり、後者は独立心が強く、気も強い。

竜之介は自分の後始末だけすると、仰向《あおむ》けになった。

「よかったわ」

恭子は竜之介の胸に手を回し後始末をすませた茂みを押しつけてきた。

「あなたの家庭はけっしてこわさないから、時々、こうやって外で会ってくださらない?」

竜之介の柔らかくなった欲棒を握ってそう言う。

「君さえよければ、毎週、火曜日の夜をふたりで過ごすことにしてもいいよ」

竜之介は恭子を抱き寄せて言った。

竜之介の会社では、毎週、火曜日に常務会が行なわれる。常務会には常務以上の役員が出席するが、役員以外ではただひとり、会議の記録係として、社長秘書の恭子が同席を命じられている。

同じ会社に勤める男女がベッドを共にすれば、寝物語は当然、会社の話題が大部分を占《し》めることになる。常務会が行なわれた火曜日の夜に恭子と同衾《どうきん》すれば、常務会で話し合われた最もホットなニュースを知ることができる。

それは、常務以下の役員では、誰も知らないニュースである。情報は人よりもいかに早く知るかが重要である。情報を得る時間が遅いものは、まず、出世の見込みはない。

「わたしは金曜日のほうがいいのだけど。金曜日なら、あくる日の土曜日がお休みだから翌日の服装を用意する必要もないし、朝もゆっくり甘えられるのに」

恭子そう言う。

「金曜日は課長からマージャンに誘われることが多いし、部長から泊まりがけのゴルフの運転手を命じられることが多いから、自由になるのは月に一度ぐらいだよ」

竜之介はそう言った。

課長からマージャンに誘われることもあるが、それは月に一度程度である。

部長に泊まりがけのゴルフの運転手を命じられるのは、半年に一回ぐらいのものである。だから、実際には、それほど金曜日の夜が忙しいわけではない。

竜之介が敢《あ》えてそう言ったのは、毎週、金曜日に寝るとなると、恭子との関係が抜き差しならなくなるほど深くなるのではないか、と思ったからである。

金曜日の夜は、翌日が休みなのでゆっくりできる。朝、目を覚ましてから、また、肌を合わせることになるだろう。そうすると、昼近くまで、ベッドでまどろむことになり、結局、別れるきっかけがつかめず、土曜日の夜も、一緒に過ごすようになる。

そういったことが重なれば、金曜日と土曜日の二泊が当たり前のことになり、最後には、日曜日も泊まって、週末には自宅に帰らないのが常識になりかねない。

そうなれば、当然、妻が黙っていない。月曜日の朝、会社に押しかけて来て、泣いたりわめいたりするかもしれない。

そんなことになれば、家庭はひびが入ってしまうし、出世どころではなくなってしまう。それではせっかくの恭子の情報も意味がなくなる。だから、竜之介は金曜日は体が自由にならない、と言ったのだ。

「しかたがないわ。火曜日でいい。月に一回なんて、わたし、イヤよ」

恭子は溜息をつきながらそう言った。

竜之介は、その夜は、敢えて会社の話はしなかった。いかにも、情報が欲しくて社長秘書に近づいたように思われるのがイヤだったからだ。

焦《あせ》らなくても、肌を合わせる回数を重ねていけば、情報は向こうのほうから飛び込んでくる。

次の火曜日に恭子と寝たときには、重村先輩をいかに尊敬していたか、を話した。

「こうやってわたしと寝るのは重村さんへの義理からなの？」

恭子は悲しそうな顔をした。どうやら、死んだ者のことは早く忘れたいような感じである。賢い女性なので、そのあたりの頭の切り換えも早いのだろう。

「尊敬する重村さんから、オレにもしものことがあったら、中丸恭子を頼むぞ、と言われていたので、先日は義理に誘ったのも確かだ。でも、肌を合わせてみて、さすがに重村さんが大切にしていた女性だ、とあなたを見直したのも、事実だよ。今は遺言に義理だてしてあなたを抱いているのではない。僕自身が抱きたいから抱いている」

竜之介はそう言った。半分は本心だった。

しかし、家庭を犠牲にするつもりもない。

「それを聞いて安心したわ」

恭子は嬉しそうな笑顔になった。

「今日の常務会は、次の課長クラスの人事異動が議題だったわ」

肌を合わせたあとで、恭子はそう言った。

「人事担当の北原《きたはら》常務は、第一営業課長にあなたの上司の雨宮《あまみや》第三課長を持ってくる案を出し、倉沢《くらさわ》社長は条件つきで了承したわ」

「条件つき?」

「社長は雨宮課長をあまり買っていないのね。だから、雨宮課長は一年だけで、ヨーロッパ支社に出して、有能な次の課長を決めること、という条件よ。今の営業第一課長の吉岡《よしおか》さんも、死んだ重村さんのピンチヒッターで起用されたのだけど、重村さんほどの切れ者ではないので、社長は不満なのね」

「有能な次の課長って、誰のことかな」

「それは決まっていないわ。今度の異動の前に、課長候補の係長に、『わが社は何をなすべきか』というテーマでレポートを提出させ、課長昇級者を決め、新しく課長になった人も含めて、今度は課長会議でこの問題をディスカッションさせ、それをポスト雨宮にする、というのが社長の考えよ」

「それで、社長はどんなレポートを期待しているのかね」

「うちの会社は、食品加工販売を主たる業務とした会社だけど、これからは、バイオ産業に食品加工の技術を活用し、むしろ、食品加工は副業的にすべきだ、というのが社長の考え方よ」

恭子はそう言う。

いよいよ情報が向こうから飛び込んできはじめたな、と竜之介は恭子を抱いたままニヤリとした。

5

毎週、火曜日に恭子と会うという約束をしたものも、わずか、三回目で竜之介は懐《ふところ》がピンチに陥《おちい》ってしまった。

毎回、食事をして、一流ホテルに泊まるとなると、係長クラスのサラリーマンは財布がもたない。妻の霧子に内緒で、マージャンやゴルフで勝った金をためていたヘソクリは、わずか、三回のデイトですっかり消えてしまった。

次のデイトの資金は、いよいよ、サラ金に頼るしかないな……。

そんなことを考えると、欲棒から力が抜けてしまう。

「ねえ、何か心配ごとがあるのじゃない？」

恭子はベッドに入っても固くならない欲棒を握って、竜之介の顔を覗き込んだ。

「ちょっと仕事で課長と意見が対立しちゃってね」

竜之介はそう言った。

「雨宮課長なら、営業第一課長に一応栄転するけど、そのあとでヨーロッパに島流しが決まっているのだから、気にすることはないわ。わたしが元気にしてあげる」

恭子はそう言うと、いきなり体をずらして欲棒をくわえてきた。そんなサービスを受けると、欲棒も可能な状態になる。

「その調子よ。わたし、来週は会えそうもないから、その分まで、今夜は楽しみたいの」

恭子はそう言う。

「なぜ、来週はダメなの？」

「女の体の月に一度やってくるお客様にぶつかっちゃうのよ。お食事だけなら、会ってもいいのだけど、何もしないで別れなければならないのは、かえって辛《つら》いから、むしろ、会わないほうがいいと思うの」

恭子はそう言う。

る。

竜之介は、助かった、と思った。

次のデイトまで、二週間あれば、その間に給料日もあるし、何とか費用はひねり出せる。

そう思うと現金なもので、欲棒は俄然《がぜん》元気になった。

「ああ、よかった」

恭子は嬉しそうに、力をみなぎらせた欲棒に頰《ほお》ずりをした。サラッとしていて、しかも、ひんやりした頰で、熱した欲棒を撫でられるのは、とても気持ちがいい。

恭子は上になって、大切そうに欲棒を、女体の入口に導いた。

欲棒の先端の部分を濡れた亀裂で、二度、三度、往復させ、通路に迎え入れる。恭子は腰を落として、根元まで欲棒を納めた。

竜之介の胸に両手を置いて体を支え、数回、前後に体をスライドさせた。

「あーっ、感じすぎちゃう」

恭子は数回動いただけで、バタンという感じで竜之介の胸に倒れ込んできた。

それまでの二回のデイトで、一夜を過ごすパターーンは出来上がりつつあった。

食事をして、一流ホテルの部屋に入るのが、だいたい八時前後。それから、交替に入浴して、第一回目の肌を合わせる。

それがすむのが九時ごろで、それから、冷蔵庫のビールなどを飲みながら、会社の話などをして回復を待つ。回復すれば、ベッドに行き、二度目の行為を終えて就寝する。

翌朝は、寝起きに、あっさりと三回目を行ない、入浴して、ルームサービスの朝食をすませ、先に恭子が会社に向かう。

竜之介はあとから部屋を出て、チェックアウトをしてから、出勤する。

恭子は重村と寝ていたときにも、先にホテルを出て、出勤していたという。ふたりの関係を秘密にしておくには、別々にホテルを出るのが最も大切である。

使うのはいつも一流ホテルで、ラブホテルには一度も行ったことはないという。

この夜は、初めは女上位でだったが、恭子がすぐに動けなくなったので、バックから行なう形に移り、フィナーレは正常位だった。

肌を合わせる回数が増えるたびに、恭子のクライマックスは深くなっていくようだった。

それだけ、肌が馴染《なじ》んでいくのだろう。

「疲れているのなら、今夜は一回だけでもいいわよ」

恭子はクライマックスに達したあとで、息も絶え絶えにそう言う。

「もう大丈夫だよ。回復したら、二回目にトライしよう」

竜之介はそう言ってベッドを出た。

竜之介にとっては、二回目をするための回復を待つ時間が大切なのである。

一回だけで、疲れて眠ってしまったのでは、情報は入ってこない。それでは、大金を恭子に使う意味がなくなってしまう。

竜之介は冷蔵庫を開けて、冷えた缶ビールを取り出して、蓋《ふた》を開け、ふたつのグラスにつぎ分ける。恭子はベッドでビールを受け取ると、うまそうに飲み干した。

6

この日は、恭子は、来週の月曜日に、課長候補の係長が、大会議室に呼ばれて、一時間で『わが社は何をすべきか』というテーマでレポートを書かされることが決定したことを、この待ち時間に竜之介に洩《も》らした。

「あなたも、課長候補に入っているから、今からレポートの準備をしていたほうがいいわよ」

「ありがとう」

竜之介は素直に感謝した。

「早く重村さんの後を継いでほしいわ」

恭子はそう言う。

竜之介は、ふと、重村は、毎週の恭子とのデイトの費用が負担にならなかったのだろうか、と首をかしげた。重村は課長だったが、課長といえども一介のサラリーマンである。毎週一回の、恭子との一流ホテルでのデイトが負担にならなかったわけはない。

重村がどういった方法で、恭子とのデイトの費用をひねり出していたか、それが知りたいものだ。重村のことだから、抜け目なく、会社の経費で落としたはずだ。いったい、どういう名目で落としたのか、経理課で調べてみよう……。

竜之介は二回目の回復を待ちながら、そんなことを考えた。

経理課に行けば、毎日の経費として使った金の領収書がファイルされているはずである。

重村は、毎週木曜日に恭子と会う、と竜之介に言った。ということは、重村が事故死する前の、木曜日ごとの領収書のファイルを見ていけば、どうやって、経費として落としたかが分かるはずである。

しかし、経理課で調べる、とひとことで言っても、係長の竜之介が勝手に領収書のファイルを見ることなど許されるはずはない。経理課に仲間を作らなくてはダメだな、と竜之介は思った。

翌日、竜之介はフラリと経理課に顔を出した。入口近くにいたＯＬを手招きする。

「営業第三課の円城寺竜之介といいますが、ウチの課長から、この前の飲み屋の領収書の日付を調べてこい、と言われましたので、担当者に会いたいのですが」

そう言う。

「領収書のファイルの係なら、吉沢美津江《よしざわみつえ》さんだわ。今、呼びます」

ＯＬはそう言って、振り返り、吉沢さーん、ときれいな声で課長席の前にいたＯＬを呼んだ。

「はい、何でしょう」

それまで応対していたＯＬに代わって吉沢美津江が竜之介の前に立った。

丸顔の可愛らしい感じの子だった。

「営業第三課の係長の円城寺竜之介といいます。なるほど、あなたが吉沢美津江さんですか。非常に感じのいい女性だ」

竜之介は感心したように言った。

「いったい、何のご用ですか」

「いや、ある人から、経理の吉沢美津江という女性を見てきてくれないか、と頼まれましてね」

「気味が悪いわ。いったい、そんなことを頼んだのは、どなたですか」

吉沢美津江は顔をしかめた。

「それは、内緒にしてくれ、ということです。でも、あなたがあまり感じがいい人だから、教えてあげましょう。ただし、電話で言います。内線番号を教えてください」

「六五八六番です」

竜之介はそれだけ言うと経理課を出た。

自分の席に戻って、内線の六五八六番に電話をする。

「やっぱり、会ってから教えてあげますよ。午後六時に銀座四丁目の和光《わこう》の前で会いましょう」

竜之介は強引にそう言い、渋《しぶ》る美津江にデイトを承諾させた。

花の秘密

1

吉沢美津江に社外デイトを承諾させたものの、竜之介の財布はスッカラカンだった。

竜之介はこうした事態に備えて、クレジットカードを持っていた。カードを使えば、現金は要《い》らない。しかし、いずれは預金口座から、使った分を引き落とされるのだから、同じことである。むしろ、現金が要らないので、気が大きくなって使いすぎる傾向がある。だから、竜之介は普段は使いすぎを恐れて、カードは使用しないようにしている。

しかし、今夜のように緊急を要するときに現金がないのに急にデイトをしなければならなくなったような場合には、役に立つ。

行きつけの店では、どことどこでカードが通用するか、分かっている。ホテルも一流のホテルでは、カードで宿泊できる。竜之介はカードで急場をしのぐことにした。

午後六時十五分前に、竜之介は待ち合わせの場所の銀座四丁目の和光のショーウインドの前に立った。

初めてのデイトには、相手よりも先に、約束の場所に着くのが、デイトを成功させるコツである。

吉沢美津江は約束の時間の五分前にやって来て、待っていた竜之介を見て驚いた。

「すみません。遅くなっちゃって」

慌《あわ》ててそう言って頭を下げる。

美津江は約束の時間前に来たのだから、慌てることも、あやまることもないのである。

それなのに、美津江はいかにも自分が時間に遅れたような錯覚をして、反射的に頭を下げたのだ。

これで、竜之介は優位に立った。

デイトといえども、勝負である。相手をモノにできるかどうかは、有利な立場に立つかどうかで決まるものである。

だから、特に初めてのデイトでは、相手よりも先に、待ち合わせの場所に到着すべきなのである。

竜之介に先に来て待たれていたということが、心理的な負担になって、美津江は呼び出された理由をただし損《そこ》ねている。

「それじゃ、食事でもしようか」

竜之介は銀座の表通りのビルの二階にある、名の通ったフランス料理のレストランに美津江を連れて行った。有無を言わせず、という感じである。

入口を入るときに、念のために、自分の持っているクレジットカードが使えるという表示が出ていることを横目で確かめる。

テーブルに腰を下ろすと、竜之介はアラカルトではなく、コースで料理を頼んだ。

「まさか、今夜、フランス料理が食べられるとは思わなかったわ」

美津江は可愛らしい顔を嬉しそうにほころばせた。竜之介はそんな美津江を抱き締めて頬ずりしたくなった。

竜之介はワインリストを持って来させ、ボジョレを注文した。ソムリエが竜之介の注文したワインを持って来て、ラベルを確認させ、鮮やかな手つきで栓《せん》を抜いた。

最初に、少量、竜之介のグラスにつぐ。

竜之介はもっともらしく香りを嗅《か》ぎ、口に含んで舌の上で転がした。

ソムリエにうなずく。ソムリエは、まず、美津江のワイングラスにワインをついだ。

続いて、竜之介のグラスにワインをつぐ。

「それじゃ」

竜之介と美津江はワイングラスの縁《ふち》を合わせて乾杯した。

最初の一口を静かに味わう。

美津江も神妙にグラスに口をつける。

「ワインはチビチビ飲むものじゃない。ガブ飲みする感じで飲むものだよ」

「イッキ飲みするの?」

美津江は目を丸くした。

「イッキ飲みじゃないよ。まあ、グラス三分の一から半分は飲むべきだね」

「分かりました」

美津江は正直にグラスを半分カラにした。

「今の乾杯ですが、何に乾杯したのですか」

グラスを置くと首をかしげる。

「今夜の料理に乾杯したのだよ」

「へえ、お料理に乾杯するものですか」

「最初の乾杯はね」

竜之介は笑顔で言う。

最初のオードブルが運ばれて来た。食欲を増進するような、手の込んだ料理が、一口ずつ並んでいる。

「ほら、乾杯したから、素敵な料理が並んだだろう」

「ホント」

美津江は小さく手を叩いた。

「それじゃ、乾杯」

竜之介はオードブルをひとつ食べると、ワイングラスを上げた。

「今度は何に乾杯するの？」

「素敵な夜のために」

「ウフッ、まるで恋人同士みたい」

美津江はグラス半分のワインに早くも酔ったらしく、陽気になった。

オードブルのあとで、ベジタブルスープが出た。そのスープを飲んでから、三度目の乾杯をする。

「ねえ、今度は何の乾杯？」

美津江はトロンとした目になった。

「もちろん、素敵すぎるほど素敵な君に乾杯だ」

「ああ、わたし酔っちゃいそう」

照れ隠しに美津江はそう言ってグラスを合わせた。

伊勢海老《えび》が出ると、竜之介が何も言わないうちに美津江はグラスを持ち上げた。

「今度はわたしに音頭を取らせて」

「いいよ」

「素敵な中年の円城寺さんに乾杯！」

そう言ってから、美津江は上機嫌で笑った。

2

新しい料理が出るたびに乾杯し、その料理がおいしいからといって乾杯をしているうちに、たちまち、ワインが一本カラになった。

「ウワーッ、一本、丸ごと飲んじゃったわ」

カラになったワインのボトルを見て、美津江は歓声を上げた。

「わたし、こんなに飲んだのは生まれて初めて」

そう言ってはしゃぐ。美津江は、なぜ、呼び出されたかを聞くことを、すっかり忘れてしまっていた。

満腹して、店を出ると、美津江は足元をふらつかせ、竜之介の腕にしがみついてきた。

ワインの酔いはジワジワ利《き》いてくる。

「口直しに、軽く飲もう」

竜之介は美津江を銀座のホテルの最上階にあるバーに連れて行った。

竜之介は水割りを頼み、美津江にはカクテルのマルガリータを注文する。

マルガリータは、量は少なく、サッパリした口当たりだが、かなり強い。ひょっとして、マルガリータが美津江に止《とど》めを刺すかもしれないな、と竜之介は思った。

竜之介は、注文だけしてから、トイレに行ってくるよと美津江に言って、席を立った。

エレベーターでフロントまで降りて、ダブルベッドの部屋を確保する。カードで部屋は簡単にとれた。

部屋のキイをポケットに入れて、バーに戻る。

美津江は椅子にもたれて舟をこいでいた。テーブルに運ばれたマルガリータには手をつけてない。

「さあ。飲んでから、出よう」

竜之介は美津江の手にグラスを持たせた。

水割りのグラスを目の高さに持ち上げる。

「乾杯!」

「乾杯!」

美津江はそう言うとマルガリータを一気に飲み干した。

アッ、と思ったときには、グラスはカラだった。

美津江はグラスをテーブルに置いたはずみで、突っ伏しそうになった。竜之介は美津江の体を抱きとめた。

「さあ、立って」

席から立たせ、腕を抱えるようにして、レジで部屋のキイを見せ、サインをする。

エレベーターで部屋のある階に降り、美津江に肩を貸して部屋に入る。

「ごめんなさい、酔っちゃって。でも、とてもいい気持ちなの」

美津江はカバーをかけたベッドに、仰向《あおむ》けになるとそう言った。

スカートの裾《すそ》がめくれ、太腿のあたりまで剝《む》き出しになっている。顔は可愛らしいが、体は大人である。

竜之介は美津江に体重をかけないように覆いかぶさって、キスをした。

美津江は抵抗せずにキスを受けた。

ダブルベッドに仰向けに横たわった女が抵抗せずにキスを受ければ、すべてオーケーのゴーサインである。

竜之介のズボンの中で、欲棒がいきりたった。

竜之介は美津江のワンピースを脱がせようとした。

「何をするの?」

美津江は眼を開けて、竜之介を見た。

「君が抱きたくなったので、裸にするところだ」

「ダメェ」

「そんなことを言っても、引き下がれないよ」

竜之介はズボンとパンツを脱いでいきりたった欲棒を美津江に突きつけた。

「分かったわ。でも、今はダメ。過激なことをしたら、わたし、気持ちが悪くなって吐いちゃうかもしれないわ」

美津江はゆっくりと首を振った。

「二時間ほど、眠らせて。二時間眠って、体を洗ったら、言うことをきくわ」

そう言う。

「分かったよ。二時間だけ、テレビでも見ながら待つよ」

竜之介は美津江をベッドに転がしたまま、裸になってバスルームに入った。

バスタブにお湯を入れ、体を沈め、バスタブの中で石鹸で入念に体を洗う。

入浴をすませると、竜之介は素肌にホテルの浴衣《ゆかた》をつけ、冷蔵庫から缶ビールを出して、ボリュームをしぼってテレビを二時間ほど見た。

3

美津江は揺り起こされることもなく、二時間ほど眠ると、自分で目を覚まし、ハンドバッグを持って、バスルームに入った。

「大丈夫かね」

竜之介はバスルームのドアの外から声をかけた。

「体がふらつくようなら、入って行って体を支えてあげるよ」

そう言う。

「キャーッ、絶対に入って来ないで。もしも、入って来たら、わたし、帰るわよ。支えてもらわなくても大丈夫よ」

バスルームの中で美津江は悲鳴を上げた。ずいぶん、恥ずかしがり屋だな、と竜之介は思った。

「それじゃベッドで待っている」

「暗くしててね。明るいのはきらいなの」

バスルームから美津江は念を押すようにそう言った。

竜之介は美津江の言うとおりに、ルームライトを暗くしぼって、ベッドに入った。

真っ暗にしたわけではない。相手の表情が見える程度には明るくしてある。

それでも、明るいバスルームから、バスタオルを体に巻き付けて現われた美津江は、ベッドに突き当たりそうになった。

「こっちだよ」

竜之介は上体を起こし、美津江の手をつかんでベッドに引き上げた。

抱きすくめて、キスをする。

歯磨きの匂いがした。入浴したついでに、歯を磨いたらしい。

竜之介はキスをしながら、女体を包んでいたバスタオルを剝《は》ぎ取った。

早くから部屋の明かりを消して、暗さに眼を馴《な》らしていた竜之介は、かすかな明かりで充分に女体を観賞することができた。

一方の、まだ、暗さに眼が馴れない美津江は、真っ暗闇の中にいるようなものだから、恥ずかしいという気持ちが湧かないらしい。バスタオルを剝ぎ取られることにほとんど抵抗らしい抵抗はしなかった。

バスタオルの下には美津江は何もつけていなかった。あれほど、バスルームを覗いてはいけない、部屋を暗くしておいてほしい、と恥ずかしがっていたのに、パンティもはいていないのだ。

竜之介はパンティを脱がせることになるだろう、と考えていただけに、意外だった。

美津江の胸はコリッとした感じに、乳房が突き出していた。

つかんでみると、指を押し返してくる、かなり強い弾力性を持っている。

乳首は花びらを撫でているように柔らかだった。その柔らかな感触が、指にさわられると怒ったように固くなる。

竜之介は乳首を固くしておいてから、唇でくわえ、軽く吸った。

「アウッ……」

美津江は、いったん体をすくめるようにして、体をよじった。あまり吸われたことのない女体が示す反応だった。

竜之介はふたつの乳首を交互に吸った。

二つの乳首を尖《とが》らせておいてから、唇を茂みに向かってすべらせる。

「ダメェ、そっちに行ってはダメェーッ」

美津江は両手で竜之介の髪をつかんで引っ張った。頭の皮を剥いでしまいそうな力である。本格的な抵抗だった。

「分かったよ」

竜之介は舌による亀裂の賞味は諦《あきら》めて、唇にキスをした。

美津江は頭髪をつかんでいた手を放した。

竜之介は手を茂みに這《は》わせた。柔らかい乾いた感じの茂みだった。

湯上がりの茂みはしっとりとしているものだが、美津江の茂みは湯上がりであることを感じさせないほど乾いていた。

「優しくしてね」

哀願するように美津江は言う。

茂みの下の亀裂には、蜜液が溢れ出していた。竜之介の指は蜜液に溺《おぼ》れかかっている小突起を探り出した。

「あーっ……」

美津江はピクンと体を弾《はず》ませた。

4

明かりは落としてあるが、美津江の表情はハッキリと分かった。

美津江は顔をしかめ、唇を半開きにして、あえいでいる。その顔には、少女のようなあどけなさが残っている。

あどけない顔とはうらはらに、蜜液の湧出量は一人前である。ひょっとすると、この子は処女かもしれないぞ……。

竜之介はそう思った。

もしも、処女ならば、結合はすまい、と思う。美津江に手で放出を手伝わせても、素股《すまた》で代用しても、結合だけはしてはならない。

というのも、処女を味わったら最後、その女の人生を背負い込むことになりかねないからだ。

そうなれば、妻とは離婚しなければならない。離婚をすれば、当然、美津江と再婚することになるだろう。

竜之介は、結婚などという面倒臭いセレモニーは二度とする気はない。

美津江が処女かどうか、確かめなければならない、と竜之介は思った。

竜之介は蜜液を掻き回した指を、美津江に分からないように、嗅《か》いでみた。処女ならば、処女特有の処女臭という香気が立ちのぼっているはずである。

指先からは、石鹸の匂いと、女体の香気のミックスした匂いがした。しかし、竜之介にはその香気が、処女臭という匂いかどうか、自信がなかった。というのも、竜之介は一度も処女臭を嗅いだことがないからだ。

――世の男性のために、処女臭の缶詰とか、処女臭のスプレーを作ってくれないかな……。

竜之介は指の香りを嗅ぎながらそんなことを考えた。

いやいや、そんなスプレーができたら、処女を装う女に悪用されるから、やはり、ないほうがいいのかもしれない……。

　そんなことも考える。

　匂いで分からなければ、残る鑑別法は、指を挿入するか、明かりをつけてその部分を覗き込むかしかない。しかし、明かりをつけて覗き込むのは、不可能である。

　とすれば、あとは指を挿入するしかない。

　竜之介は亀裂にすべらせていた中指を、グイと通路に挿入した。

　指は簡単に通路にすべり込んだ。

「アッ……」

　美津江は小さく驚きの声を発したが、苦痛は訴えなかった。

　処女ならば、あっ、と言う代わりに、痛いッと叫ぶはずである。

　それで、可愛い顔をした美津江が、処女ではないことが証明された。

　指をスムーズに女体の通路に迎え入れた美津江が、処女ではないことが分かって、竜之介はホッとした。

　美津江の内側の襞《ひだ》は、ひとつずつが尖《とが》っていた。

　処女ではないが、襞が尖って、通路が狭い美津江の女体は新鮮な感じがした。

　竜之介は指を引き抜くと、茂みを撫でた。

　茂みを撫でながら、恥骨の丘のふくらみ具合を調べるのが竜之介の癖である。

竜之介は恥骨の丘が発達して、出っ張っている女体のほうが好きである。

茂みは相変わらず、乾いた感じだった。

美津江は茂みを撫でる竜之介の手をやんわりと拒《こば》んだ。美津江は茂みをさわられるのを明らかに嫌っていた。

竜之介は半身を起こし、乳首を唇でくわえながら、さりげなく茂みを見た。

茂みの毛は、一本ずつ、思い思いの方向に、無秩序に生えていた。可愛らしい顔に似合わずお行儀の悪い生え方だな、というのが、竜之介の正直な感想だった。

茂みの形は逆三角形だったが、その逆三角形が、少しねじれているのだ。珍しい形だな、と竜之介は思った。

ねじれた形の逆三角形の茂みを見るのは、もちろん初めてである。

5

竜之介はさらによく茂みを観賞するために、美津江と結合することにした。美津江の両足を開かせて、その間に膝をつき、太腿を内側から両手ですくい上げるようにする。

そうすると、茂みが正面から観賞できる。

美津江は竜之介の意図を察して、慌てて茂みを手で覆《おお》った。

竜之介はその手を排除しようとする。

手と手が茂みの上で交錯し、眺望をめぐって争った。

そのはずみに、竜之介の手が、茂みを強く引っ張った。

「あっ……」

美津江は悲鳴を上げた。

竜之介は、一瞬、何が起こったのか分からなかった。そして、次の瞬間、自分の手が握っているものを見て、仰天《ぎょうてん》した。

美津江の茂みがそっくりそのまま、竜之介の手に握られていたのである。

「あーっ……」

美津江は茂みを覆っていた手で顔を覆った。そのために、それまで、ねじれた茂みがあった恥骨の丘が剝き出しになった。恥骨の丘は見事なまでに真っ白だった。

思わず竜之介は真っ白な恥骨の丘を覗き込む。

恥骨の丘に、透明なテープが二本、貼りついていた。

指で触れてみると、テープにくっつく。テープは両面接着テープだった。

竜之介は、ようやく、美津江がいわゆるパイパンであり、両面接着テープで特製の茂みを貼りつけていたのだ、ということが分かった。

茂みがねじれていたのは、酔っていた美津江が、バスを使ったあとで、慌てて貼りつけたからだろう。

「ウーン……」

竜之介は唸《うな》りながら茂みのない、恥骨のふくらみを手で撫でた。

本来ならツルツルしているふくらみに手のひらがくっつく。竜之介は恥骨の丘に貼りついた両面接着テープを剝《は》がすことにした。

両面接着テープの端を爪で起こして、ビリッと剝がす。

「あうっ……」

テープが剝がれる瞬間、美津江はピクンと腰を振った。

もう一本も、同じようにして剝がす。

「あっ……」

美津江はもう一度腰を振る。

両面接着テープを剝がすと、茂みのまったくない恥骨の丘はツルツルになった。

「恥ずかしい……」

美津江は両手で顔を覆って体をくねらせた。

茂みのない亀裂は、長く、大きく見えた。

茂みのない幼女の亀裂は可愛らしいが、年とともに長くなるのか、成人の無毛の亀裂は、幼女の三、四倍は長く見える。

竜之介はその長い亀裂に沿って両手の親指を押し当てた。亀裂が開く。

黒ずんだ褐色の淫唇が現われ、その間から、ピンクの粘膜が覗いた。粘膜の下方に女体の入口があった。入口はしっかりと閉ざされていた。

その閉ざされた入口も指で押し広げる。斜め下方の両側に、切れ目が認められた。処女膜裂傷痕《こん》である。

竜之介は美津江が処女でないことを、目でも確認した。

長い亀裂の上部の合わせめのあたりに、ピンクの小突起が尖っていた。竜之介はその小突起の頂上に舌を這わせた。

クククククッ、と笑うように女体が小刻みに痙攣《けいれん》し、ピクンと弾んだ。

ツルツルの恥骨の丘が跳《は》ね上がり、竜之介の顔面を襲った。

その不意打ちを辛《かろ》うじて避けて、竜之介は亀裂全体に舌をすべらせる。

「アーッ……」

美津江は女体をくねらせた。

蜜液が亀裂に湧き出す。

竜之介はしばらく亀裂と小突起に舌を使ってから、美津江の両足の間に膝をついて女体を見下ろした。

茂みのない女体は、痛々しい感じがする。胸も腰も充分に発達しているのだが、恥骨の丘が、幼女の裸を連想させる。

抱いてもいいのだろうか、と竜之介は思った。しかし、竜之介はいまさら引き返せなかった。欲棒はいきりたち、先端はつやつやと光っている。

6

竜之介は美津江の太腿を大きく開かせた。

大きすぎもしなければ、細すぎもしない太腿だった。

二本の太腿と恥骨の丘のふくらみが合流する地点に指が一本ほど通る程度の空間ができている。男が気になる空間である。

太腿は内腿と内腿から後ろの部分にかけてが柔らかい。その柔らかさが竜之介の欲情のほむらにガソリンをそそいだ。

竜之介は亀裂に欲棒を押しつけた。

亀裂の左右のふくらみが盛り上がった。

竜之介は静かに女体に重なった。

なめらかに欲棒が女体に迎え入れられる。

女体の通路に抵抗はまるでなかった。

通路の内部はそんなに狭くはない。

欲棒は根元までしっかりと入り込んだ。

茂みがないということで違和感はまったくない。

茂みがないということを除いては、立派に発達した大人の女体だった。

欲棒が根元まで入り込むと、通路が遠慮がちに締めつけてきた。

おやおや、と竜之介は思った。

まさか、可愛らしい顔の美津江がそんな反応を示すとは思わなかったからだ。

その可愛らしい美津江の顔に恍惚《こうこつ》の表情が浮かんだ。好色な女だな、と竜之介は思った。

激しく女体の中で暴れ回りたい、という気持ちが突き上げてくる。

それを抑《おさ》えて、竜之介は用心深く動き始めた。

「あーっ」

美津江は大きな声を出した。

竜之介が驚いたほど、その声は大きかった。

しかし、竜之介は美津江の口をふさいだりはしなかった。

女が声を出すと、隣の部屋を気にして、唇をふさぐ男がいる。

そんなことをすれば、せっかく陶酔の世界に身を委《ゆだ》ねた女を、現実に引き戻すようなものである。女がベッドで出す声は、絶対に規制してはならない、というのが、竜之介の持論である。

女は叫びたいだけ叫ばせるべきである。

女は自分自身、どんな大声を出しているのか、知らないものなのである。だから、声を出すな、と言われても当惑するだけである。

女の叫び声が隣りの部屋に聞こえたところで、騒音防止条例で処罰されるわけではない。飲酒の上の高歌放吟《ほうぎん》とはわけが違うのである。文句を言えば、言ったほうが野暮《やぼ》だと笑われるのだ。声を出したいだけ出させれば、女はどんどんクライマックスに向かって駆け出すものなのだ。

竜之介は制止する代わりに、一緒になって声を出した。そうすれば、女のクライマックには加速度がつく。

「可愛い顔をして、君はかなりの好きものだね」

竜之介は美津江の耳元で囁《ささや》いた。

「イヤッ、恥ずかしいことを言わないで」

美津江はそう言って顔を赤らめた。同時に、通路が強く欲棒を引き込む動きをした。

感じたのだな、と竜之介は思った。

女体が快感を感じると、通路は強く締まるものである。恥ずかしいことに弱いのか、と竜之介は思った。

それなら、女上位をとらせてみよう、と思う。男の体の上にまたがる女上位は、女にとっては恥ずかしい形である。

しかし、その恥ずかしい形が、美津江の最も好みの形のような気がする。

竜之介は女上位の形の中でも、胸を合わせずに、女が背筋を伸ばし、上体を反《そ》らせる帆かけ舟の形をとらせることにした。

「そんなの恥ずかしい」

結合を解いて、上になるようにと言う竜之介を、美津江は睨《にら》んだ。

「いいから、いいから」

竜之介は強引に女上位を要求する。

「ンもう……」

美津江は困惑した表情を見せながら、どこか、いそいそとした感じで、竜之介の上にまたがった。

竜之介が指示しないのに、欲棒をつかんで入口に導く。

美津江がストンと腰を落とすと、欲棒が女体の奥深く、入り込む。

「胸を合わせないで、背筋を伸ばしてごらん」

竜之介は帆かけ舟の形をとらせた。

「うわーっ、恥ずかしい形……」

そう言いながら、美津江は竜之介の胸に両手をついて体を支え、結合部をすりつけるようにしながら、激しく腰を前後にスライドさせた。

欲棒が奥壁をくすぐる。

「強烈ーっ」

美津江は叫びながら体をよじる。

正常位のときとは比較にならないほどの激しい反応である。

「ねえ、わたし、ヘンになりそう……」

ものの五分としないうちに、美津江はそう叫んで、全身を痙攣させた。そのまま、後ろ向きに倒れそうになる。

竜之介は慌てて美津江の手を引っ張った。後ろ向きに倒れられたのでは、欲棒が折れてしまう。

美津江は上体の力を抜いて、竜之介の胸の上に倒れかかってきた。

荒い呼吸をしながら、ヒクッ、ヒクッと欲棒を締めつける。美津江はクライマックスに達する形を探り当てられ、あっけなくのぼりつめたのだ。

竜之介は結合したまま体を入れ替えた。

今度は竜之介が爆発する番である。竜之介は腰を叩きつけるように動かし、最も強く結合した状態で、恥骨を小突起に押しつけて、グリグリと押し回した。

「強烈……」

美津江はピクン、ピクンと体を弾ませる。クライマックスに達した直後に小突起を圧迫されてくすぐったいのだ。

しかし、そのくすぐったい感覚はすぐに快感に変わっていくことを竜之介は知っている。

美津江の通路に欲棒をつかんでくる動きが生まれた。くすぐったさが、快感に変わったのだ。

「ああっ……」

美津江は再びあえぎはじめた。

竜之介は出没運動の振幅を大きくした。

爆発に向かって突っ走る。

「いいっ……」

美津江は背中を持ち上げ、太腿を痙攣させた。通路がヒクッ、ヒクッとリズミカルに欲棒を捕える。

二度目のクライマックスを迎えたのだ。

美津江は、最初のクライマックスは自分が感じる形でないとダメだが、一度達してしまうと、あとはどんな形でも、達してしまうタイプらしい。

竜之介は動きに激しさを加えて、美津江の通路がヒクヒクとなっているうちに、爆発にこぎつけた。

竜之介のリキッドが、リズミカルに女体の奥壁を叩く。

美津江は低く呻《うめ》いた。

「熱い……」

呻きながらそう言う。

男のリキッドが熱したように感じられたのだろう。

その熱いリキッドに、美津江は体をゾクゾクッと震わせて、たて続けにクライマックスにのぼりつめた。

しばらく、重なったまま、休息する。

やがて、柔らかく縮んだ欲棒が、スルッと押し出される。

後始末をするために、少し明かりを大きくして、竜之介は、オヤッ、と思った。

無毛の美津江の恥骨のふくらみが、タワシで思い切りこすられたように、真っ赤に腫《は》れていたからだ。

無毛の恥骨のふくらみは、摩擦に対して無防備である。そこを竜之介のタワシが、遠慮《えんりょ》会釈《えしゃく》なしにこすったために、真っ赤に腫れ上がってしまったのだ。

「可哀相に」

竜之介は、腫れ上がった恥骨のふくらみを撫でた。

その手をやんわりと押しのけて、美津江はベッドを降り、よろめきながら、バスルームに入った。すぐに、シャワーを使う音が聞こえはじめた。

間もなく、バスタオルを体に巻きつけて美津江は出て来た。

「お湯がしみるのよ。ずいぶん、こすったのね」

美津江は恨《うら》めしそうに竜之介を見た。

「しかし、君がデルタにつけ毛を両面接着テープで貼りつけているとは、想像もしなかったよ」

竜之介はニヤニヤしながら、美津江のバスタオルを剝ぎ取った。いくぶん、腫れは引いていたが、それでも、恥骨の丘は赤くなったままである。

「絶対に知られたくない秘密を知られてしまったのね」

美津江は唇を嚙《か》んだ。

「誰にも、しゃべらないでね。もしも、あなたが誰かにしゃべったら、わたし、会社のビルの屋上から身投げするわ」

思いつめた表情でそう言う。

「絶対に誰にもしゃべらないよ」

竜之介は大きくうなずいた。

「秘密を守ってくれるなら、わたし、何でもするわ」

美津江はホッとした顔をした。

「それじゃ、社用の領収書のファイルを、見せてくれないか。重村さんが亡くなる一カ月前の分でいい」

竜之介はそう言った。

「そんなことなら、お安いご用よ」

美津江はうなずいた。

「いつがいい？」

「早いほうがいいな。明日はどうかね」

「分かったわ。どこで？」

「君の部屋がいい」

「それじゃ、明日、領収書のファイルをアパートに持ち帰るわ」

「誰にも内緒で持ち出せるかね」

「大丈夫よ」

美津江は自信たっぷりにうなずいた。アパートの場所を、メモに地図を書いて竜之介に手渡す。

7

翌日、竜之介は会社がひけると、美津江の書いてくれた地図を頼りに、アパートを訪ねた。

木造モルタルの二階建ての一階の奥の部屋が美津江の住居だった。三畳と四畳半にバスとトイレがついている。

美津江はエプロンがけで手料理を作っていた。

それを横目に、竜之介は早速《さっそく》、領収書のファイルをめくりはじめた。

領収書は、日付ごとに、きちんとナンバーをふって、整理されている。

重村は恭子と木曜日ごとにデイトをする、と言っていた。しかし、一夜を恭子と過ごした重村が、ホテルで精算をしたのは、金曜日のはずである。

竜之介はポケットカレンダーを見ながら、金曜日の領収書を入念にチェックした。

そして、金曜日に、必ず、シティホテルの飲食代の領収書があるのを発見した。しかも、その飲食代がだいたい六万円を超《こ》えているのだ。しかし、シティホテルの宿泊費の領収書はない。

毎週金曜日のシティホテルの飲食領収書には、重村の字で、取引き先八名と食事、というふうに、鉛筆で記入してある。

　ときには、取引き先のところに、具体的に会社名が書かれていることもあるし、人数が七人になったり、十人になったりしていることもある。

　しかし、木曜日から金曜日にかけては、重村はシティホテルで一夜を過ごすことが、決まっていたし、金曜日ごとに、そんな接待をしたとは考えられない。

　つまり、金曜日ごとに、重村が会社に出していたシティホテルの飲食費は、恭子とのデイトに使われたものと考えたほうが自然である。

　しかし、六万円を超す飲食費は、ふたりで食事をしたにしては、あまりにもデラックスすぎる。

「ちょっと、電話を借りるよ」

　竜之介は美津江に断わって、領収書に書かれたシティホテルに電話をした。

　領収書のことで、お尋ねしたいことがある、と言うと、交換手はマネージャーに代わった。

「どういうことでございましょう」

　電話口に出たマネージャーの声には警戒の響きがあった。

　竜之介は会社の名前を先に名乗り、領収書の日付と発行ナンバーを言い、金額を言って、六万円を超す金額で、どんな料理を食べたのか知りたい、と言った。

「たしか、その領収書は、亡くなられた重村さまに私が発行したものだと思います」

マネージャーは言葉を選びながら、そう言った。

「ええ、重村が会社に請求したものです。しかし、取引き先と食事、となっていて、相手の会社の名前も、接待した相手も書いてあるのですが、それが、まったくの架空の相手なので、会社としては、なぜ、こんな領収書を重村が出したのか、理解に苦しんでいるのです」

「まあ、重村さんがお亡くなりになったのですから、正直に白状しますが、じつはその金額には、宿泊費も含まれているのです。ところが、宿泊費だと、会社の経費で落とせないから、取引き先を食事に接待したということにして領収書を発行してくれないか、と重村さんから頼まれまして、それで、やむをえず……」

マネージャーはあっさりと、それが、宿泊費込みのものだったことを竜之介にしゃべった。

「そうだったのですか」

竜之介は重村が恭子とのデイトの費用をひねり出していた手口をようやく見つけて、大きく溜息をついた。

「何か、手前どもにお咎《とが》めが?」

マネージャーは心配そうな声を出した。

「なにぶん、ご内聞に」

「いやいや。薄給のサラリーマンの立場を理解し、宿泊料の領収書を飲食料の領収書に書き替えていただいたことを重村になり代わってお礼を申し上げますよ」

竜之介は受話器を握り直すとそう言った。

「喜んでいただいて、こちらも嬉しく思います。この程度のことでございましたら、そう言っていただきましたら、いくらでもサービスさせていただきますよ」

ホテルのマネージャーは愛想よくそう言った。

「ぜひ、お願いしますよ。宿泊料を飲食料として領収書を切っていただけるのであれば、毎週でも、利用させていただきますよ」

「ありがとうございます。昨今はホテル戦争も激化の一途《いっと》をたどっていますので、ご利用願えればこんなありがたいことはございません」

「それでは、とりあえず、来週の火曜日に、ダブルベッドのお部屋をご用意願えますか」

「喜んで、ご用意させていただきます。お名前をどうぞ」

マネージャーは言い、竜之介は名前を名乗った。マネージャーも初めて、河口《かわぐち》と申します、と自分の名前を名乗った。

竜之介は電話を切ると、歓声を上げげた。

ホテルの宿泊料を飲食料として領収書を書いてもらえば、厳しい経理のチェックも簡単にパスする。まさか、経理では、女との宿泊料が飲食料に化けるとは考えてもみないはずだ。これで、もう、恭子とのデイトの費用に頭を悩ませることはない。

竜之介は歓声を上げて、流し台に向かって料理をしている美津江を後ろから抱き締め、スカートをめくった。

「もうっ……」

美津江は体をよじる。

美津江はスカートの下に何もつけていなかった。食事のあとで、抱かれることを期待しているのだ。

竜之介は膝をついて、スカートの中に頭を突っ込み、無毛の恥骨の丘にキスをした。恥骨の丘の腫れは、一日ですっかり消えていた。

キスだけで、亀裂が潤《うる》んでくる。毛が生えていない分だけ、恥骨の丘は敏感なのだ。

「ヤメテェ、お料理ができなくなっちゃう」

美津江は菜箸《さいばし》を振り回した。

「よし、こうなったら、料理はあと回しだ」

竜之介はズボンを脱いで、パンツを脱いだ。

勢いよく、欲棒が飛び出した。

竜之介は美津江を抱え、奥の四畳半に運んだ。

手近にあった座蒲団《ぶとん》を美津江の尻に敷き、スカートをめくって、いきなりひとつになる。

「あー……」

前戯もない、いきなりの行為にもかかわらず、美津江は一直線にクライマックスにのぼりつめた。

部下の恋人

1

クライマックスの陶酔から醒《さ》めると、恭子は柔らかくなった欲棒をいとしくてたまらないというように握ってきた。

「そうそう、きょう、社長から、円城寺竜之介という男を知っているかね、と聞かれたわ。いきなりだったので、わたし、心臓が止まりそうなほどびっくりしちゃったわ」

思い出したように、恭子はけだるそうな口振りでそう言った。

「とっさに、名前だけは知っていますが、詳しいことは何も存じません、と言ったけど、社長、あなたのレポートがいたく気にいったみたいよ。二、三日中に社長室に呼んでみよう、と言ってたわ。あなたの課長昇進は間違いないわね」

恭子は柔らかくなった欲棒を痛いほど握りしめながらそう言った。

月曜日に、課長候補の係長全員が、『わが社は何をなすべきか』というテーマでレポートを書かされたが、その竜之介のレポートが社長の目にとまったらしい。

あらかじめ、恭子から、倉沢社長が、食品加工の技術を生かしてバイオ産業の分野に進出すべきだ、という意見の持主であることを聞いていたので、そういった内容のレポートを書いたのだ。

「君のお陰《かげ》だよ」

竜之介は恭子の乳首にキスをした。

「社長に会ったら、まず、最敬礼することね。社長は頭を下げてくる人が大好きなの」

恭子は、社長に気にいられるポイントも教えてくれた。

「それから、社長室に呼ばれるときは、中西《なかにし》さんと一緒のはずよ」

「中西？」

「宣伝係長であなたより一期先輩よ」

そう説明されて、竜之介は中西の顔を思い出した。

「なぜ、中西係長と一緒なのかね」

「中西さんもあなたと同じ内容のレポートを提出したの。つまり、これから、あなたにとって最大のライバルになる人だと思えば間違いないわ」

「ほう、中西係長も僕と同じ内容のレポートを書いたのかね」

竜之介は恭子の眼を覗《のぞ》き込んだ。

「社長の考え方を中西係長に教えたのはわたしじゃないわ」

恭子は、竜之介が何も言わないのに、そう言って首を振った。

その口振りからすると、中西係長にも社長の考え方を教えた女がいるらしい。

竜之介はその女が誰かとは聞かなかった。いずれ、分かることである。

その翌々日、竜之介は社長室に呼ばれた。

いつ、呼び出されてもいいように、前日に散髪をし、この日は新しいワイシャツを着て、ネクタイも上品なものを選んでおいた。

社長室に出かけると、社長室の前の廊下に、恭子が中西と一緒に竜之介を待っていた。

竜之介は中西に黙礼した。

中西は鷹揚《おうよう》にうなずく。

恭子が社長室のドアをノックして、先に入った。

「中西さんと円城寺さんがいらっしゃいました」

そう言う。

「中に入るように言いなさい」

倉沢社長の声がした。

中西が先に入って、長々と最敬礼をした。

やはり、社長室に入ったら、最敬礼をせよ、と智恵をつけた女がいるな、と竜之介は思った。

「円城寺竜之介です」

竜之介は恭子のアドバイスを無視して、わざと、簡単に頭を下げた。

それを見て、中西は勝ち誇ったようにニヤリとした。最敬礼をしただけ、自分が優位に立ったという顔である。

「まあ、かけたまえ」

倉沢社長は大机の前の応接セットをすすめた。

竜之介と中西は倉沢社長が先に腰を下ろすのを待って、応接セットに浅く腰を下ろした。

「この間のレポートだけど、君たちふたりだけだったよ、わたしの考えていることを書いたのは」

倉沢社長はそう言うと、上機嫌で葉巻をくわえた。

すかさず、中西がライターを差し出して火を点《つ》けた。

これで、二ポイントの差がついたな……。

竜之介は心の中で唇を噛んだ。

倉沢社長は中西と竜之介に自己紹介をさせ、笑顔でふたりを交互に眺めた。

「わが社は今のままでは、二十一世紀には時代遅れの会社になってしまう。つねに、将来に向かって正しく眼を開いている人材が必要なのだ。そういった意味で、わたしは君たちに期待しておる。来週の月曜日に、君たちは課長の辞令を発令される。どうか、わたしの期待に添うように一層の精進と努力をしてくれたまえ」

倉沢社長はそう言って中西と竜之介に握手を求めた。

2

次の週の月曜日に、竜之介は営業第三課長に昇進した。中西は営業第二課長だった。他に、係長から課長に昇進したものは五人いたが、いずれも営業の第一線とは関係のない部署の課長だった。次の営業第一課長は、竜之介と中西のどちらかであることは、確実になった。

中西は営業第二課長に就任すると、その日に部下を集めて訓示をし、やる気を剝《む》き出しにした。

しかし、竜之介は呑気《のんき》に構えて、闘志は一切《いっさい》外に出さなかった。とりあえず、課長になったことで満足した態度をとったのだ。

出る釘《くぎ》は叩かれる。とすれば、野望は剝き出しにしないに限る、と竜之介は思った。

中西と竜之介のどちらかが営業第一課長になるにしても、一年ほど先の話である。勝負をかけるのはもっと先のことだ、と竜之介は思った。あまり早くから張り切っていると、いざというときに瞬発力が弱くなる。

そう考えて、竜之介は中西のように、やる気を表には出さずに、表面は呑気に構えてみせたのだ。

サラリーマンは機を見るに敏《びん》である。中西と竜之介が出世レースのトップに躍《おど》り出たと見ると、たちまち、中西と円城寺のもとに先もの買いの若手社員が集まった。

竜之介についた若手の中には、日曜日に自分の妻を連れて、猫の額《ひたい》ほどの庭の草取りに来るものもいた。

竜之介の妻の霧子は、そんな部下が現われるに及んで、夫が出世レースの先頭グループに立ったことを理解した。

「わたし、全面的に応援するわ」

霧子はそう言った。

これこそ、竜之介が待ち望んでいた言葉である。

竜之介は、これからは、帰宅が土曜日と日曜日だけになるかもしれないよ、と霧子に釘を刺した。

「いいわ、しっかり頑張って」

霧子は大きくうなずいた。

「ライバルの中西派の連中は、オレが帰宅しないのは女遊びのためだ、とデマを吹き込んでくるかもしれないが騙《だま》されてはダメだぞ」

竜之介は、ここぞ、と念を押す。

「そんなデマなんか信じないから、仕事第一に頑張ってちょうだい」

霧子はそう言った。

これで、毎週火曜日の恭子とのデイトは、妻の公認を得たようなものである。

そうなると、毎週火曜日の恭子とのデイトだけでは、何となくもの足りない。しかし、恭子とのデイトの日数を増やすのは、危険である。恭子がのぼせ上がる可能性がなきにしもあらずだからである。新しいオフィス・ラブを探さなければ、と竜之介は思った。

そんなある日、新しく竜之介の部下になった、小真木彦治《こまきひこはる》が、課長席にやって来た。

結婚のことで相談に乗ってほしい、と言うのだ。できれば、媒酌人《ばいしゃくにん》を、とも言う。

「そういうおめでたいことなら、喜んで引き受けさせてもらうよ」

竜之介は体を乗り出した。

「それが、話がまとまれば、のことでして」

小真木彦治は自信なさそうに言う。

「なんだ、まだ、相手を口説いてもいないのか」

「いや、口説いて一応はＯＫの返事を取り付けたのですが」

小真木彦治の話は要領を得ない。

竜之介は会社がひけてから小真木と銀座の喫茶店で会うことにした。

3

小真木は喫茶店に総務部の前田知恵美《まえだちえみ》を連れて現われた。

社内でも評判の美人の前田知恵美を見て、竜之介は思わずまばたきを繰り返した。

「君が結婚したいという相手は前田さんなのかね」

竜之介は小真木と前田知恵美を交互に眺めた。

「はい」

小真木は緊張した顔でうなずいた。

前田知恵美は恥ずかしそうにうつむいている。

「それで、相談というのは、日取りのことなのかね」

「そうじゃ、ないのです。つまり、ついこの前まではうまくいっていたのに、最近、ちょっと気まずくなっちゃったのです。それを課長さんに、修復していただきたく思って、彼女を連れて来たのです」

小真木彦治は困った顔でそう言った。

「どうして、気まずくなったのかね」

「それが、よく分からないのです。彼女、いくら理由を尋《たず》ねても、はっきりと答えてくれないのです。だから、課長さんにじっくりと聞き出していただきたいのです」

小真木はそう言うと、腰を上げた。

「おいおい、どこへ行くのかね」

「わたしがいると、彼女話しにくいはずですから、わたしはこれで失礼します。とにかく、彼女の話を聞いて、どうすればいいか、僕にアドバイスをお願いします」

小真木はそう言って、頭を下げると、さっさと喫茶店を出て行った。

本来なら、いい加減にしろ、と竜之介は腹を立てるところである。しかし、小真木の恋人とはいえ、社内きっての美人とふたりきりになったのだから、悪い気はしない。

「ここでは、落ち着かないから、東京ヒルトンホテルのメインバーの『セントジョージーズ』にでも行こうか」

竜之介はそう言った。

一流ホテルでの飲食費は、交際費で落とせる。

「ええ」

知恵美は小さくうなずいた。

喫茶店を出て、タクシーを拾って新宿に走らせる。

「お忙しいのに、つまらないことでお時間をとって申し訳ございません」

新宿に着くまで、知恵美は何度もそう言って頭を下げた。

「部下といえば、弟みたいなものだから、遠慮する必要はないよ」

竜之介は知恵美の肩に手を回して慰めた。

「ところで、小真木君とは、何がきっかけで気まずくなったのかね」

東京ヒルトンホテルの『セントジョージーズ』で水割りのグラスの縁《ふち》を合わせ、ひと口飲むと、竜之介はすぐに本題に入った。

「何が原因で小真木彦治さんとの間がまずくなったかを話すのでしたら、ここではちょっと……」

知恵美は美しい顔を赤らめた。

「ホテルのバーでも話せない、となると、部屋をとるほかはないなぁ」

竜之介はそう言った。

「そうしていただくと、助かります」

知恵美はうなずいた。

竜之介は部下の恋人とホテルの一室でふたりきりになることに抵抗があったが、知恵美がそれを望んでいるとあってはしかたがない。

フロントに足を運んで、部屋に空《あ》きがあるかどうかを尋ねる。

「何名様ですか」

「ふたりだけど」

「ダブルのお部屋でしたら、ご用意できます」

フロントはキイボードを操作して、ディスプレイを見ながらそう言った。

情事が目的で、急に話がまとまったときには、当日だとなかなかダブルベッドの部屋は空いていないものである。

ところが、こんなときには、ツインの部屋ではなく、ダブルに空きがある。つくづく、世の中はうまくいかないものだ、と竜之介は思った。

「それじゃ、ダブルをお願いします」

竜之介はチェックインの手続きをしてキイを受け取った。

「お部屋へご案内を」

そう言ってボーイを呼びかけるフロントの係に、バーで飲んでいくから、と断わって、キイを持ってメインバーに戻る。

「それじゃ、部屋へ行こう」

竜之介はレジで部屋のキイを見せて、伝票にルームナンバーを記入し、サインをした。

エレベーターで部屋のある二十三階に上がる。

4

部屋のダブルベッドはキングサイズだった。

チラリ、とダブルベッドを見て、知恵美は応接セットのソファに腰を下ろした。

「少し飲んで、リラックスしたほうがいい」

竜之介は冷蔵庫から缶ビールを出して開け、ふたつのグラスにつぎ分けた。

「さあ、ここなら、話せるだろう」

知恵美をうながす。

「はい」

知恵美はうなずいて唇を噛んだ。

「じつは、小真木さんと、ホテルに入ったのです」

ようやく決心がついたように、知恵美は口を開いた。

竜之介は無言でうなずいて、先をうながす。

「それで、とにかく、ベッドに入ったのですが、小真木さんは、よろしく頼むよ、と言ったきり、仰向《あおむ》けになったまま、ジッとしているのです」

「小真木君はベッドに入ったら、よろしく頼む、と言って、仰向けになったきり、何もしようとしなかった、と言うのかね」

竜之介は思わず聞き返した。

知恵美はうつむいた。耳まで真っ赤になっている。

「それで?」

竜之介はうながす。

「よろしく頼む、と言われても、何をどうしていいか、わたしだって分からないし……」

「ふんふん」

「起き上がって、急いで、身仕度を始めました」

「ほう」

「彼、驚いたように、何もしないのか、って言うのです。わたし、口惜《くや》しいやら、恥ずかしいやら、腹が立つやらで、泣き出してしまいました」

「そりゃあそうだろう」

「そうしたら、彼も起きてきて、身仕度をして、ホテルを出て帰ったのです。それからです。彼との間がぎくしゃくしはじめたのは」

「小真木君は、なぜ、ベッドでそんなことを言ったのだろう?」

「いつもセックスは女性委《まか》せだ、と言っていました」

「ははあ、ソープランドの女しか、知らないのだな」

竜之介はようやく合点《がてん》がいった。

最近の若い男は結婚相手の処女性にはこだわらない、ということは竜之介も知っている。しかし、だからといって、女性を全部、セックスのベテランと思い込んで、初めて手合わせする女に、よろしく頼む、というのはやりすぎである。やはり、経験が乏《とぼ》しければ乏しいなりに、ベッドでは女性をリードすべきである。

かつて、赤線では、女は痒《かゆ》いところへ手が届くようなサービスはしてくれなかった。しかし、女体の扱い方や、ベッドマナーはあれこれ教えてくれたものである。

女と寝るときには、浴衣《ゆかた》の紐《ひも》は解きやすいようになため前で結ぶ、といったようなことも教えてくれた。

ところが、ソープランドはサービスはしてくれるが、何も教えてはくれない。だから、ソープランドで童貞を失い、その後もソープランド嬢としかセックスをしたことがない男は、小真木のような態度をとってしまうのである。

「それで、小真木君は、君の口からそのことを僕に告白させて、何を期待しているのだろうか」

「いろいろ、教わったらどうか、と言っていました」

「彼に反省の色はないのかね」

「ありません。もう一度、ベッドに行ったら、やはり、同じことを言うと思います」

「分かったよ、それじゃ、裸になってベッドに横になってもらうとするか」

知恵美は緊張した表情になった。

「小真木君は僕にいろいろ教わるように、と言ったのだろう?」

竜之介は知恵美の顔を覗き込んだ。

「ええ」

知恵美はうなずく。

「だったら、教えてあげよう。しかし、言葉では教えるわけにはいかない。実地でないとね。だから、裸になって、ベッドに横になってほしいのだ」

「自分で脱がなければいけないのですか。テレビなどでは、男の人がキスをしながら脱がせるようですけど」

「そうしてほしいのかね」

「やはり、自分で脱ぐのは抵抗がありますわ」

「分かったよ」

竜之介は向かい合って話していたが、立ち上がると、知恵美のそばに腰を下ろした。

肩を抱き寄せる。

知恵美は眼を閉じて、唇を突き出した。

竜之介は良心に軽い痛みを感じた。小真木に悪いな、と思う。

しかし、知恵美がその気になっているとすれば、中止すると、かえって傷つけることになる。

竜之介は唇を重ねた。

知恵美の唇は小刻みに震《ふる》えていた。

竜之介は知恵美の歯の間から、舌を差し入れて、歯の裏側をくすぐった。

知恵美の手が背中に回され、背中の肉をつかんだ。

キスに感じてきたらしい。

竜之介はキスをしながら、知恵美のワンピースの背中のホックをはずし、ファスナーを引き下げた。

ワンピースのベルトをはずす。

知恵美はワンピースの下はブラジャーだけだった。

ワンピースの開いた背中から手を入れて、ついでにブラジャーのホックもはずす。

キスがすむと、知恵美は竜之介に齧《かじ》りついてきた。

知恵美の肩から、ワンピースをはずす。

ブラジャーもワンピースも一緒に女体から離れた。

可愛らしい乳房が現われた。

小さめだが、けっして貧相な乳房ではない。可愛らしいという感じがぴったりの乳房な

る。のだ。乳首はピンク色で、いくぶん褐色がかったピンク色の乳輪の中で、うずくまってい

竜之介は知恵美を立たせた。

ワンピースが足元にずり落ちる。

ホックをはずしたブラジャーは肩に引っかかっている。

下半身はパンストとパンティがしっかりとガードしている。竜之介は知恵美の前に膝をついて、パンストを脱がせた。

知恵美は脱がされたパンストを足首から抜くときに、竜之介の肩につかまって足を上げた。

膝をついている竜之介の目の前に真っ白のパンティが現われた。

パンティの真ん中はこんもりと盛り上がっている。その盛り上がったあたりから、若い女の、いくぶん強めの牝臭《めす》が立ちのぼった。

竜之介は入浴をさせるべきかどうか、迷った。

しかし、若い女の強めの牝臭に包まれてレッスンを進めるのも悪くないと思う。その牝臭は、妻の霧子や、社長秘書をしている愛人の恭子の体からは消えてしまったものである。

5

竜之介は素早く裸になった。

パンツを脱ぐといきりたった欲棒が、飛び出した。

知恵美は息を呑んで、欲棒を眺めた。

「小真木君のも、これぐらいの大きさはあったかね」

男はどうしても他人のサイズが気になるものである。竜之介もそう尋ねた。

「見なかったもの」

知恵美はゆっくりと首を振った。

眼は欲棒に釘づけになっている。知恵美は恐ろしいものを見るように、息を殺している。

竜之介はダブルベッドの毛布をめくると、知恵美を抱え上げた。

知恵美は恥ずかしそうに竜之介の胸に顔を伏せる。

このときまで、竜之介は男の欲棒の持ち方やこすり方を実地に指導しても、知恵美を抱こうとは考えていなかった。

さわる程度で我慢しよう、と思っていた。

しかし、知恵美を抱き上げて、ベッドに運んだ瞬間に、竜之介は、せっかくのチャンスだから、抱こう、と方針を変更した。

あとで、小真木に文句を言われたら、悪かった、とあやまればいい、と思う。

レッスンに熱が入って、気がついたときには、抱いてしまっていた、と言えば、小真木もやむをえない、と納得するだろう。

竜之介は白いシーツの上に女体を横たえた。

肩に引っかかっていたブラジャーを取る。

可愛らしい二つの乳房が現われた。

「小さいでしょう」

知恵美はそう言ったが、手で隠そうとはしなかった。

二つの乳首は姉妹喧嘩をしたように、そっぽを向き合っている。

「形のいいオッパイだよ」

竜之介はそう言いながら、乳房に唇を押しつけた。

強い弾力性が、竜之介の唇を押し返す。

パンティから立ちのぼっていた牝臭とは違った体臭が、乳房にこびりついていた。

そっと唇で乳首をはさむ。

乳輪に埋もれていた乳首は唇でくわえにくい。

竜之介は乳輪ごと、乳首を唇でくわえ、窪《くぼ》んでいた乳首の先端を舌でノックした。

知恵美は体をよじった。

「ああ……」

小さい声を出す。

唇と舌で刺激され、眠っていた乳首が、背伸びをした。

唇の間で乳首が固く尖《とが》った。

「彼、そんなこともしてくれなかったわ」

訴えるように知恵美が言う。

「わたしの乳房が小さくて、興味がないのかしら」

「可愛らしいオッパイだよ。興味がないなんて言わせない」

「嬉しいわ」

知恵美は竜之介の頭を胸に抱え込んだ。

竜之介は固く尖った乳首に舌で入念な愛撫を加えた。

「痛いわ」

ものの一分としないうちに、知恵美は言う。

舌で、ほんのわずか、刺激されただけで、乳首の皮が剝《む》けそうだ、というのだ。

竜之介は攻守をチェンジすることにした。知恵美の手を取って、いきりたっている欲棒を握らせる。

知恵美は軽く触れただけで、ビックリしたように、手を引っ込めた。

竜之介はもう一度、知恵美の手を欲棒に導いた。

今度は、知恵美も手を引っ込めなかった。しかし、握ったまま、ジッとしている。

「動かしてごらん」

竜之介は摩擦を命じた。

「どうやればいいか、分からない」

泣きそうな声で知恵美は言う。

「一度も、握ってこすったことはないのかね」

「ええ」

知恵美はぎくしゃくしたうなずき方をした。

ソープランド育ちの若い男はサービスされることしか知らないが、オジンや年上の男に大切に愛撫されるのが癖になった若い女も、男に奉仕することを知らない。ただ、デーンとベッドに横になっているだけである。

そういった若い男と若い女が初めて肌を合わせることになると、お互いにしてもらうことしか知らないから、ベッドでの行為がちぐはぐなことになってしまう。

竜之介は欲棒を握っている知恵美の手に自分の手を添えて、上下させた。

「こんなに強く握って、痛くないの？」

不思議そうに知恵美は竜之介の眼を覗いて尋ねる。

「痛くはないよ。それどころか、気持ちがいい」

「何だか、一段と固くなったみたい」

ほっそりとした知恵美の白い指が、黒々として太く、固く、いきりたっている竜之介の欲棒を握らされている眺めは痛々しい。それでも、知恵美はしっかりと欲棒を握って、その手を上下させている。

「彼、こうしてほしかったのね」

しみじみと知恵美は言った。

「もっと、他にもしてほしかったことがあるのだよ」

「なにかしら」

「小真木君は、今、君がつかんでいるものを、くわえてほしかったはずだよ」

「これを口にくわえるのですか」

知恵美は目を剝《む》いた。

「そうだよ」

「とてもわたしにはできないわ。そんなことをしなければならないのなら、小真木さんとの結婚は諦《あきら》めます」

「誰と結婚しても、要求されることだよ」

「えーっ？」

知恵美は、信じられない、といった表情をした。

「すると、課長さんの奥さんも、なさるのですか」

「僕が要求すれば、イヤがらずにしてくれるよ」

「いやだ」

「だから、それもついでにマスターしておいたほうがいい。さあ、歯を立てずにくわえてごらん」

「いやっ。それだけは、絶対に、いやっ」

「男と女は愛し合ったら、全身にお互いに舌を使うのが、常識だよ」

「すると、男の人は、女の体をなめたりするのですか」

「そうだよ」

「あんなところをですか……」

知恵美は失神しそうな顔をした。

「わたし、男性のをくわえたほうが、まだましだわ」

「男は、男をくわえるよりも、女性を舌で愛撫したほうがいいと考えているのだよ」

「わたし、頭がヘンになりそう」

知恵美はノボセそうになっていた。

女体をさわって、ノボセている知恵美を快感の甘美な世界に案内してやる頃合いだな、と竜之介は判断した。

竜之介は知恵美の太腿に手を置いた。

しだいにその手を内腿に移動させる。

内腿を今度はゆっくりと女体の中心に向かって這わせる。

パンティに手が触れる。

竜之介はパンティを脱がそうとした。

「待って、自分で脱ぐわ」

知恵美は胸まで毛布を引き上げてから、自分でパンティを脱いだ。知恵美は脱いだパンティは丸めて枕の下に押し込む。

自分で体についていた最後の下着のパンティを脱いだということは、知恵美も抱かれるつもりだな、と竜之介は解釈した。

6

竜之介は知恵美の体の中心部に手を触れた。柔らかな茂みに触れる。茂みの下に、発達した恥骨が感じられた。

恥骨の下方に、亀裂の両側にふっくらとした女のふくらみがある。そのふくらみをこじ開けて、竜之介は亀裂に指を進めた。

亀裂の内側は熱い蜜液が湧き出していた。

指が蜜液を掻き出すようにして、亀裂の内側の粘膜を撫でる。

「あっ……」

知恵美は小さく叫んで両足を閉じようとした。両足を閉じられては愛撫ができなくなる。

竜之介は知恵美に両足を閉じさせないために、太腿の間に膝を入れた。そうやっておいて、亀裂を自由に愛撫する。

指が亀裂の上部の小突起を探り当てると、知恵美は小さな叫び声を上げて、シーツをずり上がった。

そのために、知恵美の胸が、竜之介の顔の前にきた。オッパイが吸われるのを待っているように波打っている。

竜之介は乳輪ごと、乳首をくわえた。

「あうっ……」

知恵美は呻《うめ》いて、のけぞった。

亀裂に熱い蜜が湧き上がる。

竜之介は乳首をくわえたまま、指を女体に進入させようとした。

知恵美は指が進入する前に、ふたたびずり上がった。

はずみで、茂みが顔の前に現われた。

正三角形を逆《さか》さにした、すっきりした形の茂みだった。茂みからは若い女の牝臭が強烈に立ちのぼってくる。

その茂みに竜之介は唇を押しつけた。

「あっ」

知恵美は短く叫ぶ。

竜之介は男が女芯に舌を使うことを証明しようと思った。

亀裂を舌でこじ開けて、粘膜をなぞる。

強烈な牝臭に、竜之介の後頭部は、甘く痺《しび》れた。入浴をさせずに、ベッドに運んだために、匂いは湧き出す蜜液に増幅され、香水に近い濃度になっている。

「そんなことなさらないで……」

あえぎながら知恵美は言う。

「男は舌で女の体を隅々まで愛撫する、と言っただろう」

「分かったわ。だから、やめて」

知恵美は全身をヒクヒクさせた。

「これまで、つき合った男たちは何もしなかったのかね」

「何もしなかったわ」

「そんな、バカな」

「だって、わたし、男の人と、一度もこんなことをしたことはないのよ」

竜之介は知恵美のその言葉で、ガバッ、とベッドに起き上がった。

「これまで、男と一度もこんなことをしたことがない、というのは、つまり、処女だ、というのかね」

竜之介は知恵美の裸身を見下ろした。

知恵美は恥ずかしそうにうなずく。

「処女かあ……」

竜之介は悲鳴に近い声を出した。

男として、処女に遭遇したことは、感謝すべき好運である。しかし、相手は部下の恋人である。その処女をいただいてしまえば、トラブルの元になりかねない。経験豊かな女をつまみ食いするのと、処女をいただくのとでは、かかってくる責任が違ってくる。食べてしまいたい、という気持ちと、逃げ出したい、という気持ちが、胸の中で渦巻いた。

しかし、裸の女体を前にしている状況では、男である限り、逃げ出すのは不可能に近い。

処女だ、と思って眺めると、知恵美の裸身は新鮮そのものに見える。強烈すぎる牝臭も、処女特有の、処女臭という匂いなのだろう。

竜之介の指が進入しようとしたときに、大きくずり上がったのも、処女だと言われると、納得できる。処女は、とにかくずり上がるものである。

「僕が最初の男になってもいいのだね」

竜之介は口に溜まった唾液を飲み込みながら知恵美に念を押した。

知恵美はコックリとうなずく。

「小真木君には報告するのかね」

「すべきかしら」

「僕としては、黙っていてほしいな」

「それじゃ、しゃべらないわ」

知恵美は小さくうなずいた。

竜之介は知恵美の両足を開かせて、未開の亀裂を覗き込んだ。

「なぜ、そんなところを見るの？」

知恵美は太腿を半《なか》ば閉じて、非難するように聞く。

「処女というのを一度も見たことがないのでね」

「奥さんのを見なかったの？」

「暗い公園で初めてしたものだから、見ることができなかったのだよ」

竜之介はそう言って、閉じかけた太腿を開いた。

知恵美は太腿の力を抜いた。竜之介のするままにまかせたのだ。

太腿を開いても、亀裂の底は現われなかった。

竜之介は最大の角度まで知恵美の太腿を開いた。

ところが、それでも、亀裂は開かない。ぴったりと、亀裂の両側のふくらみが合わさって、処女の秘密をガードしている。

竜之介は亀裂の左右のふくらみを指で開いた。

蜜液を湛《たた》えてピンク色に輝く、処女の粘膜が、初めて現われた。

男の眼に触れさせるのは、これが最初で最後だろう。

ベッドから出るときには、その眺めはまるで変わったものになっているはずだ。

処女の眺めは、美しい、という表現が最も適切だった。

処女地を囲む薄茶色の淫唇は、薄く、ほとんど発達していなかった。

その薄い淫唇を蜜液が越えて溢れ出る。眺められているだけで、処女は興奮し、蜜液を湧かすものらしい。

小さな尿道口の下に小指が入るかどうかという程度の小さな入口があった。

それが、処女の入口だった。小さな入口は、真円を描いている。円の周囲には、いかなる亀裂も存在しなかった。

竜之介がいつも見馴れている女体の入口は亀裂が入ったものばかりである。

解説書によると、その亀裂は、処女膜痕《こん》と呼ばれるものである。

処女膜痕、とは亀裂だから、今、眺めている真円の周囲が処女膜と呼ばれるものらしい。しかし、どんなに目をこらして見ても、それは、膜には見えなかった。

どうやら、男が一度も通過したことのない女体の通路の入口の周囲の粘膜を、勝手に、『膜』と呼んでいるらしい。

竜之介は処女の亀裂にクロスしてキスをした。

舌先で、処女の入口を、味わう。

粘膜には、処女臭がこびりついていた。

磯《いそ》の香と塩の味が、処女の味だった。

二度目の唇と舌の洗礼に、もう、知恵美は抗議しなかった。

7

たっぷりと、処女の眺めと味を堪能して、竜之介は最後の仕上げにかかった。

ずり上がっていた女体を元の位置に戻し、開かせた両足の間に膝をつく。

「わたし、怖いわ」

知恵美は未知への恐怖に全身を固くしていた。

「怖いことは何もないよ。心配しなくてもいい」

竜之介は覆いかぶさってキスをした。

欲棒は亀裂にすべらせて、中には入れない。

キスの間中、亀裂と欲棒はじゃれ合った。

先端は、早くも、入口を窺《うかが》っている。

手で、欲棒を入口に押し当てると、知恵美はずり上がる。

「逃げちゃ、ダメだよ」

竜之介は入口を追いかけて、改めて、欲棒を押し当てる。

「だって……」

処女は本能的にずり上がって逃げた。

竜之介は知恵美の足首をつかんで引っ張って、元の位置に戻した。

「ずり上がらないでくれないか」

竜之介はもう一度言った。

「ずり上がるつもりはないのだけど、自然にそうなっちゃうのよ」

知恵美は肩で息をしながら弁解する。

処女は本能的に行為を恐れ、それが、ずり上がるという動きになってしまうのだ。

竜之介は、改めて、欲棒を女体の入口に押し当てた。

体重を欲棒に乗せる。

「痛いっ」

知恵美は叫びながらずり上がった。

欲棒はむなしく空を切る。

ずり上がるな、と言ってもムリな注文だな、と竜之介は思った。知恵美は処女を捨てる意思を持っているのだから、ずり上がるな、と言うのではなく、ずり上がる女体を押さえつけて、行為を完遂《かんすい》する以外にはない。

竜之介は女体を追っかけて位置を修正した。

知恵美の首の下に左手を回し、しっかりと、腕で肩を押さえる。

女体の入口に欲棒を押し当てる。

今度は、素早く、腰を進める。

「痛いっ……」

知恵美は悲鳴を上げて、ずり上がろうとした。

その肩を腕が押さえ込む。

ブスッ、という感じで、欲棒は処女の入口を通過した。

「痛いーっ……」

知恵美はのけぞった。

竜之介はさらに欲棒を進める。

欲棒が張り合わさっている襞《ひだ》と襞を押し開きながら、前進する。

メリッ、メリッという音が、聞こえるようだった。

「痛いのよ。やめてーっ……」

知恵美が体を震わせて哀願する。

しかし、いったん始めたら、男はリキッドを放出するまで、終わりにするわけにはいかない。

ついに、欲棒は根元まで処女だった女体に進入した。

狭い通路である。しかし、締めつけてくる動きはない。知恵美にすれば、痛いばかりで
それどころではないのだ。

いったん、根元まで進入すると、竜之介は出没運動を始めた。

これは、処女だった知恵美には、想像を絶することだったようだ。

「痛いっ。無茶しないで」

知恵美はこぶしを固めて竜之介の胸を叩いた。

「動かないで。じっとしてて。痛いって、言ってるのに動くなんて、無茶よ」

知恵美は絶叫し、竜之介を責《せ》める。

男が行為を完了するには、リキッドを放出しなければならない。リキッドを放出するには、出没運動をして、欲棒を摩擦し、刺激しなければならない。

そのことを、処女を喪失した痛みにのたうち回っている女に説明することはむずかしい。たとえ、説明したところで、女は、出没運動の中止を求めるだけである。とすれば、いくら痛みに泣き叫ぼうと、ここは我慢してもらうほかはない。

竜之介は、痛いっ、やめてぇっ、と哀願する知恵美を無視して動き続けた。なまじ、早く、知恵美を楽にしてやろう、と行為の短縮をはかると、動きが過激になりかねない。それは、かえって、苦痛を与えることになる。

「今は痛くても、痛みはやがて、底なしの快感に変わるのだよ」

竜之介は知恵美を組み敷いて動きながら、耳元でそう囁いた。

「信じられない……」

知恵美は呻く。

竜之介は放出が迫ったのを感じた。

他の女が相手のときは、勝手に放出することはできない。やはり、相手をのぼりつめさせるか、相手が放出に同意するまでは頑張らなければならない。しかし、今は、早く放出してやることが親切というものである。

竜之介は気持ちが高まったときに、許可も求めずに男のリキッドを放出した。満足するまで、放出して、結合を解く。

引き抜いた欲棒にふた筋の血のラインがついていた。それは、消してしまうのがもったいないラインだった。処女が女になった記念の出血で男の体に描いた血のラインである。

「女は誰でも最初の一回だけは痛いのだよ」

竜之介はその血のラインをティッシュペーパーで拭《ぬぐ》いながら言った。拭ったあとで、真円を描いていた女体の入口を覗き込む。

そこは無惨に腫《は》れ上がり、真円は消え、時計の八時二十分の位置に亀裂が二本入り、その亀裂から赤黒い血が滲《にじ》んでいた。

その傷口をティッシュペーパーで押さえ、出血を止めてやる。

知恵美は泣いてはいなかった。

「わたし、こんな苦痛を与えた円城寺課長が憎らしくなったわ」

竜之介を睨《にら》んでそう言う。

「小真木さんが一緒にホテルに入ったときにこんな苦痛を与えていたら、わたし、二度と顔を見るのがいやになっていたわ。だから、その意味では、最初の男になってくれたあなたに感謝すべきかもしれないわね」

知恵美はつぶやくようにそう言った。

「これで、女にしてもらったのだし、今度、彼とホテルに行ったら、嫌われないように、うんとサービスすることにしますわ」

そうも言う。

処女を喪失したばかりだというのに、知恵美にはまるで暗さはなかった。

出張先の据《す》え膳《ぜん》

1

数日間、竜之介は知恵美の処女臭の移り香に悩まされていた。指や体の一部にこびりついた知恵美の処女臭が、どんなに石鹸で洗っても取れないのだ。

幸い、妻の霧子は嗅覚《きゅうかく》が敏感ではないので、何も言わなかったが、鋭敏な嗅覚の持主であれば、処女との浮気が匂いから発覚して、大変な騒ぎになるところだった。

処女はやはり浮気の相手としては危険すぎる、と竜之介は改めて反省した。

その知恵美の処女臭が消えてから間もなく、小真木が課長席に真剣な表情でやって来た。

その表情を見たとき、竜之介は知恵美を抱いたことを後悔した。てっきり、そのことで小真木がねじ込んできたものと思ったからだ。

「課長、じつは――」

小真木が口を開いたときには、竜之介は立ち上がっていた。

「話は外で聞こう」

そう言って、営業第三課の部屋を出る。

小真木は黙ってついてきた。

会社を出て、近くの喫茶店に入る。

竜之介は会社の人間がいないのを確かめて席についた。

ウェイトレスにアメリカンをふたつ頼む。

「課長、わたし、前田知恵美と結婚することになりました。課長に説得していただいてから、前田知恵美は別人のように尽くしてくれるようになり、私もこれならいい女房になる、と判断したのです。本当にありがとうございました」

小真木はコーヒーが運ばれて来るのを待たず、背筋を伸ばして真顔でそう言い、頭を下げた。

竜之介は大きく溜息をついた。

どうやら、処女でなくなった知恵美は、ベッドで小真木に積極的にサービスをする女に変身したらしい。

「それは、おめでとう」

竜之介はホッとして、全身の力を抜きながら、そう言った。

「あれ以来、君も知恵美さんも何も言ってこないので、じつは、心配していたのだよ」

竜之介は小真木の表情を窺《うかが》った。

「申し訳ございません」

小真木はすまなそうに体を小さくした。

約束どおり、知恵美は竜之介に処女を破らせたことを小真木にはしゃべっていないらしい。

「それで、彼女とも相談したのですが、結婚の媒酌《ばいしゃく》人を課長にお願いしようということで意見が一致しましたので、ぜひ、お引き受けいただきたいのです」

小真木は緊張した顔で言った。

「媒酌人をオレが？」

竜之介は目を剝《む》いた。処女をいただいた男が花嫁の結婚の媒酌人となると、さすがにためらってしまう。

「ぜひ、お願いします」

小真木は頭を下げた。

「結婚の媒酌人なら、オレなんかより、部長か常務に頼んだほうがいいのじゃないか」

「でも、課長はいずれは、常務や専務、場合によっては社長になられる方ですから、私とすれば、ぜひとも課長にお引き受けいただきたいのです。それに、これは、知恵美の強い希望でもあるのです。課長に媒酌人をお引き受けいただければ、一生の思い出になる、と言っています」

小真木はそう言う。

処女を与えた男に結婚の媒酌人をさせれば、一生の思い出になるのは当たり前である。夫になる男には事情を伏せて、処女を与えた男に媒酌人をさせようという知恵美に、竜之介は女のしたたかさを感じた。おそらく、小真木は知恵美の尻に敷かれっぱなしになるだろう、と思う。

「知恵美さんもそう言うのなら、引き受けよう」

結局、竜之介はそう言って、小真木と知恵美の結婚の媒酌人を引き受けた。

「ありがとうございます」

小真木は喜んで何度も頭を下げた。

小真木と知恵美の結婚の媒酌人を竜之介がすることになったという情報は、たちまち社内を駆け巡った。

なにしろ、知恵美は社内きっての美人である。その注目の美人の結婚の媒酌人を、お偉方ではなく、課長になったばかりの竜之介がつとめる、というのであるから、話題にならないほうが不自然である。

そのことは、社長の耳にもすぐに入った。

社長秘書で竜之介の愛人の中丸恭子がベッドでいちゃつきながら教えてくれた話によると、そのことで、社長の評価は一段とアップした、という。

「課長でありながら部下から結婚の媒酌人を頼まれるということは、人間として信頼されている証拠だ。形式的に媒酌人を頼むのであれば、部長とか常務に頼むのが常識だからな。円城寺竜之介という男を営業第三課長に抜擢《ばってき》したオレの眼に狂いはなかったようだな」

社長は竜之介が媒酌人をすることになったという話を耳にしたとき、嬉しそうに恭子にそう言ったというのだ。

その新婦の処女をいただいたことを知ったら、社長は卒倒するかもしれないな、と竜之介は思った。

まあ、そのときは、そのときである。

面白《おもしろ》いことに、竜之介が小真木と知恵美の結婚の媒酌人を引き受けた、というニュースが社内を駆け巡ってから一週間後には、今度は営業第二課長の中西が、部下の結婚の媒酌人をすることになったというニュースが流れた。

中西が竜之介にライバル意識を剝き出しにして、強引に部下を説得して職場結婚させることにし、媒酌人を自分で買って出たのである。

2

課長になって二カ月ほど経って、仕事が一段落すると、新任の課長は福岡の支社に視察に出掛けるのが、竜之介の勤める『ユニバーサル産業』の慣例になっている。さらに、二カ月して、今度は大阪の支社に視察に出かけ、さらに、二カ月して、札幌の支社の視察に出かけるのだ。

名目は、地方支社の実情視察だが、課長の仕事の息抜きをしてこい、という社長のイキなはからいである。だから、支社も、初日こそ、昼間は視察のスケジュールを組むが、夜は支社長が先頭に立って、料理屋やバー、クラブに連れて行って、遊ばせてくれる。二日目の昼間はゴルフ、夜は、ふたたび酒を飲み、三日目は昼食をして、帰京するのである。

中には、バーやクラブに案内する際に、自分の普段の遊びすぎた分の勘定を回させる支社長もいる。

この支社の視察に、新任の課長が揃って出かけると本社がカラッポになるので、ふたりずつで出かけることになっている。

第一陣は、竜之介の最大のライバルである営業第二課長の中西が厚生課長の大木《おおき》と出かけ、次の週に、営業第三課長の竜之介が管理課長の吉野《よしの》と出かけることになった。

組合わせは、総務部長の仕事である。

新任の課長の間には、まだ、はっきりと派閥はできてはいないが、吉野は中西と仲がいい男だった。油断をしてはダメだぞ、と出発前に竜之介はフンドシを締め直した。

初日はいったん会社に出社して、総務部で航空券を受け取り、社長に挨拶をして出かける。

挨拶をすませて社長室から出て来た竜之介を中西が待ち構えていて、耳元で囁いた。

「九州支社に君のファンだという女子社員がいたよ。君は覚えていないだろうが、研修で本社にやって来たときに、君に親切にされたそうだ。円城寺竜之介という人は、どうなっていますか、と聞かれたのでね、営業第三課長になったので、来週、福岡に来るよ、と言ったら、ぜひ、わたしに声をかけるように伝言してください、と頼まれたよ。帰ってすぐに君に言うつもりだったが、忘れていたのでね」

中西はそう言った。

毎年、四月にユニバーサル産業は、入社二年目の社員を東京の本社に呼んで、五日間、研修を行なう。そのときに上京した社員の面倒をみるために狩り出されるのが係長である。

たぶん、そのときに、面倒を見たひとりだろう、と竜之介は思った。面倒を見る対象が多いために、いちいち名前は覚えていない。

「原口貴美《はらぐちたかみ》、という子だけど、覚えているかね」

「知らないな」

竜之介は首を振った。名前にまるで心当たりがなかった。

「たぶん、そう答えるだろうと思ったよ。原口貴美は九州支社の受付にいる可愛い子だ。ネオン街でホステス相手に飲むのもいいが、その子とホテルのバーででも、一緒に飲んでやれよ。何しろ、君のファンなのだからな」

中西は竜之介の肩をポンと叩いた。

竜之介は曖昧《あいまい》にうなずいた。

会社の車で管理課長の吉野と羽田《はねだ》に向かい、ジャンボジェット機で福岡に到着したのは午後二時四十分だった。

福岡空港には、九州支社の社員がふたり、竜之介と吉野を出迎えに来ていた。

福岡空港は日本で最も便利な空港である。道路が空《す》いていれば、博多《はかた》駅まで車で約十分。中心地の天神《てんじん》町まで、約二十分である。福岡空港が町の中にある、と言ってもいい。

「空港は福岡空港、というのに、ＪＲの駅は、なぜ、福岡駅、と言わずに博多駅と言うのかね」

出迎えの支社の車のリアシートにおさまると、吉野はさっそく、質問を始めた。

いかにも、真面目《まじめ》な視察だぞ、という印象を与えようとするときに、質問魔になる男がいるが、吉野はまさにそれだった。

「かつて、福岡市は、市の中心部を流れる那珂川《なか》をはさんで、東京寄りを博多、反対側を福岡、と呼んでいました。博多には商人が住み、福岡には武士が住んでいました。ですから、言葉も博多弁と福岡弁は違います」

出迎えの支社の社員は予想していた質問だ、というように、すらすらと答えた。

「たとえば、博多弁では、家にいるか、と聞くときに、『おると？』と聞きますが、福岡弁は『御座《ござ》らっしゃると？』と聞きます。博多弁がいかにも庶民の言葉であるのに対して、福岡弁はいかにも、武士の言葉という感じがするでしょう」

「なるほど」

「それで、市制を敷くに当たって、市会で博多市にするか、福岡市にするかが問題になったとき、当初は、博多市という案が強かったのですが、福岡市の案を譲らない一派が、博多市を主張する議員のところに刀を抜いて殴り込みをかけ、力ずくで福岡市という案を了承させ、それで福岡市になったそうです。そのために、ＪＲの駅の名前では、駅が博多地区に造られたこともあって、今度は博多側が強く博多駅にすることを主張して、駅名が博多駅になったそうです」

「すると、福岡空港は、博多地区ではなく、福岡地区にあるというのですな」

吉野は質問を続ける。

「いや、空港があるのは板付《いたづけ》というところでして、福岡市の空港という意味で、福岡空港と呼ぶようになったようです」

そんな話をしているうちに、車は支社の天神町に着いた。

支社のビルに入ると、受付の美人がニッコリと笑って竜之介と吉野を出迎えた。それが、中西の言った、原口貴美だった。

3

原口貴美は典型的な博多美人だった。美人はその土地土地によって顔の形が違う。博多美人はだいたいにおいて幅の広い長方形の顔をしている。いわゆるエラの張った顔立ちの美人である。

新潟の美人と博多美人と同じ形の顔をしている。ただ、新潟美人のほうが色が白い。

つまり、博多美人は四角な顔で色が黒い。

しかも、ラテン系の民族を思わせるほど情熱的である。『筑紫《つくし》女に魔羅《まら》見せるな』という言葉があるぐらい情熱的なのである。まかり間違って、そんなものを見せようものなら、離れない、のである。

大阪美人は卵形の顔立ちをしているし、秋田美人は丸顔である。

その地方によって、このように美人の顔立ちは違うものなのである。どれを日本一の美人とするかは、好みの問題である。

四角い顔の美人に燃える男もいれば、丸顔が好きだという男もいる。卵形の顔でないと好きになれないという男だっている。要はその男性の好みでどれが日本一であるかが決まるのである。

原口貴美もエラの張った顔立ちだった。

ところが、それであって美人なのである。

男の心を溶かすような大きな眼。厚い唇。よく通った鼻筋……。一度見たら絶対に忘れられない美人である。ところが、その貴美の顔に竜之介は記憶がなかった。

「東京に研修に参りましたときには大変お世話になりました」

貴美は誘うような眼で竜之介を見て、深々と頭を下げた。

社員であるからには、東京支社に研修に来たことは間違いない。しかし、竜之介に記憶がない、ということは、貴美が言うほど世話などしていないはずだ。実際には、遠くから竜之介を見ただけで、いかにも世話になった、と言っているだけかもしれない。

「おやおや、九州支社きっての美人とお知り合いだとは知りませんでしたよ。課長も隅におけませんねえ」

やはり、玄関に出迎えた、九州支社の総務課長の曽田《そだ》が冷やかすように言った。

「そうだ、原口君。君も今夜の接待につき合いなさい。円城寺課長は、ホステスなどよりも君の接待のほうをお喜びになるかもしれない」

曽田は思い出したようにそう言った。

「はい」

貴美は眼を輝かして大きくうなずいた。

こうなっては、竜之介も辞退はできない。

その夜、博多の名物の水炊きの料理屋から、歓楽街の中洲《なかす》のクラブに流れた歓迎の宴席に貴美も出席した。

そして、最後に曽田は竜之介をホテルに送り届けるように貴美に命じた。

竜之介の宿舎に支社が用意したホテルは那珂川のそばの博多東急ホテルだった。

中洲のクラブから那珂川のほとりを散歩しながらホテルに向かう。

吉野は曽田がソープランドに案内を引き受けた。竜之介もそっちのほうがいいのだが、貴美に送らせるという曽田の好意を無視するわけにはいかない。ソープランドはあしたにしよう、と諦《あきら》めてホテルに帰ることにしたのだ。

一緒に出張して来た吉野は、竜之介にべったりの貴美をわざと無視する態度をとっていた。貴美には冗談ひとつ言わなかった。

本来なら、張り合うか、竜之介をけなすかして、自分にも注意を向けようとするものだが、そんなところがまるでないのだ。

「君のような美人は、一度会ったら忘れないはずだが、どうしても君のことが思い出せないのだ」

川面《かわも》に映る鮮やかなネオンを眺めながら、竜之介は正直に言った。

「どうせ田舎《いなか》の冴《さ》えない女ですから、覚えていらっしゃらないのはムリもありませんわ」

貴美は不馴れな標準語をあやつる、という感じでそう言った。

「わたし、初めて、課長さんを見たとき、この人は必ず出世する人だ、と直感でそう思いました。女って、やっぱり、出世する人に弱いのね」

最後はひとりごとのように言いながら、貴美は腕を組んできた。

「ねえ、お部屋まで、お送りしてもいいでしょう」

遠慮がちに貴美は言う。

女がホテルの男の部屋に来る、ということは、体を許すということである。

何だかクサイな。

竜之介はそう思った。

東京を出発前に、ライバルの中西が貴美に声をかけろ、とすすめたことといい、貴美の異常とも思える接近といい、中西と仲がいい吉野がいかにも貴美に無頓着を装っていることといい、何か裏がありそうだった。

ひょっとして、これは中西がオレを追い落とすために仕組んだ罠《わな》かもしれないな、と竜之介は思った。

そう考えると、すべてつじつまが合う。

もしも、その罠にかかりたくなかったら、部屋まで送りたいという貴美の申し出を断固として断わるべきである。

しかし、それもシャクだった。

せっかくの申し出を断われば、貴美に恥をかかせることになる。どういう事情があるのか知らないが、中西に因果を含められたにせよ、貴美は体を投げ出す決心をしている。それに、せっかくの美人の据え膳を断わって逃げ出せばかえってもの笑いのタネになりかねない。よし、これは罠かもしれないが、かかってみてやろう。

竜之介はそう決心した。

4

九州支社では、竜之介と吉野に、それぞれダブルベッドの部屋を用意してくれていた。シングルベッドでは、ベッドが狭くて眠りにくいだろう、というのがその理由だった。

「あら、ダブルベッドのお部屋なのね。どなたか、約束なさっている女性がいらっしゃるの？」

部屋まで竜之介を送って来ると、貴美はダブルベッドを見て、疑うような眼をした。ずっと、宴席をつき合っているので、アルコールの酔いが眼に出ている。

「そんな女性なんかいるわけはないだろう」

竜之介は背広を脱いで、ソファの背にかけた。

貴美はその背広を作りつけのロッカーのハンガーにかける。

「女性が現われるかどうか、しばらくここで、様子を見ます」

貴美はソファに腰を下ろした。

「僕はひと風呂浴びるよ」

竜之介はホテルの浴衣を持って浴室に入った。

裸になって浴槽にお湯を入れる。

竜之介はゆっくりと体を洗うと、バスタオルで体を拭《ふ》き、素肌に浴衣を着た。もちろん、パンツもはかない。

竜之介がバスルームから出たとき、貴美はソファに腰を下ろして、冷蔵庫から出した缶ビールを飲みながらテレビを見ていた。

「お風呂上がりにビールをどうぞ」

そう言って、竜之介にも新しい缶ビールを開けてすすめる。

「ありがとう」

竜之介は貴美と向かい合って腰を下ろした。

貴美は、さすがに、自分のほうから、抱かれたい、と言うわけにはいかず、竜之介に誘われるのを待っている感じである。

きっかけを作ってやるのが親切というものだな、と竜之介は思った。

貴美から缶ビールを受け取るとき、わざと、大きく両足を開く。それで浴衣の前が大きく割れて、貴美に竜之介の股間が丸見えになったのだ。

筑紫女に魔羅見せるな、というタブーに竜之介は敢《あ》えて挑戦したのである。

「あらっ……」

貴美は危うく缶ビールを落としそうになった。

股間に吸いつけられた眼が、好色そうに潤《うる》む。

竜之介は缶ビールを受け取って、間髪を入れず、貴美の手を引っ張った。

貴美は巧《たく》みにテーブルを避けて、竜之介の胸に倒れ込んだ。

竜之介は唇を合わせながら、スカートの中に手を入れた。

パンストの上部から手をこじ入れる。指がパンティの中に進入した。柔らかい茂みに指先が触れる。

「分かったわ。ちょっと、手を放して。お風呂に入って体を洗ってくる」

竜之介が唇を放すと、貴美はそう言った。

竜之介は貴美の体を自由にしてやった。

貴美はホテルの浴衣をつかむと、バスルームに入って行った。

間もなく、バスルームから、お湯を浴槽に入れる音が聞こえてきた。

貴美は時間をかけて体を洗い、浴衣に着替えてから現われた。

素早く、ダブルベッドにもぐり込む。

竜之介は缶ビールをテーブルに置いて、ベッドに近づいた。

「恥ずかしいから明かりを消して」

貴美が毛布を目のところまで引き上げた。

竜之介は明かりを落とした。真っ暗にはしない。

貴美は真っ暗にしてほしいという。

「顔が見えないと、誰を抱いているか分からないし、つまらないからね。このぐらいでいいだろう」

竜之介はそう言いながら、毛布をまくった。

自分の浴衣の紐を解いて前をはだける。

早くもいきりたった状態になった欲棒が現われた。

貴美はその欲棒をつかみ、硬度を確かめるように握りしめてみる。それから、体をずらして、欲棒をくわえた。生温かいぬめりが、欲棒を包む。

竜之介は驚いた。積極的に、注文もしないうちから欲棒をくわえにくるとは、予想もしなかったからだ。

竜之介は仰向けになり、その腹部に顔を伏せるようにして貴美は欲棒をくわえ、頭を上下に動かす。

貴美の髪が腹部に垂《た》れ、頭を動かすたびにヘソのあたりを掃《は》くように撫でる。髪は意外に冷たかった。しかも、重い。

竜之介は貴美に体の向きを逆様《さかさま》にするように言った。言われたとおりに向きを変えた貴美の浴衣の紐を解く。

貴美の浴衣も前が割れた。

貴美は浴衣の下にスキャンティをつけていた。真ん中がレースになっていて、茂みが透けて見えるスキャンティである。

初めての相手なので、何かをつけるのがエチケットだと考えたのだろう。

竜之介はヒップからスキャンティを剝ぎ取った。

白いすべすべしたヒップが現われた。

竜之介は逆様の形で顔をまたぐように言った。

「恥ずかしい恰好《かっこう》をさせるのね」

そう言いながら、貴美は膝で竜之介の顔をまたいだ。

竜之介の顔の前にヒップの割れ目が迫ってきた。

5

ヒップの割れ目の中に、もうひとつ割れ目が見えた。それが、女体の亀裂だった。

女体の亀裂から、わずかだが、黒褐色の淫唇の端が覗《のぞ》いていた。それだけで、淫唇が発達していることが分かる。

淫唇は放っておけば発達するというものではない。使い込んで発達するものなのである。つまり、貴美は相当に豊富な男性体験の持主なのだ。

貴美は竜之介の胸の上に逆様に向いて腹這いになり、欲棒の根元を握り、先端をくわえている。

竜之介は亀裂の両側を両手の親指で左右に開いた。女の香りが立ちのぼり、ピンク色の秘密のゾーンが現われた。

ピンク色の両側は発達した淫唇が取り囲んでいる。年齢の割りには使い込んだことが目立つ淫唇である。

ピンク色は蜜液に濡れていたが、亀裂に溢れるほどではない。

若い女性は男の欲棒をくわえると、それだけで興奮し、蜜液の溢れ方が多くなる。しかも、今、竜之介と貴美がとっているような、シックスナインの形をとって亀裂を覗き込まれると、興奮が大きくなって、蜜液は湧き出す感じになるものである。

ところが、貴美の蜜液は滲《にじ》む程度で、湧き出す感じにはほど遠い。

命令されたので、サービスしているからに違いない。竜之介はそう思った。

自分の意思でベッドに入って来たのであれば、もっと興奮し、もっと激しく濡れるはずである。

——よし、それなら、本気で濡れさせてやろう。

竜之介は闘志をかきたてた。

竜之介は指で開いた亀裂に舌を伸ばした。

溝に触れるか触れない程度に、舌を這わせる。

「うっ……」

貴美は呻《うめ》いて、亀裂を舌に押しつけてきた。

竜之介はわざと舌を引っ込める。

「ううん……」

じれたように貴美はヒップを振る。

竜之介は今度は舌を長く伸ばして、小突起の先端をサッとくすぐった。

竜之介の上で貴美は女体をピクンと弾《はず》ませた。

初めて、トロリ、と蜜液が湧いてきた。淫唇が固くなるのが分かる。

改めて、今度はやや強めに、淫唇と淫唇の間を舌でくすぐる。

「ねえ、もう、わたし、イヤッ。ヘンになっちゃいそう……」

貴美はつじつまの合わないことを口走った。

竜之介は貴美が小突起に舌の訪れを期待して押しつけてくれば、わざとポイントをはずし、溝を舌が散歩するのを望めば、わざと淫唇をくすぐった。

徹底的にジラしたのだ。

ジラされればジラされるほど、女はペースを崩され、男の愛撫に夢中になっていく。

貴美もやがて蜜液を溢れさせ、しきりに体をヒクッ、ヒクッと弾ませるようになった。

「アーッ……」

ついに、貴美は欲棒をくわえるどころではなくなった。そんなことをしている余裕がなくなったのだ。

貴美の全身を痙攣《けいれん》が襲った。

貴美は欲棒を吐き出し、竜之介の足をつかんで、震えを止めようとする。

亀裂が収縮し、長さが半分になり、吸い込むような動きをする。

「うーっ……」

竜之介は上になっていた貴美を下ろし、ベッドに仰向けにした。

貴美は大きく両足を開き、竜之介を迎え入れる形をとった。

しかし、竜之介は結合を急がなかった。まず、貴美の右足を持って、親指をしゃぶり、軽く歯を立てた。

「いやーっ……」

貴美はのけぞった。

足の指は、女体のあまり知られていないウイークポイントである。

女もまさかそんなところをしゃぶったり、噛まれたりはしないと思っているから、意表を衝《つ》かれ、取り乱してしまう。

竜之介は足の親指を攻めてから、足首の内側に唇を這わせ、ゆっくりと上に向かって進みはじめた。

膝の内側を通過して、柔らかい内腿にさしかかると、貴美は狂ったように頭を振った。

「もういい、ヘンになっちゃう……」

髪に指を突っ込んで叫ぶ。

しかし、竜之介は愛撫を中止しようとはしなかった。

さらに、亀裂を目標に、唇を進める。

ようやく唇が女の溝に到達したときには、そこは洪水状態を呈していた。もう、貴美は命令のことなど、頭にないようだった。

竜之介は蜜液を舌で掻き回しながら、右手の中指を女体の通路に進入させた。

通路は熱かった。その体温に温められたように、蜜液も熱い。

熱い蜜液に保護された襞《ひだ》が、やんわりと指を締めつけてきた。竜之介は通路の中で中指を立てた。

襞を指先で引っ掻くようにする。

「あうっ……」

女体がのけぞって、ピクン、と弾んだ。

「わたし、もう、ダメ……」

リズミカルに通路を収縮させながら、貴美は叫んだ。

貴美は背中を持ち上げてブリッジを作った。

太腿が小刻みに痙攣する。竜之介の舌と指の愛撫だけでクライマックスに達したのだ。

しかし、竜之介はそれだけで貴美を解放するつもりはない。貴美が完全にダウンするまで、何度もクライマックスにのぼりつめさせるつもりである。

「ねえ、もういいわ。今度は、課長さんがイッて」

ブリッジが崩れると、貴美は肩で息をしながら言う。

竜之介の手首をつかんで、まだ、通路に進入したままの指を抜こうとする。

竜之介は指を抜く代わりに、親指で小突起を押さえた。

「あうっ……」

貴美はピクンと体を弾ませた。

「くすぐったい」

抗議するように言う。

女はクライマックスに達したばかりのときに、小突起に触れられると、くすぐったくて飛び上がる。しかし、それもほんのしばらくのことで、さわり続けると、ふたたび快感が蘇《よみがえ》り、二度目のクライマックスに向かって走り出すものである。

もっとも、小食や病み上がりで体力のない女や、体調が不調だったりすると、一度のクライマックスが限界で、二度目のクライマックスに到達するのは不可能である。

繰り返し、繰り返し、クライマックスに到達するには、やはりそれだけの体力がなければ無理である。

貴美には充分にその体力がある。

宴席で貴美は飲むほうに徹する男たちを横目にしっかりと食べ続けていた。三度や四度のクライマックスは平気でこなせるはずである。

「さわらないで……」

貴美は哀願する。

竜之介はその哀願を無視した。

やがて、ゆっくりと腰がうねり始めた。

くすぐったい感じが快感に変わったのだ。もう貴美はくすぐったいとは言わなかった。

「ねえ、今度は入ってね」

貴美は大きく足を開いて空腰を使いながら竜之介を見た。その眼は泣いたあとのように潤んでいる。

6

一度、クライマックスに到達した女体は、のぼりつめやすい状態になっている。

竜之介は貴美の両足の間に膝をついた。

女の亀裂に欲棒をあてがう。

貴美は欲棒が入って来るものと思って、両膝を曲げ、両足を持ち上げ気味にした。

しかし、竜之介はひとつになるのを急がなかった。欲棒の先端で女の溝を入念に撫でる。

「あーっ……」

貴美は竜之介の腕を引っ張った。

何とかして溝を撫でている欲棒を女体に迎え入れようとして体をよじる。女の溝は先ほどとはうって変わって、洪水状態を呈している。

貴美は本気になっていた。中西に命じられて義理で竜之介のベッドに来たとしても、今は、無我夢中の状態である。

しばらく溝を撫で、貴美をジラしてから、竜之介は欲棒を女体に挿入した。

「うっ……」

貴美は呻いた。

欲棒は先端が入ったところで強い力で押し戻された。

その力を押し破って、前進する。

「凄《すご》いわ……」

貴美はのけぞって腹部に力を入れた。

柔らかいはずの貴美の腹部が、鉄板を敷いたように固くなった。

通路が狭くなり、欲棒は半分ほど進んだところで、前進をはばまれた。

竜之介は下腹部に力を入れて、欲棒に体重を預けた。メリメリッ、という感じで、欲棒は通路をこじ開けて進む。

「あーっ、こわれちゃう」

貴美は竜之介の胸を突っ張った。

それでも、ついに、竜之介は欲棒を根元まで女体に埋めた。

「大きすぎるのよ、課長さんのは」

貴美は迎え入れただけで、肩で大きく息をする。

「わたし、本当にこわされるかと思ったわ」

額に滲《にじ》んだ汗を手の甲で拭《ぬぐ》いながら貴美は腹部を波打たせた。

竜之介はゆっくりと動き始めた。

「こわさないように、そっとしてね」

貴美は竜之介の耳元で注文をつけた。

どうやら、大きな振幅で動かされるよりは、小さく動かされるのが好きらしい、と竜之介は見当をつけた。

男の中には、やみくもに激しく動けば、女が悦《よろこ》ぶ、と思っているものが少なくない。

しかし、それは誤った考えなのだ。

大きな振幅で激しく攻め立てられるのを好む女は、結婚生活十年以上のベテランの人妻か、プロの女性ぐらいであって、若い女は乱暴に動かれると白けるだけである。

竜之介は小さく動いた。恥骨のふくらみに恥骨のふくらみを押しつけるようにソフトに動く。

「いいっ……」

通路はヒクヒクと欲棒を締めつけながらその動きを歓迎した。

若い女の中には、結合して、恥骨のふくらみを圧迫してジッとしているだけで、グングンとのぼりつめていくタイプもいる。つまり、若い女には、激しい動きは不要なのだ。

竜之介は出没運動はすべて中止した。

結合して重なったまま、ジッとしている。

それだけで、貴美はあえぐのだ。出没運動をするよりも、むしろあえぎ方が激しい。

竜之介は欲棒をピクンとさせてみた。

「うわっ……」

貴美は結合した部分を押しつけて、叫ぶ。

竜之介はさらにピクン、ピクンと欲棒を律動させる。

「イヤっ、ああっ、わたし、どうにかなってしまいそう」

貴美は泣き出しそうな声を上げた。

結合して欲棒を律動させただけで、クライマックスにぐんぐん近づいていく。それも、舌と指の前戯でクライマックスに達しているからである。いったん燃え上がった女体は、火種がくすぶっている状態にある。ちょっとした刺激で、ふたたび女体は激しく燃え上がるのだ。

「ねえ、本当に、ダメになるゥ……」

女体が痙攣しながらのけぞった。

「ねえ、一緒にイッてェ……」

貴美は竜之介にしがみついて、肩口に歯を立てた。しかし、竜之介は貴美の哀願を無視し続けた。貴美の哀願を入れて、竜之介が同時に男のリキッドを発射すべく、大きな振幅で、激しい出没運動を始めたら、貴美はかえって白けて、クライマックスから遠ざかるに違いない。それが分かっているから、敢《あ》えて貴美の哀願には耳を貸さなかったのだ。

ひたすら、欲棒を、ヒクッ、ヒクッとさせて、貴美をクライマックスに導く。

「イクッ……」

女体の痙攣はますます激しくなり、ついに、貴美は背中を持ち上げた。

通路がしきりに欲棒を引っ張り込む動きをする。

貴美は歯をくいしばって、痙攣に耐えながら、一気にクライマックスに到達した。

「また、わたしだけがイッちゃった……」

クライマックスのうねりに全身をヒクつかせながら貴美は呻く。

「今度、君がイクときに一緒にイクよ」

竜之介は貴美の耳元で囁いた。

「もうダメ」

貴美は弱々しく首を振った。

「もう限界だわ。たて続けに二回なんて初めてよ。たて続けに三回なんて、エネルギーを使い果たしたし、とてもじゃないけど無理だわ。そんなことをしたら、わたし、きっと死んでしまうわ」

「だったら、死んでもらおうか」

「うわぁ、シビレるせりふ……」

貴美の通路がキュッと締まった。

竜之介は欲棒をピクッとさせた。

「あうっ……」

貴美はぴくぴくと体を震わせた。

「お願いだから、中で、ピクッ、とさせないで」

しがみつきながら、貴美は哀願する。

7

貴美は竜之介が通路の中で欲棒をヒクヒクさせただけで、三度目のクライマックスにのぼりつめた。それを見届けてから、竜之介は激しい出没運動を行なった。

「もうダメよぅ……」

貴美はのけぞって叫ぶ。

その女体の奥深く、竜之介は男のリキッドを勢いよく発射した。

「ああ、当たってるぅ……」

貴美は呻きながら、両足をピンと伸ばし、全身を痙攣させた。

その痙攣が弛《ゆる》やかにおさまり、女体が弛緩《しかん》しはじめると、力を失った欲棒は通路から押し出された。

「わたし、もう満足よ」

裸身をベッドに投げ出して、だるそうに貴美は言う。

竜之介は欲棒が回復すれば、今度は、結合したままで、三度は貴美をクライマックスに押し上げてやる自信があった。

あしたはゴルフだが、二回エネルギーを消費したぐらいでは、疲れは感じないはずだ。かえってそのほうが、腰を軽くなって、ボールが飛びそうな気がする。

「このまま、眠ってしまいたい」

貴美はつぶやくように言った。

「まだ、眠らせないよ」

「えーっ」

「もう一回、お相手をしてもらう」

「そんな、わたし、死んでしまうわ」

「死ぬ死ぬ、と言って、死なないことは、よく分かったよ」

「でも、もう一回なんて、少し、やりすぎじゃないかしら」

「君は三回クライマックスに達したからそんなことを言うけど、オレは、まだ、一回だけだからな」

「だから、わたしの二度目に一緒にイッてと言ったのに」

「二回目は君が勝手にイッてしまったのだよ」

「イッたのじゃなくて、イカされたのだわ」

「とにかく、今夜はここに泊まっていきなさい。明け方に、三度目がしたくなるかもしれないから」

「でも、わたし、帰らなくちゃ。両親が心配するし」

「ここから、電話をすればいい。今夜は友だちのところに泊まるからと言うんだ。オレが君の友だちの父親になって、ご両親の了解を取ってあげてもいい」

「そんな。わたしが帰ればいいのです」

貴美はベッドから起き上がろうとして、腰から崩れ落ちた。

「腰が抜けているから帰れるわけはないよ」

「課長さんがいけないのよ。わたし、こんなに強烈なセックスをしたのは初めてよ」

「さあ、家に電話しなさい」

竜之介は電話機を取ると、貴美に突きつけた。

「ごめんなさい。じつは、わたし、両親と一緒に住んでいるのではないの。マンションでひとり住まいなの。だから、いちいち両親に電話で外泊を断わらなくてもいいの」

貴美は突きつけられた電話機をナイトテーブルに戻した。

「今夜の据え膳は君の意思ではないのだろう？」

竜之介は貴美の眼を覗き込んでズバリと尋ねた。

貴美の眼の中を、一瞬、狼狽《ろうばい》の色が走った。

「何もかもお見通しなのね」

貴美は、嘘が通用しない、と観念したように目を閉じて溜息をついた。

「中西課長さんに頼まれたのよ。円城寺竜之介を誘惑し、その一部始終を報告するように、って」

「やっぱりそうだったのか。でも、君は、なぜ、中西のために体を張ってまで、オレを誘惑したのかね。金を積まれたのかね、それとも、何か中西に借りがあったのかね」

「尻尾《しっぽ》をつかまれている、と言ったほうがいいわね」

「尻尾をつかまれている？」

「わたし、東京の大学に行っているときに、海外旅行がしたくて、その費用を稼ぐために二カ月ほど、ホテトルでバイトをしたことがあるの」

貴美はポツリと言った。

「そのときに、わたしを気にいって、身分を隠して通いつめたのが中西課長さんなの。ホテトルは旅行の費用を稼いだときに辞めて、それ以来、中西さんとは没交渉だったの。だから、中西さんが福岡に出張で来たときに受付で顔を合わせたときには、わたし、心臓が止まりそうになったわ」

貴美は動悸《どうき》を確かめるように、自分の胸に手を置いた。

「その夜、中西さんからホテルに呼ばれ、ホテトルにいたことは内緒にしてやるから、今度、出張でやって来る円城寺を誘惑して、逐一《ちくいち》その様子を報告しろ、と脅迫されたの」

「そうだったのか」

「でも、わたし、報告はしないわ」

「なぜ?」

「だって、円城寺さんは、わたしにセックスの本当の素晴らしさを教えてくれたわ。わたし、あんなに情熱的に抱かれたのは初めてよ。素晴らしい喜びを教えてくれた男は裏切れないわ」

貴美は裸の体を密着させ、唇を求めてきた。

キスをしているうちに、竜之介の体に回復の兆《きざ》しが現われた。欲棒にわずかだが力が戻ってきたのだ。

「朝まで君をベッドに縫いつけてやる」

竜之介は宣言した。

「凄いセリフ……」

貴美は早くも息を乱しはじめた。

CMタレント

1

福岡出張から帰って来た竜之介を中丸恭子の熱い体が待っていた。

「一緒に出張に行った吉野課長は、福岡でソープランドに出かけたけど、あなたは石部《いしべ》金《きん》吉《きち》さんだったそうね」

いつものシティホテルのベッドで、固さを確かめるように竜之介の欲棒を握りしめながら、恭子は火照《ほて》った肌を押しつけてきた。

「そんなことまで知っているのか」

「九州支社の支社長から、社長に報告書が届いたわよ。社長がトイレに立った隙に見たのだけど」

「支社長からそんな報告書が出されるとは知らなかったよ」

「ホテルのあなたの部屋に原口貴美というＯＬがついてきたけど、あなたは何もせずに帰したそうね」

恭子は嬉しそうに白い歯を見せた。

「そんなことまで書いてあるのかね」

「これは高山《たかやま》専務の秘書の寺尾弥生《てらおやよい》さんがしゃべっていたわ」

「寺尾弥生が？」

「きっと九州支社に親しい友だちでもいるんじゃないかしら」

恭子はそう言った。

待てよ、と竜之介は首をかしげた。

中西は竜之介と同じように、社長の考えと同じ内容のレポートを出して、倉沢社長に認められ、営業第二課長に抜擢《ばってき》された。そのときに、竜之介は中西にも、恭子のように社長の考えを教えた女がいるのではないかと思った。

初めて、中西と社長室に呼ばれたときに、中西は竜之介よりも先に、社長に対して最敬礼をした。そのときにも、そうするように教えたものがいるのではないか、と竜之介は思ったものだ。それが、高山専務の秘書の寺尾弥生だとすると、つじつまが合う。

寺尾弥生は秘書課の中では、妖艶《ようえん》な感じのする女だった。いわゆる清純派タイプではない。どう見ても男がいる感じである。その男が中西なのだろう。どうやら、貴美は、何もなかった、と中西に報告し、それを寝物語に中西が寺尾弥生にしゃべり、それが、恭子の耳に入ったのだろう。

それにしても、専務の秘書に手を出すとは中西もいい度胸の持主である。いずれ、中西と寺尾弥生のことは尻尾を掴んでやろう、と竜之介は思った。

脂身《あぶらみ》の多いステーキを食べたような恭子との一夜を過ごして出勤すると、宣伝課長の内山《うちやま》が竜之介の席で待っていた。

「新しいテレビのCFを撮《と》りたいのですが、タレントを決めかねているのです。こっちで勝手にタレントを決めて、営業から文句が出ても困りますのでね。円城寺さんと中西さんと話し合って、決めてもらおうと思いまして待っていたのですよ」

内山は竜之介を見るとそう言って二枚のキャビネ判の写真を出した。

二枚の写真には、それぞれビキニの水着姿のギャルが写っていた。

「こっちのボリュームのあるほうが小松原香織《こまつばらかおり》で、痩せているほうが柳原《やなぎはら》ユミで、小松原香織は歌手の卵、柳原ユミはタレントの卵です。どちらもCF処女です。年齢はふたりとも二十歳《はたち》になったばかりです」

内山はモデルの説明をした。

竜之介は小松原香織のほうが好みだったが、こちらにしよう、とは言わなかった。そんなことを言って、小松原香織でいこうということになり、その結果が悪ければ、責任は竜之介ひとりが負わなければならなくなる。

「中西課長の意見も聞こう。彼は前宣伝係長だから、こういったことでは専門家だ」

竜之介はそう言って、中西のいる営業第二課に内山と足を運んだ。

「どっちでもいいのじゃないか。こんなことで責任をとらされるなんてばかげているよ。常務会で決めてもらえばいい」

中西は写真のギャルを見比べながらそう言った。

「それじゃ、そうします」

内山はあっさり引きさがった。

内山と営業第二課を出かかった竜之介を中西が呼び止めた。

「円城寺君」

「ところで、九州支社の原口貴美の体当たりサービスを君は拒絶したそうだな」

中西は竜之介だけにしか聞こえない声で言った。

「恐れ入った地獄耳だな」

竜之介はオーバーに首をすくめてみせた。

「本当はどうだったのかね。ちゃんと、いただいたのだろう」

ねばつくような眼で竜之介を見ながら、中西は食い下がった。

「本当も嘘もないよ」

竜之介はニヤリとして営業第二課を出た。営業第三課に向かいながら、福岡での第一夜を思い出して、ひとり思い出し笑いをする。

あの夜、竜之介は二回目を行なったあとで、いったん貴美をマンションに着替えのために帰らせた。

ＯＬが前日と同じ服装で出社することは、外泊して自分のねぐらに帰らなかった証拠である。翌日、貴美が前日と同じ服装で出社すれば、竜之介のホテルの部屋に泊まったことを白状するようなものである。

貴美が着替えに帰った間に、ソープランド帰りの吉野が竜之介の部屋を覗いて、貴美が部屋にいないことを確認している。

そのあとで、着替えをすませて戻って来た貴美と、竜之介は朝までにさらに三回のセックスを楽しんだのだ。

翌朝のゴルフの出発は九時。貴美は八時過ぎに部屋を出て、支社に出社した。だから、誰にも、情事はバレなかったのだ。

2

翌朝の火曜日に、内山はしょげ返って、再び営業三課にやって来た。

小松原香織と柳原ユミのどちらを起用するかというお伺《うかが》いは、常務会から突き返されたというのだ。

「そんなことぐらい、現場で決めろ、と言うのですよ」

内山はぐったりした表情でそう言った。

「だったら小松原香織に決めたらどうかね」

竜之介は面倒臭くなって、そう言った。

「やはり、そうですか。いや、僕も、小松原香織のほうがいいのじゃないかと思ってはいたのですよ」

内山は急に元気がよくなった。

「彼女、銀座の《ま・びぃ》というシャンソニエで前座で歌っているのですよ。今夜、実物を見てくれませんか」

内山は竜之介を頼りにしきっているようで、そう言う。

頼ってくる男を翼の下に入れ、力になってやることが、派閥作りのコツである。

竜之介は内山を自分の味方にすることにした。将来、もっとポストが上がったときに、子分は必ず必要になってくる。そのときになって、慌《あわ》てて派閥作りをしても、心酔して子分になるものはいない。損得勘定《かんじょう》でついた子分は簡単に裏切るものなのである。

その夜、竜之介は内山に案内されて《ま・びぃ》に出かけた。

薄暗い店内は、入口よりも奥のフロアが一段低くなっていて、その正面左手にグランドピアノが置いてあった。そのピアノのそばで、写真の子がマイクを持って歌っていた。

「ちょうどよかった。今、歌っている子が小松原香織です」

内山はホッとしたように小声で言った。

小松原香織は歌いながら、自分の歌に酔ったように涙ぐんだ。シャンソン歌手には自己陶酔タイプが多いが、小松原香織もどうやらそのタイプらしい。

「どうです、実物は」

内山は感想を尋ねた。

「新鮮な感じがする子だね。写真より、いいよ」

竜之介はそう言った。

内山は安心したようにうなずいた。

小松原香織は二曲歌った。

歌い終わると、マイクを次の歌手にバトンタッチをして、内山のところに挨拶に来た。

「うちの営業第三課の円城寺竜之介さんだ。円城寺さんが君に決めたらどうか、と言ってくださったのでね、君に決めようと思っている」

内山は竜之介を紹介してそう言った。

小松原香織は竜之介に頭を下げた。

じっと竜之介の眼を見つめる。

「あとで……」

香織は小声でそう言って仕事に戻った。歌わないときは、ウェイトレスをしているのだ。

女の歌手がふたり、男の歌手がひとり歌って、最後に店のママが歌った。

「若い頃、パリで修業をしただけあって、さすがにうまいものでしょう」

内山は竜之介の耳元で囁《ささや》いた。

「うまいものだな。それに美人だ」

竜之介は大きくうなずいた。

そのママはステージが終わると、竜之介と内山のテーブルにやって来た。

「香織ちゃんから聞いたのですが、今度、内山さんの会社のＣＦに起用していただけるとか。どうか、よろしくお願いします」

ママはニッコリと笑って頭を下げた。

「まだ、決まったわけではないけど、円城寺課長の推薦で、ほかの候補を一歩リードしたことは確かだよ」

内山はママに竜之介を紹介した。

「香織はいい子ですよ。お店がすんだら話してみてください。きっとお気にいりますよ」

ママはそう言った。香織を呼んで、店がハネてから、竜之介と内山につき合って、しっかりと自分を売り込むように、と言う。

しかし、店にやって来る客は多く、ラストまでねばるわけにはいかない。竜之介は、店がハネる頃に、銀座第一ホテルの最上階のバー『ルミエール』で香織を待つことにして《ま・びぃ》を出た。

3

あまりアルコールは強くない、という内山とバーを三軒ほど飲み歩いて、午後十一時過ぎに、『ルミエール』のカウンターに腰を下ろす。ここは、午前一時まで営業している。

内山は《ま・びぃ》から数えて五軒目のハシゴで上体をふらつかせるほど酔っていた。

「ちょっとトイレに行ってきます」

カウンターで水割りを口につけると、内山は腰を上げ、おぼつかない足取りでトイレに立った。しばらく待ったが、なかなかトイレから帰って来ない。トイレで酔いつぶれたのではないか、と竜之介が心配を始めたとき、ウェイターがやって来た。

「お連れ様からのご伝言です。《気分が悪くなったのでお先に失礼します》とのことでございます」

ウェイターは上体をかがめ、竜之介の耳元で囁くように言った。

「帰ったのか」

竜之介は額に皺《しわ》を寄せた。

内山が帰ってしまったら、小松原香織の相手は竜之介ひとりがしなくてはならない。

竜之介は香織に関してはまったく予備知識を持っていない。それに、香織と最終的に契約するかどうかは、内山が判断を下す事柄であって、竜之介には権限がない。

だから、香織とふたりだけになっても、どんな話をすればいいのか見当もつかない。竜之介は二、三十分、あたりさわりのない話をして帰ろうと思った。

香織は十一時十五分頃に『ルミエール』に現われた。

肌の透《す》けて見える薄物を着て、甘い匂いの香水をふりかけている。

「内山さんは？」

香織は竜之介と並んでカウンターに腰を下ろしながら、内山の姿が見えないので、首をかしげた。

「酔っちゃったので先に帰りましたよ」

竜之介はそう言った。

「内山課長さん、アルコールに弱いから無理もないわね」

香織は馴《な》れ馴れしい口のきき方をした。

オーダーを尋ねるバーテンに、スコッチの『ダンヒル』の水割りを注文する。

「これ、軽いから好きなのです」

香織はバーテンが作ってくれた『ダンヒル』の水割りを目を細めて、うまそうにひと口飲んでそう言う。

竜之介は改めて香織を観察した。

どちらかというと痩せ気味だが、胸は小さいほうではなく、骨盤も安産型である。つまり、プロポーションは均整がとれている。

CF向きの体だな、と竜之介は思った。

全身から滲み出るような色気があるが、それがフィルムにうまく捕えられるかどうかは分からない。

「内山課長さんとは、何度か打合わせなどで、お食事をしたけど、いつも円城寺課長さんを尊敬している、と口癖のようにおっしゃってたわ」

香織はハンドバッグからタバコを出して火を点《っ》けた。

「だから、どんな方か、興味があったの」

竜之介を見てニヤリと笑う。

「平凡なサラリーマンですよ」

竜之介は謙遜した。

「さあ、どうかしら」

香織はじっと竜之介を見つめた。

「でも、考えていた人とは、だいぶ違うわ」

「どう違っていましたか」

誰でも自分を話題にされると体を乗り出してしまう。竜之介は体を乗り出しながら、すっかり香織のペースだな、と苦笑した。

「わたし、内山課長さんのお話から、もっと怖い人を想像してたから、優しそうだったので意外だったわ」

香織は速いピッチで水割りをあけ、二杯目を注文した。

「それは買い被《かぶ》りかもしれないよ。本当は怖い狼かもしれない。優しそうに見えて、心の中で爪を研《と》いでいるのかもしれないよ」

「もし、そうだとしても驚かないわ。わたし、覚悟はしているの」

「覚悟をしている？」

「だって、CMタレントになるにしろ、歌手になるにしろ、体を張っていかなければ、この世界では大成できないと思うの。今をときめく大スターだって、駆け出しの頃は、体を売るようなことをしてた人が結構いるのだもの」

香織はそう言った。

「それじゃ、僕がこのホテルに泊まろう、と言ったらどうする？」

香織は溜息をついた。

「いいわ。あなたと寝ても。でも……」

香織は竜之介の膝に左手を置いた。

「もう少し時間をちょうだい」

右手でグラスを持って、水割りを喉《のど》に流し込む。

「どうせ、抱かれるのなら、あなたを好きになってから抱かれたいわ」

水割りのお代わりをバーテンに注文して、竜之介の肩に頭を乗せる。

「わたしを含めて、シャンソン歌手は歌いながら自分の歌に酔って涙を流す人が多いの。自分を乗せて初めていい歌が歌えるのよ。男性と寝るときもそう。相手に惚《ほ》れてから寝たいの。たとえそれが一夜だけのものであっても」

香織はキラキラと輝く眼で竜之介を見た。

竜之介は香織を乗せてやろうと思った。

香織を抱くのは真剣な愛から出た行為ではなく、単なるラブゲームである。とすれば、楽しい雰囲気を盛り上げてベッドに入ったほうがいい。

「内山君から、ＣＦにどの子を使ったらいいか、と二人の女の子の写真を見せられたとき僕は迷わず君がいい、と言った。君がもっとも『華《はな》』を持っていたからだよ。やはり、スターになる人は『華』を持っていなくてはダメだ。それに、君は最も僕の好みだったし」

竜之介は香織の眼を見ながらそう言った。

「お部屋を取ってきて。あなたが好きになったわ」

香織は竜之介の眼を見返しながら、あえぐように言った。

竜之介は眼でうなずくと、腰を上げ、エレベーターで二階のフロントへ降り、ダブルベッドの部屋にチェックインの手続きをした。

キイを受け取って『ルミエール』に引き返し、香織をうながす。

伝票にサインをして、チェックインした部屋のある五階に降りる。

エレベーターには他に客はいなかった。

「ママには内緒にしてね」

体を密着させてきながら香織は不安そうに竜之介を見上げた。

「誰にも言わないよ。ママにも、内山君にも内緒にする」

竜之介がうなずくと、香織はホッとした表情を見せた。

部屋に入ると竜之介は香織を抱き寄せてキスをした。柔らかい女体が竜之介の腕の中でしなった。

「わたし、知り合ってから数時間後に、抱かれるのは初めてよ。いつもはこうじゃないわ。といっても、これまで体験した男性はふたりだけど」

香織は弁解するように言う。

竜之介はいきなり香織をベッドに押し倒すと、スカートをめくって、パンストの中に手をこじ入れた。

4

竜之介が強引にパンストの中に手を入れたのは、香織を乗せるためだった。

自分の歌に陶然《とうぜん》となる女だけに、情熱的に求めたほうがいい、と判断したのだ。

「先にお風呂に入らせて」

香織は竜之介の手首をつかんで、首を振った。

「先に、さわりたい」

竜之介はパンストの中に入れた手をさらに進めて、パンティの上部から指を進入させた。

柔らかい茂みが指先にからみついた。

茂みの覆《おお》った恥骨のふくらみを撫でて、指は亀裂に向かう。

亀裂の入口の小突起に指が触れると、香織は小さく、アッ、と叫び、ピクッ、と体を弾《はず》ませた。

竜之介は小突起を中指で軽く叩いた。

そのたびに、ピクッ、ピクッ、と香織は女体を弾ませる。自己陶酔タイプの女だけあって感度は抜群によさそうである。

竜之介は小突起から、ほんの少しだけ指を下降させた。温かいぬめりを指先がすくい取った。

香織は蜜液を激しく溢れさせていた。この分では、パンティの内側は糊《のり》を塗ったようになっているはずだな、と竜之介は思った。

「僕を本当に好きになってくれたようだな。君の体が洪水を起こしているのがその証拠だ」

竜之介は香織の耳元で囁いた。

「あーっ……」

香織は体をすくめるようにした。それで、耳が香織のウイークポイントであることが分かった。

竜之介は香織の耳たぶを軽く囓《かじ》った。

「あうっ……」

香織は小刻みに体を震わせた。亀裂から、蜜液がドッという感じで湧き出す。

竜之介は耳の穴の入口をペロリとなめた。

「ヒイッ……」

香織は悲鳴を上げた。

「もう止めて。このまま続けられたら、わたし、お風呂に入れなくなっちゃう」

香織は哀願するように言った。

「君さえよければ、風呂なんか入らなくてもいいのだよ」

「ダメーッ。きれいにしてからでなくちゃダメーッ」

香織は体をよじって竜之介の指から逃れようとした。

「湧き出した蜜がきれいにしてくれているはずだよ」

「ダメーッ。ダメなの、お風呂に入らなくっちゃ」

香織は竜之介を押しのけて体を起こした。

ベッドから降りて、壁を伝い歩きして、バスルームに入る。

竜之介は香織の蜜液でふやけそうになった指を鼻先に近づけた。女の匂いが指先から強く立ちのぼっている。

香織の匂いは男にとっては好ましい匂いだった。けっして悪臭ではない。むしろ、男の欲情をそそる作用すら持っている。

竜之介がその匂いを嗅いでいるうちに、入浴をすませ、バスタオルを体に巻きつけた香織が現われた。

指を嗅いでいる竜之介を見て、悩ましそうな眼で睨《にら》む。

竜之介は入れ代わりにバスルームに入り、シャワーで欲棒を中心に下半身だけを石鹸で洗った。洗い終わると、フリチンでバスルームを出る。

香織はデスクの前の大鏡に向かって寝化粧をしていた。竜之介は、オヤッ、と思った。ベッドに入る前には化粧を落とすものだと思っている女は多い。そのために、男はベッドに入ったときには、素顔の女と対面することになる。

素顔のときと化粧をしたときでは、化粧をしたときのほうが女は数段美人である。化粧を落とすということは、なんだ、こんなブスだったのか、と男をがっかりさせることなのである。

それなのに、女はベッドに入るときには、化粧を落としたがる傾向が強い。むしろ、ベッドに入るときには、化粧をして美女になって、男に抱かれるべきなのである。

ベッドに入るときに女が化粧を落とすのは、化粧をしたまま寝ると、翌日、顔の肌が荒れたりするからである。

それがイヤなら、セックスの交歓がすんでから化粧を落とし、翌朝は、男が目を覚まさないうちに起きて、化粧をして男の目覚めを迎えるべきである。

昔の女は、けっして、夫には化粧を落とした寝顔を見せなかったものである。男上位の時代は、そこまでしなければ、女は男に捨てられかねなかった。

最近の女がそれをしないのは、面倒臭いからである。しかも、そうまでしなくても男に捨てられない、とたかをくくっているからである。捨てられたら、高い慰謝料を取ってやろう、と居直っているのだ。

それだけに、寝化粧をしている香織は、竜之介を感激させた。

「一段ときれいだよ」

竜之介は後ろから香織の首筋にキスをした。

香織は振り返り、唇を重ねてきた。キスをしながら、いきりたった欲棒をそっと握る。

5

竜之介は香織を抱え上げて、ベッドに運んだ。

仰向《あおむ》けにして、女体を包んでいるバスタオルを開く。

白い裸身が初めて竜之介の眼にさらされた。見事な女体に竜之介は息を呑んだ。

香織の肌はまばゆいほど色が白かった。

その白い肌に、黒い茂みが強烈なアクセントをつけていた。茂みは面積の広い逆三角形を描いている。底辺の幅も長く、高さも高い逆三角形だった。

毛足は短く、しっかりと渦巻いている。

乳房は標準と言っていい大きさだった。

乳輪と乳首は小さい。

竜之介は、数秒間、女体を眺めてから、乳房に手を伸ばした。遠慮がちにつかむ。

指と手のひらの中で、乳房が弾んだ。弾力性の豊かな乳房だった。

乳首に唇を這わせる。竜之介は乳首から女の匂いを嗅ぎ取ろうとした。

しかし、香織の乳房からは、先ほどまでの女の体臭は消えて、石鹸の匂いだけがした。

乳首は竜之介の舌に転がされて固くなった。かすかにあえぐ。それでも竜之介は不満だった。女の匂いが欲しかった。

男はよほど潔癖性でない限り、事前に女に入浴するように求めることはしない。

入浴なんかできない公園の芝生などで、アオカンに及んだり、シックスナインに及んだりするのはそのためである。

しかし、女は事前に入浴したがる者がほとんどである。中には入浴にこだわらない女もいるが、そんな女は、淫乱、もしくは、淫乱に近い、セックス好きの女である。

「入浴しない前の君の匂いのほうが好きだよ。入浴したら君の匂いが消えてしまった」

竜之介はそう言った。

「だって、洗わないとよごれているもの」

香織は弁解する。

「それは君がそう思うだけであって、僕はちっともよごれているとは思わないよ」

「それは、あなたが女の体のことを知らないからよ」

香織は上気した顔で竜之介を見た。

「女が入浴にこだわるのは、亀裂が蜜液で濡れるためだろう」

「そうじゃないわ。男性には分からないかもしれないけど、女は、オシッコをするとき、お小水が飛び散って、アソコの周辺や、内腿などを濡らすことがあるの。だから、お風呂できれいにしたいのよ」

香織は赤い顔をしてそう言った。

「ふーん」

「男の人は筒の先からお小水が出るから飛び散ったりはしないけど、女は大変なのよ」

「それは知らなかったな」

竜之介は唸《うな》った。聞いてみればいろいろ事情があるものではある。

事情が分かっても、竜之介は女の匂いが欲しかった。いくら洗っても、茂みや亀裂には女の匂いが残っているはずだ。竜之介はそう思った。

体を下にずらし、香織の茂みに唇を押し当てる。茂みからは、かすかに女の匂いが立ちのぼっていた。

6

香織の茂みにこびりついている女の匂いは男の欲情をかきたてる作用を持っていた。女体の匂いには、元来、男をふるいたたせる作用がある。匂いのまったくない女体ほどつまらないものはない。

しかし、匂いは長く嗅いでいると、嗅覚《きゅうかく》が疲労して、鼻が利《き》かなくなってしまう。

竜之介は香織の匂いをさらに追求しようとして、立て膝をさせ、その膝を大きく割った。

茂みの下に亀裂が現われた。亀裂の下部のほうから、女の溝が現われる。最初に女体の入口、続いて、一対の薄い淫唇、最後に敏感な小突起、という具合に、女体の秘密が露《あら》わになった。

女の溝は蜜液で濡れていた。

溝の長さは短い感じだった。

竜之介の期待に応《こた》えるように、女の匂いが一段と強くなった。

「初めての男性にそこを見られるのってとても恥ずかしいわ」

香織は両手で顔を覆った。

女の溝が収縮するように動いた。

いったん、半分ほどの長さになった溝が、元の長さに戻るとき、透明な蜜液が湧き出すように溢れた。

「でも、君は見られるのが嫌いじゃないな」

竜之介は勝手に収縮を繰り返し、蜜液を溢れさせる女芯を見ながらそう言った。

「そうね、恥ずかしいけど、嫌いじゃないわ」

香織は正直にうなずく。

「見られると興奮するの。わたし、淫乱かしら」

香織は顔を覆っていた手を開いて、指の間から竜之介を見た。

「君が芸能人だからだよ。芸能人は人から見られて、陶酔を感じるものだよ」

「そうかもしれないわね。ステージで歌っているとき、いつもお客さんの眼を意識するとひとりでに濡れてくるの。見られている、というのが好きなのね」

香織はそう言う。

蜜液は女の溝から溢れ出て、糸を引いてシーツに地図を描いた。

淫唇の合流点にある小突起は、カバーから頭頂部を覗かせている。それが、いかにも舌の愛撫を待ちかねているように思われる。

竜之介は舌で女の溝から蜜液をすくって、小突起の頭頂部に塗った。舌が強く触れないように、注意する。

「あうっ……」

香織は呻き、女体をピクンと弾ませた。

「くすぐったい……」

香織は両足を閉じようとした。

竜之介の頭が太腿にはさみつけられた。呼吸が苦しくなる。

竜之介は苦しまぎれに小突起の剝《む》き出しになった頭頂部を舌で強く押した。

「あーっ、強烈ぅ……」

香織はのけぞった。

竜之介は舌が疲れるまで小突起を愛撫した。舌が疲れると、指の愛撫に切り換える。指では舌よりどうしても刺激が強くなる。

竜之介は剝き出しの頭頂部への愛撫は止めて、人差し指と中指で小突起をカバーの上からはさむようにした。

「いい……」

欲棒をしごく要領でカバーの上から小突起をしごきたてる。

香織は女体をくねらせた。

「そのほうがいい……」

歌うように言う。

女はひとりずつ、愛撫の好みが違う。香織の女体には、舌による頭頂部への愛撫よりも、指ではさんでしごく愛撫のほうが、マッチしているらしい。香織はますます蜜液を溢れさせた。

欲棒に手を伸ばし、優しくしごく。竜之介が欲しくてたまらないというようなしごき方である。

竜之介はひとつになろうとして体を起こした。

香織は両足をさらに開いて、迎える形をとった。

欲棒をつかみ、入口に導く。

竜之介は香織に重なった。

温かいぬめりが溢れている通路に、欲棒はなめらかに迎え入れられた。

いっきに根元まで進入する。

恥骨と恥骨が押し合った。

舌を使っているときには、それほどには思わなかったが、香織の恥骨は意外に発達していた。

「いい……」

香織は大きく息をした。

通路の襞《ひだ》が欲棒にからみついてくる。通路は狭くはないが、締めつけてくる力は強かった。

竜之介は小さな振幅で動いた。

コツン、コツンと恥骨が恥骨を打つ。

「ズシン、ズシンとひびくわ」

香織の腰が下から迎えにくる。

「何だか、初めて抱かれたという感じがしないわ。いつも、抱かれている男としてるみたい」

香織はそう言いながら、のけぞった。

初めての男に抱かれるときは、リズムの違いが気になって、女はなかなかエクスタシーに達しないものである。初めてという気がしない、というのは、リズムが合っているからである。

竜之介は、小さく恥骨を叩く動きを続けた。

「わたし、先にダメになっちゃうかもしれないわ。先にそうなっても笑わないでね」

香織はのけぞりながらそう言った。

「笑わないよ」

竜之介は動きながら香織のクライマックスを待った。

香織の通路が欲棒を引き込むような動きをみせた。女体がクライマックスの直前にあることをその通路の動きが告白していた。

そのとき、かすかに女が叫ぶ声が、枕元の壁越しに聞こえてきた。

「いやだ、お隣りでもしている……」

香織は竜之介に齧《かじ》りついてきた。

シティホテルはラブホテルと違って、部屋の防音はそれほどでもない。声高《こわだか》に廊下でしゃべればその音は室内にいる者に聞こえるし、部屋で大声を出せばその音は廊下に洩《も》れるし、壁越しに隣室に聞こえる。

防音がラブホテルほどではないのは、防犯をホテルが考えているからである。

隣室の女は自分の声が壁越しに隣りの部屋に洩れていることなど知らないように、大きな声で快楽をむさぼっている。

「ああ、いい。ああ、いい……」

そんな言葉も聞こえる。

他人の情事の声を聞くことは男にとっても女にとっても大変な刺激になる。

「あーっ……」

不意に香織が大きな声を出した。ステージで絶叫するような大きな声である。何しろ、毎日、ステージで歌っているだけに声量がある。

隣室の女の声に触発されたのだ。声を出しはじめると、女にはそれがどんなに大きな声かは分からなくなる。それほど、無我夢中になってしまうのだ。

「あーっ、いい……」

香織は確実に廊下と隣室に聞こえるボリュームの声を出した。

竜之介は香織の唇を唇でふさいだ。香織の声が廊下や隣室に聞こえるのが気になったのだ。

女が夢中で声を出すと、慌てて手で女の口をふさぐ男がいる。しかし、そんなことをすれば、せっかく夢中になっている女を現実に引き戻し、白けさせてしまうだけである。キスでふさぐのはいいが、手で口をふさぐことはすべきではない。

香織は竜之介の唇をむさぼると、苦しそうに唇を離し、前よりも大きな声で叫びはじめた。

「あーっ……」

香織の声は絶叫に近い。

隣室の女の声が、ピタリとやんだ。隣室に香織の叫び声が聞こえている証拠である。

見られると興奮するという芸能人独特の体質を持っている香織は、大きな声を出して周囲の注意を集めるという芸能人の特性も持ち合わせているらしい。

芸能人の女はベッドでは、けたたましい、という話を、竜之介は小耳にはさんだことがある。こうなったら、ホテル中に香織の喜びの声を聞かせてやる……。

竜之介は居直った気持ちになった。

7

香織の喜悦の声は、隣室や向かい側の部屋から苦情が出てもおかしくないほど大きかった。

深夜、宿泊客が寝静まったときに、ホテルの建物を揺るがすような喜悦の声を上げるのだから、これ以上の近所迷惑はない。それでも、苦情の電話はかかってこなかった。

宿泊客はそんな電話をすれば野暮《やぼ》だと反対に笑われることを承知しているし、迷惑だ、と思う半面では、聞き耳を立てて香織の喜悦の声を楽しんでいるのだ。

「ねえ、もう、ダメーッ……」

香織は全身を痙攣させてのけぞった。

「円城寺さん、もう、ダメーッ」

のけぞりながら竜之介の苗字《みようじ》を叫ぶ。

初めて肌を合わせる相手の名前を、取り乱しながらも間違えないところが、女の凄いところである。

男は酔っぱらって女と寝ると、初めての相手でなくても、相手の名前が分からなくなって立ち往生《おうじょう》したり、他の女の名前を呼んで、トラブルを招いたりすることがある。

ところが、女はホテル中の宿泊客を叩き起こすような声でよがりながらも、男の名前は絶対に間違えない。

しかし、大声で、円城寺さん、円城寺さん、と名前を連呼されるのははなはだ迷惑である。女を泣かせているスケベ野郎は円城寺というヤツか、と隣り近所の宿泊客はいまいましく思っているはずである。

いまいましいヤツだと思われる程度であればいいが、円城寺という名前は滅多《めった》にない苗字だし、隣室に上司が泊まっていないとも限らない。

円城寺というのは、ひょっとして円城寺竜之介のことではないか、と好奇心を起こされて、ドアをノックして見に来られたりしたらたまらない。竜之介は祈るような気持ちで、香織がクライマックスに到達するのを待った。

「あうっ、イクゥ……」

八回ほど、円城寺の名前を連呼してから、香織は背中でブリッジを作った。クライマックスに達したのだ。

竜之介は一緒に男のリキッドを放出することにした。

たて続けに二回も三回も香織をクライマックスに導いてやると、その都度、また、名前を連呼されかねない。選挙に立候補しているわけではないし、深夜のホテルで名前を連呼されるのは面映《おもは》ゆい。

男のリキッドを放出すれば、それをもって、ジ・エンド、である。動きを速めると、香織のクライマックスが続いているうちに、リキッドの放出が間に合った。

「熱い……」

香織は崩れかかっていた背中のブリッジをもう一度作り直した。

香織の中に男のリキッドを爆発させると、竜之介は深い眠りに落ちた。

どれほど眠ったか分からないが、竜之介は香織につつかれて目を覚ました。

「ねえ……」

香織は満足して柔らかくなっていた欲棒をつかみ、茂みをすりつけてきた。

竜之介はナイトテーブルの時計で時間を確かめた。午前四時を回ったところだった。三時間ほど眠ったことになる。

「眠らなかったのかね」

竜之介はあくびをした。

「起こされたのよ」

「誰に？」

「ほら、聞こえるでしょう」

香織は胸のふくらみも押しつけてきた。

耳を澄ますと、枕元の壁越しに、隣室から女のよがり声が聞こえてきた。

「ね、これじゃ眠れないでしょ」

香織は欲棒をしごきたてる。

隣室の女は、ときに高く、ときに低く、悦楽の声を上げ続ける。

「激しいのだな、お隣りさんは」

竜之介は溜息をついた。

それでも、その声を聞いていると、何となく気持ちが高ぶり、欲棒に芯が通ってきた。

「ああ、わたし……」

もう、たまらないわ、という言葉を呑み込んで、香織は竜之介の上になった。

欲棒をつかんでまたがり、通路に導く。

前戯は何もしないのに欲棒はスムーズに通路に進入した。香織は女の声で目が覚めてから、興奮させられ、蜜液を溢れさせていたらしい。

それに、竜之介の放出した男のリキッドも通路に残っていて、潤滑油の働きをした。

「あーっ、いいっ……」

香織は上体を竜之介の体と直角に立て、枕元の壁に向かって、大声で叫んだ。

それは、わたしのほうがいいのよ、とライバル心を剝き出しにして叫んでいるようだった。

　この子は芸能界でモノになるかもしれないな……。

　隣室でからみ合っているカップルに聞かせているように叫びはじめた香織を見て、竜之介はそう思った。

　隣室の女の声が一段と大きくなった。どうやら、隣室の女も、香織に闘志を剝き出しにしたようだった。

　こうなったら、香織の応援をしてやろう……。

　竜之介はそう思った。

　香織が叫び声を上げやすいように、下から欲棒を突き上げる。

「あっ……」

　香織はガクガクと全身を震わせた。

　一瞬、声が途絶《とだ》える。声が出せないほどの快感を感じたらしい。

　ひと呼吸置いてから、香織は野獣が咆哮《ほうこう》するような凄い叫び声を出した。

　香織の声に圧倒されたのか、隣室の女の声が聞こえなくなった。

　香織は勝ち誇ったように大声で叫び続ける。

　竜之介は欲棒を突き上げながら、両手で乳房をつかんだ。女上位だと、両手が自由に使えるというメリットがある。

「いいっ……」

香織は体をよじる。

「ねえ、オッパイつかんで……」

今にも泣き出しそうな声で香織は叫んだ。

「つかんでるよ」

「そうじゃないの、乳首をつまんでほしいの」

香織は女体をバウンドさせた。

竜之介は香織のリクエストに応えた。

固く尖っている乳首を遠慮がちにつまむ。

「もっと強く……」

香織は注文する。

竜之介は指先に力を入れた。

「痛くないかね」

つまみながら、竜之介は心配する。

「もっと、強く」

「これ以上、強くつまむと、潰《つぶ》れちゃうよ」

「大丈夫よ」

「痛くないかね」

竜之介は乳首が潰れそうに強くつまんだ。

「いいっ……」

香織は恍惚《こうこつ》の表情を見せた。

その表情から見る限り、痛みは感じていないようだ。

それどころか、もっと強く、と言う。

乳首を潰れそうにつまみながら、竜之介は親指と人差し指でいくら強くつまんでも、それほど強い力は入らないことを初めて知った。

そういえば、人差し指と親指で卵を縦にはさんで潰せる人はまずいない。よほど、殻の薄い卵でない限り、潰せるものではない。

「もっと……」

香織は叫びながら通路をヒクヒクさせた。

「あーっ、わたし、イクーッ……」

ひときわ大きく叫ぶと竜之介の胸に倒れ込む。叫んでいるうちに自分の声に酔って、クライマックスに達してしまったのだ。

まるで、自分の歌に酔って泣いてしまったのと同じだな……。

竜之介は香織が《ま・びぃ》のステージで自分の歌に酔って涙ぐんでしまったのを思い

出した。

体を入れ替えて、竜之介は二度目の放出を行なった。

ふたたび眠る。

隣室では、午前六時に、次のラウンドが始まった。

香織は対抗意識をかきたてて、またも、求めてきた。

「これじゃ体がもたないよ」

そう言ったが、香織は許さない。ついに、三度目もつき合ったが、終ったときには、竜之介はグロッキー寸前だった。

可愛いスパイ

1

翌朝、竜之介は香織に欲棒を握られて目を覚ました。三回の激闘に疲労困憊《こんぱい》して知らないうちに熟睡してしまったのだ。それでも、握られた欲棒は朝の直立現象を見せていた。

「ウフン、元気ねえ」

香織は鼻にかかった甘い声を出した。

使いすぎた欲棒は痛みすら感じられる。

竜之介はナイトテーブルの時計を見た。時刻は八時を回ったところだった。

「いけない。起きないと遅刻だ」

竜之介はベッドから飛び降りて、カーテンを開けた。朝の陽光が部屋の中を明るく照らし出した。竜之介はバスルームに走り、シャワーを浴びながら歯磨きと小用を同時にした。

バスルームから出るとワイシャツを着て、頭髪をかきつける。竜之介がすっかり身仕度をすましても、香織はベッドの中だった。

「わたし、もうひと眠りしていくわ」

香織は白い裸身を朝の陽射しにさらしながらあくびをした。

「それじゃ、部屋代は精算しておくよ」

「すみません」

「そのうちに、また、店を覗くよ」

「CFの件、お願いします」

「分かったよ」

竜之介は別れのキスは省略して部屋を飛び出した。

通りすがりに、大きなよがり声を出した女が泊まっている隣室の番号を見る。

隣室は七一一号室だった。

どんな女があんな凄い声を出したのだろう……。

そんなことを考えながら、エレベーターでフロントに降りる。フロントのキャッシャーの前には何列も列ができていた。

竜之介は一番短い列の後ろについた。竜之介のすぐ前には、スラリとした、可愛らしい顔立ちの女が横顔を見せて順番を待っていた。水商売ではなく、OLの雰囲気である。

　竜之介は何気なく、女が手にした部屋の鍵のナンバーを見た。女の持っているキイのプラスチックのプレートに刻まれたナンバーは『七一一』だった。

　竜之介は思わず女の顔を見直した。

　女は、男なんかには抱かれたこともない、というような顔をしている。しかし、七一一号室のキイを持っているところをみると、この可愛らしい顔をした女が、枕元から壁越しに聞こえてきたよがり声の主に間違いない。

　女というものは分からないものだな……。

　竜之介はそう思って思わず溜息をついた。

　その日の午後、出入りの業者の畑野《はたの》が竜之介のところに顔を出した。

「どうです、今夜」

　そう言って盃《さかずき》を口元に運ぶゼスチュアをする。

「ぜひ、円城寺さんを紹介してほしい、という可愛い女の子がいるので、お引き合わせしたいのですが……」

　畑野はニヤニヤしながらそう言った
「きょうはちょっと都合が悪いから、あしたにしてくれないかな」

　竜之介はいくら可愛い子を紹介すると言われても、三発抜いたばかりでは意欲が湧かない。

「それじゃ、あすの夜の七時に帝国ホテルのロビーでお待ちします」

畑野はあっさり引きさがった。

その夜、ひと晩、熟睡すると、疲れはすっかりとれた。

翌日の夜、竜之介は仕事を片付けると帝国ホテルのロビーに出かけた。

畑野は先に来て待っていた。

「ご紹介します。こちら江崎礼子《えざきれいこ》さんです」

畑野はそばにいたスラリとした女性を紹介した。

竜之介はその女の顔を見て、思わず、目を剝《む》いた。女はきのうの朝、ホテルのキャッシャーの前で、可愛らしい横顔を見せていた女だった。

「はじめまして」

江崎礼子は恥ずかしそうに頭を下げた。

竜之介が自分のすぐ後ろにいた男だとは気がつかないようだった。

「それじゃ、まず、食事をして、それから飲みに行きましょう」

畑野は竜之介をうながしてホテルを出た。

畑野は帝国ホテルからあまり遠くない、ビルの地階の『椿山荘《ちんざんそう》』に竜之介と礼子を連れて行った。

た。


「和食にしましょう」

　畑野はそう決めて、和食のコーナーに入った。

　この店は、和食と洋食に分かれている。畑野は竜之介と礼子を向かい合ってすわらせた。

「たしか、一昨日の夜、あなたを銀座第一ホテルで見かけましたよ」

　竜之介は椅子に腰を下ろすと、礼子にカマをかけた。

　礼子の眼が、一瞬、忙しく動いた。その動きに心の動揺が表われていた。

「会社の取引き先の方を、上司に言われてホテルまでご案内しましたの」

　礼子はそう言った。

「そうでしたか。いや、美人だな、と思わずあなたに見惚れてしまったものですから。その女性に、まさか、今夜お会いできるとは思いませんでしたよ」

　取引き先の男にホテル中に響き渡るような声を出して抱かれるのですか、と喉まで出かかったのを呑み込んで、竜之介はそう言った。

「美人だなんて、そんな……」

　礼子は体をよじったが、まんざらでもなさそうだった。

　食事をしながら、礼子は広告代理店に勤めている、と自己紹介をした。

　その夜、別れがけに、礼子は竜之介に、今度、ふたりだけで飲みたいわ、と囁《ささや》いた。

終末の金曜日の午後七時に、竜之介は礼子と帝国ホテルのロビーで落ち合うことにして別れた。

約束の金曜日までに、竜之介はポケットにすっぽり入るマイクロテープレコーダーを買った。礼子とベッドを共にするチャンスに恵まれたら、ホテル中に轟《とどろ》き渡るような礼子のよがり声をテープにとるつもりだった。声を出す女は珍しくないが、そんな大きなよがり声は記念にとっておく価値がある。

2

金曜日がくると、竜之介は内ポケットにマイクロテープレコーダーをしのばせて、帝国ホテルに向かった。

礼子は胸の切れ込みの大きい白のブラウスに真っ赤なジャケット、それに白いミニスカートという大胆な服装だった。

ブラウスの胸元から、乳房のふくらみの谷間が覗いている。乳房のふくらみとふくらみの間に大粒の真珠が金のネックレスに吊《つ》るされていた。

胸の谷間をヘソの近くまで覗かせている、ということは、ノーブラである。

竜之介はまぶしそうに礼子の胸の谷間を見ながら、礼子が誘惑しようとしているのを感じた。

面白いテープがとれそうだな、と竜之介は思った。

礼子に何か魂胆があるのか、単なる男好きなのか、それは分からない。礼子が何らかの目的があって誘惑しようとしているのであれば、その罠《わな》にかかってみてやろう、と竜之介は心を決めた。

「ちょっと、ドライブをしよう」

竜之介は礼子をうながしてホテルを出た。

タクシー乗り場でタクシーを拾う。

「羽田空港」

竜之介は先にタクシーに乗り込むと行き先を運転手に告げた。

礼子が驚いたように竜之介を見る。

「まさか、今からわたしを、九州か北海道に連れて行こうというのではないでしょうね」

小さな声で竜之介に言う。

「北海道かもしれないよ」

竜之介はニヤニヤしながら、礼子を見た。

羽田空港に着くと、竜之介は空港の建物の横にある、羽田東急ホテルにタクシーをつけさせた。

料金を払ってタクシーを降りると、竜之介はホテルに入って行った。

フロントの前を通り、エレベーターホールに行き、待っていたエレベーターに乗り、最上階のボタンを押す。最上階には、レストラン『グリル・キャプテン』というバーがある。

竜之介は『グリル・キャプテン』に入って行った。

「わたし、本当に、北海道に連れて行かれるのじゃないか、とドキドキしてたのよ」

テーブルにつくと、礼子はホッとしたように体の力を抜いた。

最上階の『グリル・キャプテン』からは、空港に発着する航空機が眺められる。

メニューからシェフのおすすめ料理をコースでとり、フランスワインのサンテミリオンの赤を飲みながら、発着する航空機を見ていると、これから外国旅行に出発するような気分になる。

「お料理もワインも眺めも、何もかも、素敵ね」

ワイングラスを口に運びながら、礼子はうっとりしたような眼で竜之介を見つめる。

礼子の大胆な切れ込みの胸元から乳房のふくらみが男の欲望に囁きかけてくる。

テーブルには小さなカードが山型に折って、置いてあった。

竜之介はそれを手に取って見なかったが、どんなことが書いてあるかは分かっていた。

カードには、チェックインがまだでしたら、近くの従業員にお申しつけください、というような意味のことが書かれている。

竜之介はそのカードに礼子が気づくのを辛抱《しんぼう》強く待った。

「このカード、何かしら」

ふたつめの料理の皿が下げられて、次の料理が来るまでの間に、礼子はようやくカードの存在に気がついて手に取った。

「あら……」

カードに書かれた文章に目をとおして、礼子は戸惑った表情を見せた。

「どうかしたのですか」

空《そら》とぼけて、竜之介は尋ねる。

「このホテル、ここのレストランでチェックインができるのですね」

「そう書いてあるのですか」

「ええ」

「面白いな。それじゃ、チェックインをしてみよう。食事をしたら、部屋に行って休みましょう」

竜之介は礼子の耳元で囁いた。

礼子は恥ずかしそうに顔を赤らめ、眼を伏せた。いやだわ、とは言わない。

竜之介はウェイターを呼んで、カードを示し、チェックインがしたいのだが、と言った。

「かしこまりました。ツインとダブルのどちらをご希望ですか」

「ダブルがいい」

「承知しました」

ウェイターはすぐに宿泊カードを持って来た。

住所、氏名と電話番号を書き込み、デポジットマネーとして、三万円を渡す。

間もなくウェイターは、部屋のキイを持って来た。

「どうぞ、ごゆっくりとおくつろぎください」

テーブルの上に置いて、そう言う。礼子はわざとそっぽを向いて、ウェイターの言葉を聞かないふりをした。

3

食事がすむと、竜之介はウェイターがテーブルの上に置いた部屋のキイを持って椅子を立った。

レジで伝票にサインをして、エレベーターに乗る。

部屋は五階の廊下の端だった。滑走路が見えるほうとは反対側で、窓からは、ホテルの庭と、その向こうに川が見えた。川の向こう岸は工場である。

部屋に入ると、窓からそういった景色を眺めながら、竜之介は礼子を抱き寄せて、キスをした。

「わたし、そんなつもりじゃなかったのよ。手が早いのね」

礼子は積極的に舌をからませてきながら、そんなことを言う。

「君の胸元の切れ込みが、誘ってちょうだい、と言ってるような気がしたのでね」

竜之介はブラウスの胸元から手を入れた。

簡単に乳房をつかむことができた。

やはり、ブラジャーはしていない。

乳首を指先でつまむと、礼子は体をよじった。乳首が固くなってくるのが分かった。

「先にシャワーをどうぞ」

竜之介は乳房から手を放すとそう言った。

礼子はうなずいて、ホテルの浴衣《ゆかた》を持ってバスルームに入る。

バスルームから浴槽にお湯を出す音が聞こえてきた。

竜之介は背広の内ポケットから、マイクロテープレコーダーを出して、スイッチをオンにして、ボリュームを最大にし、テレビの後ろに置いた。

ホテル中に響き渡るような大声を出すのだから、そこでも、充分に録音は可能なはずである。

テープは片面三十分のものを二分の一のスピードでセットしたから、一時間はもつ。

礼子がホテルの浴衣を着てバスルームから現われると、竜之介は入れ代わりにバスルームに入った。

テープのことを考えて、簡単に股間をシャワーで洗っただけで、バスタオルに腰を巻きつけて、バスルームを出る。

礼子は窓のカーテンを閉め、室内の明かりを落として、ベッドに横たわっていた。

テレビの裏に竜之介が置いたテープレコーダーには、気がついていないようだ。

竜之介はベッドのそばで、腰のバスタオルを取った。

いきりたった欲棒が現われた。

「凄《すご》いのね」

いかにも好きものらしく、礼子は欲棒に手を伸ばしてきた。硬度を確かめるように、欲棒を握ってみる。

竜之介は礼子の浴衣の紐《ひも》を解いた。

その紐を腰から抜き取って、浴衣の前をそっと開く。

初めに礼子の左の乳房が現われた。

薄い褐色の乳輪の中央に、それよりもやや白っぽい乳首が乗っている。小さめだが乳首はしっかりと尖《とが》っていた。

男の愛撫を待っている感じの乳首だった。

乳房はとりたてて大きくはないが、つかんでみたいと思わせるボリュームがある。形もいい。

竜之介は、いったん、浴衣の前を開く手を止めて、乳首を唇でそっとくわえた。

乳首が固くなるのが分かる。乳輪に粟粒《あわ》ほどのツブツブが現われた。乳首への愛撫に女体が快感を感じたという証拠である。

しかし、礼子は声を上げなかった。

乳房をつかむと、柔らかい弾力性が、指を押し返してきた。それでも、礼子は声を出さない。

愛撫の段階では、声は出さないのかもしれない……。

竜之介はそう思った。

礼子の浴衣の前をさらに大きく開く。

今度は右の乳房が現われた。心持ち左の乳房よりも小さい。

女性の右側に寝た男性は右手で女の左の乳房を愛撫する傾向がある。左利《き》きの男性の場合はこの逆に、女性の左側に寝て、利き腕の左手で女の右の乳房を愛撫する。一般に、左利きよりも右利きの男性のほうが多いから、女性は左の乳房を愛撫されがちで、そのために、左のほうが発達しがちなのだ。礼子の乳首も右のほうは真中が陥没していた。右の乳首よりも左を主に吸われたからだ。

竜之介は右の乳首には頰ずりをした。

「あっ……」

礼子は初めて小さな声を出した。

頰の皮膚は舌の粘膜に比べてザラついている。それに、髭《ひげ》も生《は》えているから、頰ずりはなめる以上に強い刺激を与えることになる。

下半身は、初めに左側が現われた。

腰から太腿、足首までが露わになる。女らしい曲線に、竜之介は思わず生唾《なまつば》を飲み込んだ。

続いてすべての下半身が現われる。

白い女体に黒い茂みが唯一のアクセントをつけていた。茂みはそそりたっていた。

こぢんまりとした逆三角形だが、毛は寝ておらず、総立ちになっているのだ。そのために、縮れ方が少ない。

茂みの下方に亀裂が見える。竜之介は茂みを手で撫でた。

「直毛淫乱、か……」

つぶやくように言う。

「なあに？」

「このように縮れずにスーッと立っている毛の持主は淫乱だ、ということさ」

「イヤッ、淫乱だなんて」

礼子は体をよじって抗議した。

竜之介は茂みのほうに体をずらした。

茂みに顔を近づけると、女の匂いがした。

若い独身の女の強い香気ではなく、人妻のような淡い匂いである。強烈な女の体臭は男のリキッドの匂いと中和して、淡い匂いになる。

独身の女がひとりで住んでいる部屋は非常に女くさいが、男と同棲している部屋は女の匂いがしないのは、そのためである。礼子の体臭は男によって中和された匂いだった。

茂みの下方の亀裂はしっかりと閉ざされている。

きっと、淫唇が発達している眺めだろうな……。

竜之介は亀裂を開かせたときの眺めをそう想像した。

茂みにキスをする。

ハッ、と礼子は体を固くした。

両足を開かせて、その間に腹這いになり、指で亀裂を開く。

竜之介が思ったとおり、最初に、発達した一対の淫唇が現われた。黒みがかった褐色をした淫唇は、蜜液に濡れて光っていた。

淫唇の上部の合流点に大粒の小突起があった。小突起は半分以上、カバーに覆われていた。

カバーから覗いた頭頂部はピンク色をしている。竜之介は舌でその頭頂部をくすぐった。

「あっ……」

小さく礼子が叫んだ。

テープレコーダーに録音された二度目の声である。

竜之介はカバーで覆われた部分と露出している部分とを問わず、舌でなめまわした。

「いいわ……」

ようやく礼子は賑《にぎ》やかになった。

「あーっ、いい……」

腰をくねらせながらそう言う。

しかし、その声はとてもホテル中に轟き渡るような大きさではない。蚊《か》の鳴くような小さな声だ。

蜜液が湧き出す感じで溢れてきたところをみると、いい、というのは本当らしい。

竜之介は舌が疲れてくると、指を使うことにした。

通路に中指を挿入し、親指の腹で、小突起を押さえる。

通路の内側の襞《ひだ》が中指にからみついた。

襞のひとつずつが、尖《とが》った感じがする。中指を軽く曲げて通路の天井を探る。

「あうっ……」

礼子はのけぞった。

親指の腹で強弱のリズムをつけて、小突起を押し回す。

「あーっ……」

4

指を女体の通路に挿入した途端に礼子の声のボリュームが上がった。

女には外側の快感帯よりも、通路で快感を感じるタイプがいる。ひょっとすると、礼子もそのタイプかもしれないな、と竜之介は思った。

そうだとすると、もたもたと小突起や通路をいじっているよりは、欲棒を挿入してやったほうがいい。

竜之介は礼子の両足の間に膝をついた。

欲棒の先端を通路の入口に押し当てて、体を重ねる。

「あーっ……」

欲棒の先端のふくらみが通路をこじ開けて進入を開始すると、礼子は大きな声を上げてのけぞった。テープレコーダーがその声をしっかりと録音したはずである。

礼子の通路はなめらかに欲棒を根元まで迎え入れた。

狭すぎもしないし、大きすぎもしない通路だった。

礼子の通路は根元まで迎え入れた欲棒の硬度とサイズを確かめるように、締めつける。

竜之介は礼子に声を出させようとして、大きな振幅で欲棒を出没させた。

「ああ、いい……」

礼子は呻《うめ》くような声を出した。しかし、その声は、壁越しに聞いた声とは違って、まるで小さかった。こんなはずではない、と竜之介は首をかしげた。

声が小さいということは、まだ、無我夢中の境地に達していないということになる。女を無我夢中にさせるには、女が最も好む形をとらなければならない。

礼子は正常位ではあまり感じない女なのかもしれない。初めて肌を合わせる女は、正常位がいいのか、女上位がいいのか、バックがいいのか、分からない。

どれがいいか、と尋ねても、はっきりと言う女は、まず、いない。手探りで、いろんな形をとらせてみて、発見するほかはない。

しかし、初めての場合は遠慮があるから、上になれ、とか、バックの形をとれ、などと注文しにくいものである。

正常位では礼子はクライマックスに到達できそうもなかった。

オナニー癖がある女かもしれないな。

ふと、竜之介はそう思った。

オナニー癖のある女は、通常の行為ではなかなかクライマックスに達しないものである。

しかし、オナニー癖があれば、小突起や淫唇が異常に発達しているものである。礼子の女芯にはそれほど異常な発達は見られない。

竜之介はしばらく正常位で動いてから、松葉崩しの形をとった。

松葉崩しの形だと、男の手で乳房を愛撫できる。しかも女に指で小突起を刺激させることもできる。

つまり、結合した状態で女にオナニーを実演させることができるのだ。

オナニー癖のある女は、結合した状態でオナニーができる松葉崩しを好むものである。自分のリズムで指を使っているうちに、簡単にクライマックスに達してしまうからだ。

竜之介は松葉崩しの形をとると、礼子の指を小突起に導いた。

自分の指で小突起に触れて、礼子はオナニーをさせようとしている竜之介の意図を察して、慌てて指を引っ込めた。

「いや」

首を振ってオナニーを拒む。

恥ずかしがっているのだろう、と竜之介は思った。

「いつもひとりでしているのだろう」

竜之介は、もう一度、礼子の指を小突起に持っていった。恥ずかしがっている女も、二度目には小突起にさわりはじめるものである。

しかし、礼子は二度目も手を引っ込めて首を振った。

「オナニーをしたことがないとは言わさないよ」

竜之介は礼子の代わりに右手で小突起にさわりながら言った。

「したことがないとは言わないわ。でも、指ではしなかったわ」

「というと」

「机の角に押しつけるようにしてするのがわたしの流儀なの」

礼子は恥ずかしそうに顔をそむけた。

それだったら、松葉崩しで指でオナニーをさせようとした竜之介のやり方は間違っている。

竜之介は再び正常位になると、出没はやめて、結合部を強く押しつけた。

「あーっ、それ、いいわ……」

待望のホテル中を揺るがすような礼子の大声が出た。

竜之介は強弱のリズムをつけながら、結合部を押しつけた。

礼子は結合部を下から押しつけてきながら、のけぞって叫ぶ。

どうやら、壁越しによがり声を聞いたときには、礼子はそうやって、男に攻められていたらしい。

通路が強く収縮する。

「円城寺さんのド助平……」

礼子は録音上、好ましくないことも叫ぶ。

「そんなことないよ」

「だって、一発で、わたしに叫び声を上げさせるやり方を見つけたのだもの。あーっ……」

礼子は全身を小刻みに震わせた。

「あーっ、たまらないほどいい……」

竜之介は礼子が乱れても、それほど切迫した状態にはならなかった。

結合部を強弱のリズムをつけて、押しつけていればいいのだから、大きな振幅で出没運動をするほど、刺激はない。

「ねえ、ヘンになりそう……」

礼子は全身を痙攣《けいれん》させながらのけぞった。

「いやっ……、いやだぁ……」

のけぞりながら叫ぶ。

「初めての人でイッちゃうなんて、恥ずかしいわ。いやっ、イクのいや……」

そう言いながら、ますます痙攣は激しくなる。

「あーっ、イクゥ……」

礼子は女体を痙攣させながら、背中をグイと持ち上げた。

竜之介は動きを止めて、クライマックスを迎えた礼子を見下ろした。礼子の恥骨が痙攣しながら、竜之介の恥骨に突き当たる。

それが、礼子のクライマックスに拍車をかけたらしい。強い力で通路は欲棒を締めつけ、痙攣はいつ果てるともなく続いた。

「あーっ……」

クライマックスの間中、礼子は叫びっぱなしである。竜之介は鼓膜が痙攣を起こしそうだった。

5

やがて、女体の痙攣は弱まり、締めつける力は、ヒクヒクしながら弱まった。礼子の全身から力が抜ける。

「イヤだわ、わたし、イッちゃった……」

大きく呼吸をしながら礼子は両手で顔を覆った。

「いいじゃないか、イッたって」

「だって、初めて抱かれてイッちゃうなんて、淫乱女みたいだもの……」

「案外、淫乱女なのかもしれない」

「もう怒るわよ」

礼子は竜之介の背中をつねった。

「冗談だよ」

竜之介は礼子にキスをした。

キスのあとで、たて続けにクライマックスに達したいか、と尋ねる。

「いやっ、一回イッただけで、死にそうなほど恥ずかしいのに、たて続けなんて、絶対にイヤよ」

礼子は真顔で激しく首を振った。

そんな礼子を竜之介は可愛い、と思った。

「円城寺さん、まだでしょう。いいわよ、発射しても」

礼子は竜之介を見てうなずいた。

竜之介は礼子にバックの形をとるように言った。礼子は大儀そうに後ろ向きになる。

竜之介はバックからひとつになると、大きな振幅で出没運動を開始した。

竜之介が動くたびに、結合部から、バックの形をとったとき独特の、空気の洩れる音がする。その音が恥ずかしい、と言って、礼子は体をよじった。

竜之介は礼子のウエストに手を引っかけて、逃さないように、ヒップをグイと引き寄せた。

ヒップに下腹部を叩きつけるようにして、出没運動を行なう。

「あーっ……」

礼子はふたたび大声で叫んだ。

バックはバックなりに感じるらしい。通路がヒクつきながら、欲棒を締めつける。尖った小突起が欲棒の下部の付け根に当たるのが分かる。

「おーっ……」

礼子は枕元の壁に向かって野獣の咆哮するような声を出した。

竜之介は、ふと、壁越しに聞こえた礼子の声は、バックで行なっていたときの声ではないか、と思った。

バックで行なうときには、女は壁に向かって叫ぶ形になる。

きっと、そうだ、と竜之介は確信した。

礼子はたて続けにクライマックスに達するのはイヤだと言いながら、確実に、次のクライマックスに向かってスタートを切っていた。

「やっぱり、君は淫乱だよ。たて続けにイキそうになっている」

竜之介はヒップを叩いたり、わしづかみにしたりした。

「ヘンなの。わたし、これまでバックではイッたことはないのよ」

礼子は泣きそうな声を出した。

「そんなことはないだろう。君は押しつけるようにしてするのも好きだが、犯される形になるバックも好きなはずだ。バックでされるとひと晩中でも叫んでいるタイプだよ」

竜之介はヒップをつかみながら、そう言った。

女体はそっと取り扱うのが基本である。

しかし、ヒップだけは例外である。

脂肪のたっぷりとついたヒップは鈍感で、優しく撫でた程度では感じないに等しい。

荒々しくつかんだり、ときには軽く叩いたりするぐらいがいい。

強くつかまれて、すべすべしたヒップが赤くなった。

「あーっ、また、ヘンになっちゃう……」

礼子は全身を痙攣させはじめた。

痙攣は通路にも及んだ。

竜之介は引き返し不能点を通過したのを感じた。間もなく発射することを伝える。

礼子は無言でうなずいた。

竜之介は礼子のヒップを引きつけると、欲棒を深く挿入した状態で男のリキッドを爆発させた。

「ああ、いいっ」

女体が大きく震えた。

6

竜之介が結合を解いたあとで、礼子はしばらく腹這いになったままノビていた。

やがて、ノロノロと体を起こしバスルームに入る。トイレの水を流す音が聞こえた。

竜之介はベッドから降りると、テレビの裏のテープレコーダーを取り上げた。テープの片面は録音を終えていた。

カセットをひっくり返して、ふたたびスイッチをオンにして、テレビの裏に置く。礼子がバスルームから出て来ると、竜之介はふたたび女体に挑んだ。テープレコーダーが回っている間に礼子のよがり声を録音しておきたかったからだ。

欲棒は小休止しただけで、すっかり元気を回復していた。初めての相手だと特に回復が早い。

「あら、たて続けにできるなんて、円城寺さんこそ淫乱だわよ」

礼子は可愛らしい媚《こび》を見せてそう言う。

それでも、礼子は竜之介の期待に応《こた》えて大声を出して燃焼した。

「だって、もう、初めてじゃないでしょう。二度目からは、声を出しても恥ずかしくないの」

叫びながら、礼子は弁解するようにそう言う。

朝までに、竜之介はさらに一回肌を合わせ、朝になってから、別れを惜《お》しむようにもう一度、礼子を抱いた。

もちろん、三回目と四回目は、テープレコーダーには、録音できなかった。それが、残念だったほど、回を重ねるごとに、礼子は派手に乱れた。

竜之介はよほど、礼子の声をテープにとったことをしゃべろうかと思ったが、辛《かろ》うじて、思いとどまった。

次のデイトのときに、ベッドの中で聞かせて、恥ずかしがるのを見ようと思ったのだ。

礼子が真っ赤になって怒る様子を思い浮かべただけで、欲棒が固くなる。

竜之介は次回のデイトが楽しみになった。

「わたし、きょうは会社を休むわ。この顔じゃ、とても会社には出られないわ」

四度目をすませて、鏡を覗き込んだ礼子は小さな悲鳴を上げた。

礼子の眼の縁にはパンダのような黒い隈《くま》ができていた。ベッドで腰が抜けるほど楽しんだのが一目瞭然《いちもくりようぜん》の隈だった。

「それに、きのうと同じ服装で会社に出たら、外泊したことを告白しているようなものだし」

そう言う。

竜之介は礼子がシャワーを浴びている間にテープレコーダーを背広の内ポケットにおさめた。

ルームサービスで朝食をとって、ひと眠りする、という礼子を部屋に残してホテルを出る。

ホテルを出て空港からモノレールで会社に向かいながら、竜之介はテープレコーダーのカセットを裏返しにして、イヤホーンを耳に差し込んだ。スイッチを入れ、再生ボタンを押す。

どんな具合に礼子のよがり声が録音できたか、少しでも早く確かめてみたかった。

初めの間はテープレコーダーをテレビの裏にセットするときの雑音ばかりだった。

しばらく音声が途絶え、やがて、バスルームのドアの開く音がした。

礼子が出て来たのだ。

入れ代わりに竜之介がバスルームに入って、ドアを閉める音がした。

ベッドでからみ合うまで、まだ、当分時間がある。

竜之介はテープの早送りボタンを押そうとした。

そのとき、カチリという音が聞こえた。

おや、と竜之介は思った。何の音だろう、と首をかしげる。

すぐに、礼子の話す声が聞こえた。

竜之介がバスルームに入ったときに、礼子は電話をかけたのだ。カチリという音は電話の受話器を取り上げた音だった。

「浜村《はまむら》さん？　わたしよ……、そうよ、礼子よ。円城寺課長、罠《わな》にはまったわ。ウフフフ……。わたしにぞっこんみたい……。そうよ、これから骨抜きにするところ……。いま、何も知らずにシャワーを浴びてるわ……。あした、円城寺課長に電話して、機密書類を渡すように要求するわ……。いやなら、わたしと寝たことを上司にバラす、と言うわ……。あしたの夜にでも機密書類を受け取って、あなたのマンションに持って行くわね……。

うんと可愛がってね……。もちろん、円城寺なんかと本気になんかやらないわよ。それじゃ……」

チュッというキスの音で電話は切れた。

竜之介はスイッチを切った。

礼子のよがり声を聞くどころではなかった。礼子は何者かの指示で、竜之介と関係を結び、それをネタに機密書類を要求しようと企《たくら》んでいたのだ。それとも知らず、一生懸命に抱いて、よがり声を録音していたとは、あまりにもおめでたい野郎だ、と竜之介は自分自身に呆《あき》れ返った。

ホテルに引き返して、誰に頼まれたのか、と礼子に泥を吐かせることも考えた。

しかし、そんなことをしていたのでは、会社に遅刻してしまう。

サラリーマンにとって、遅刻は絶対に避けなければならないタブーである。遅刻するぐらいなら、むしろ欠勤したほうがいい。

先制攻撃をかけよう、と竜之介は考えた。

礼子が関係を結んだことをネタにゆすってくるより先に、こっちから攻撃すべきである。攻撃は最大の防御という言葉もある。

竜之介は会社に出ると、応接室に入り、羽田東急ホテルに電話をする。

竜之介は電話に出た交換手に、電話を礼子が朝寝を楽しんでいるはずの部屋につないでもらった。

「はい……」

眠そうな声で礼子が電話に出た。

竜之介は礼子の電話の声のところまで巻き戻していたテープを送話口で再生した。

キスの音で電話が切れるところまで再生して、テープを止める。

受話器から、突然、けたたましい笑い声が聞こえた。

「さすがに一流会社の課長さんともなると用意周到ね。分かったわ。わたしの完敗よ」

笑ったあとで、礼子はそう言った。

「いったい、どんな機密書類を持ち出させ、誰に渡そうとしたのかね。浜村って、どこの誰なのかね」

「答えなくちゃいけないの?」

「テープには、君のベッドでの声が全部録音してある。その部分だけを君の勤め先の広告代理店に送りつけてもいいのだよ。あるいは、市販のルートに乗せてもいい」

「分かったわ。しゃべるから、それだけはやめて」

「正直に話せば、やめてもいい」

「欲しかったのはあなたの会社で進めているバイオ部門への進出計画の書類なの」

「そんなトップシークレットの書類を、課長のオレが盗み出せると思っているのかね」

「あなたは発案者のひとりだし、社長秘書の中丸恭子と親しいから簡単に盗み出せるわ」

礼子は含み笑いをした。

「なるほど」

竜之介は礼子の言葉を否定はしなかった。

それにしても、よく調べたものだと思う。

秘密にしていた中丸恭子との関係が外部の人間に知られていたとなると、これまで以上に、充分に注意する必要がある。

「それを届けるはずだった浜村さんは、あなたの会社のライバルの甲田《こうだ》通商の秘書課長で、わたしの恋人なの。出世のために、ユニバーサル産業のバイオ部門への進出計画書を手に入れてくれ、と頼まれたのよ」

礼子はよどみなくしゃべった。本当のことを話したのだ。

甲田通商の連中ならやりかねないな、と竜之介は思った。

甲田通商は、最近、ユニバーサル産業に少しずつ差をつけられて焦《あせ》ってきている。その差を逆転するには、ユニバーサル産業よりも早くバイオ部門に進出するしかないはずだ。

「出世のために恋人を他の男に抱かせるようなヤツは最低だよ。そんな男とは、早く別れたほうがいい。君が不幸になるだけだ。大きなお世話かもしれないが、一度でも肌を合わせた女が不幸になるのを黙って見過ごすわけにはいかないのでね」

「親切なのね」

礼子は溜息をついた。

「さよなら」

電話は切れた。

専務の女

1

「甲田通商の秘書課の人に怪しいと睨《にら》まれているようでは、しばらくの間、火曜の夜のデイトを中止したほうがよさそうね。辛《つら》いけど」

竜之介の首に手を回し、裸の乳房を押しつけてきながら、中丸恭子はそう言った。

さっき激しく燃えたばかりなのに、早くも体が熱くなりはじめている。

竜之介にとって、恭子とのデイトの中止で、社長の最新情報が入らなくなるのは非常に痛い。しかし、それ以上に、恭子との関係がバレるほうが危険だった。

「それじゃ、三カ月だけ、自重することにしよう」

竜之介は期限を切った。

「人の噂も七十五日という。三カ月間、他人でいたら、立ちかかった噂も消えるだろう」

「わかったわ。三カ月ね」

恭子は素直にうなずいた。

手を伸ばして欲棒を握る。竜之介は回復まで、まだ、時間がかかりそうだった。

「きょうの常務会、ずいぶん荒れたわよ」

思い出したように恭子は言った。

「また、矢田部《やたべ》副社長と坂井《さかい》専務が衝突したのかね」

「そうなの。最近、特に、衝突が激しいわ」

「次期社長のポストがかかってるからなあ」

竜之介は恭子の乳房をつかみながら、溜息をついた。

七十三歳の倉沢社長は長くてもあと一期、二年で引退して、会長になるのではないかというのが社内の大方の見方である。

となると、問題は倉沢社長の後任である。

現在、副社長は矢田部ひとりで、専務は坂井と永田《ながた》のふたりである。この三人の中から後任の社長が決まるというのも、社内の一致した見方だった。

順当に行けば、副社長の矢田部の昇格で決まりだが、年齢的に年を取りすぎているという弱点があった。矢田部副社長は六十五歳。本来なら、四年前に、倉沢社長から、社長のポストを禅譲《ぜんじょう》されるはずだった。ところが、倉沢が、長く居坐りすぎたために、年を取りすぎてしまったのだ。

　したがって、倉沢が会長に退《しりぞ》くときに、矢田部も副会長になり、社長は坂井、副社長が永田に若返るのではないか、という見方をするものが少なくない。

　坂井は五十九歳で、営業本部長を、永田は五十七歳で、工場長をつとめている。永田は技術畑の出身で、それほど社長のポストに執着はしていないが、坂井は意欲的だった。

　矢田部が社長になって、二期、あるいは、三期、四期と居坐れば、坂井の社長の目はなくなりかねない。それだけに、坂井は矢田部に闘志を剝《む》き出しにしているのだ。

「円城寺さんは、どちらだと思う?」

「やはり、若い分だけ、坂井さんが有利だろうな。社長の考えはどうなのかね」

　乳首をつまんで竜之介は尋ねた。

「倉沢社長はまるで、後任に関しては意思表示をしないから、さっぱり分からないの」

　恭子は茂みを竜之介の太腿にこすりつけながら首を振った。

「もっとも、後任を決めた瞬間から、社長は影が薄くなるから、何も言わないだろうなあ」

「だから、矢田部副社長も坂井専務も焦《あせ》っているみたいよ」

「ふたりにすれば、一日も早く、後任社長のお墨つきがほしいだろうからね」

「わたし、矢田部副社長の線も充分ありうると睨んでいるの」

「矢田部さんは今、六十五歳だよ。倉沢社長がもう一期やれば、六十七になる。いくら何でも六十七で社長就任はありえないよ」

「倉沢社長が今年で辞めれば、むしろ、坂井さんよりも有利だわ」

「倉沢社長が今年辞める？」

「その可能性は充分あるわ。そばにいて、社長が物事に淡泊になってきたのが分かるの。だから、案外、あっさり今年で辞めるのではないかと思うの。矢田部さんも、坂井さんも何となく感じるのじゃないかしら。だから、必死なのよ」

恭子の言葉には、社長秘書として身近に倉沢を見ているだけに、説得力がある。

「そんな大事な時期に、君と三カ月も会わないでいたら、情報戦で後《おく》れをとってしまうよ。自重する期間は一カ月に短縮しよう」

「あら、人の噂も七十五日、ではなかったの」

「今は時代のサイクルが速くなっているから、一カ月も自重すれば大丈夫だよ」

竜之介は勝手に自重期間を三分の一に短縮した。

2

その翌日、坂井専務は営業第一課と営業第二課、営業第三課の全員を大会議室に集めてハッパをかけた。前年度よりも、三十パーセントの売り上げ増を達成するように号令をかけたのだ。坂井が次期社長のポストを有利にするために、成績のアップをはかったのは、一目瞭然だった。

坂井の話が終わって、席に戻った竜之介は何気なく机の引出しを開け、首をひねった。引出しに無造作に放り込んでおいたマイクロカセットテープレコーダーがなくなっていたからだ。テープレコーダーには、礼子のベッドの声を録音したテープがセットしたままになっている。

誰が盗んだのだろう……。

竜之介は、一瞬、蒼《あお》ざめた。

礼子から話を聞いた甲田通商の浜村が、盗んだのだろうか、とも思った。

しかし、ライバル会社の人間が、怪しまれずに竜之介の机の引出しからテープレコーダーごとテープを盗んで行ったとは考えられない。盗んだとすれば、社内の人間である。

厄介《やっかい》なことになったぞ、と竜之介は顔をしかめた。

今朝、出社したときには、テープレコーダーは机の引出しにちゃんとあったのを竜之介は確認している。竜之介が出社してから席を離れたのは、大会議室で坂井専務の話を聞いていた間だけである。とすれば、テープレコーダーが盗まれたのは、営業第三課の全員が大会議室に行っていたわずかの間だということになる。

盗んだ犯人は、坂井専務が、今朝、営業部門の全員を大会議室に集めることを知っていた人物とみたほうがいい。

誰だろう……。

竜之介は首をかしげながら、引出しを閉めて、トイレに立った。

トイレをすませて、通りがかりに、応接室に入る。しばらくひとりになって、誰がテープレコーダーを盗んだのか、考えてみたかったからだ。

応接室は三つ並んでいて、真ん中の部屋のドアに『空室』の札がかかっていた。その札を裏返しにして『使用中』にし、中に入る。

応接室は大勢の来客があったときには仕切りが取りはらえるようになっていて、仕切りには隣りの応接室に通じるドアがついている。

竜之介は隣りの部屋を使っているのは誰だろうと思って、隣室に通じるドアの鍵穴から覗いてみた。

右隣りの応接室は営業第二課の者が来客と話をしていた。

左隣りの応接室には、開発室きっての美人の室中《むろなか》由美《ゆみ》が机の上にノートを開いて、こちら向きにひとりでソファに腰を下ろしていた。

何かを手に持って、耳にイヤホーンを当てている。

何をしているのだろう……。

竜之介は鍵穴に当てた眼を、左右に動かした。

鍵穴からは限られた部分しか見られない。広い範囲を見ようとすれば、苦労する。

ようやく室中由美が手にしているものが見えた。

それを見た途端、竜之介は思わず声を上げそうになった。由美が手に持っていたのは、竜之介の机の引出しから消えたマイクロカセットテープレコーダーだったからだ。

何のために由美はテープレコーダーを盗んだのだろう。とっちめて聞かなければ、と竜之介は思った。

立ち上がろうとしたとき、由美はスカートをめくった。なまめかしい、白い太腿が露《あら》わになった。こうなると、鍵穴から目を離すわけにはいかない。

さらにスカートをたくし上げ、由美はパンストを脱いだ。真っ白いスキャンティが丸見えになった。

オフィスの応接室で、しかも勤務中に、何をしようというのだろう……。

竜之介は鍵穴に齧《かじ》りついた。

3

由美は鍵穴から見つめている男がいるとも知らずに、スキャンティを脱ぎ捨てた。

黒々とした長方形の茂みが、ほんの一瞬、視界を横切った。女の匂いが鍵穴から漂《ただよ》ってくるように思われた。

由美は脱いだスキャンティをノートにはさんで表紙を閉じると、ソファに横になった。両膝を立てる。

スカートが太腿をすべり、両足が剝き出しになった。

由美は両足の間に右手を伸ばし、手首を小刻みに震《ふる》わせた。

ヒップをしきりに持ち上げるようにする。

竜之介は、ようやく、由美がオナニーを始めたのに気がついた。そういえば、これまで女がオナニーをするのを目撃したことは一度もない。

右手で小突起に刺激を加えているのだ。

左手はしっかりと耳のイヤホーンを押さえている。

竜之介の欲棒はズボンの中で固くなった。

そのまま、硬直されると、欲棒が折れてしまいそうで、竜之介は手で欲棒を上向けに位置の修正をした。

本当はパンツから出して解放してやりたいところだが、会社の応接室ではそうもいかない。

由美はテープに録音された礼子のよがり声を聞いているうちに、たまらなくなって、オナニーを始めたものらしい。それにしても、大胆だな、と竜之介は感心した。いかに、ドアに使用中の札を出していたとしても、そそっかしい者がいつドアを開けないとも限らない。応接室のドアには、鍵はかからないのだ。そんなところでよくもオナニーができるものだな、と思う。

しかし、テープレコーダーに礼子のよがり声が入っているのを知っている者は、竜之介以外には誰もいないはずだ。

いったい、いつ、由美はテープレコーダーに礼子のベッドでの声が入っているのに気がついたのだろう……。

竜之介は首をひねったが、さっぱり分からなかった。やはり、本人に聞くほかはないな、と思う。

由美は太腿で自分の手首をはさみつけるようにしたかと思うと、一転して、大きく太腿を開いて、小突起を指にこすりつけるようにする。

その動きは会社の応接室にいることを忘れたかのように激しい。ときおり、声が出そうになるらしく、慌《あわ》てて左手で口を押さえる。

刺激は小突起が中心で、指を通路に挿入はしなかった。それでも、のけぞって体をよじる。

あまりにも激しい由美のオナニーに竜之介は金縛《かなしば》りにあったようになった。

由美はテープから聞こえてくる礼子のよがり声に負けまいとして、小突起に指を使っているようにも思われる。

指の震わせ方は、今後の女体攻略に活用しなければ、と思う。

激しく指を震わせてはいるが、それほど強くは押さえていないようである。

力加減も参考になる……。

竜之介は自然に肩に力が入った。

由美の白い太腿に痙攣《けいれん》が走るのが分かった。

太腿を痙攣させながらのけぞる。

スカートは腹のあたりまでめくれ上がってしまっている。剝《む》き出しになった腹部が、大きく波打っている。

間もなくクライマックスだな、と竜之介は思った。

会社の応接室でオナニーを始めたところをみると、由美は、相当に男の飢餓状態にあるらしい。端正な顔の美人が男日照《ひで》りとは信じられないが、案外そんなものかもしれない、と思う。

そんなに男日照りなら、ひとこと、オレに相談してくれればいいのに、とも思う。

会社の応接室でなければ、今からでも、埋めてやるのに……。

竜之介はズボンの上から欲棒を握りしめた。

男のリキッドが噴出しそうなほど、オナニーを見せつけられて竜之介は興奮していた。

隣りの応接室のドアを開けるのは、由美がクライマックスに到達するまで遠慮すべきではなかろうか、と竜之介は考えた。

途中でドアを開ければ、由美はオナニーを中断させられて、不完全燃焼のままになってしまう。それでは、可哀相な気もする。

しかし、いくら考えても、テープレコーダーを盗まれたのは竜之介であり、そんな遠慮をしなければならない理由はない。

それに、クライマックスに達するのを待っていたら、邪魔が入らないとも限らない。

今すぐに隣りの部屋に行って、なぜ、テープレコーダーを盗んだのか、問い詰めるべきだ、と竜之介は方針を決めた。

鍵穴から目を離して立ち上がる。

ズボンの前が痛いほどふくれ上がって、歩きにくかった。

竜之介はへっぴり腰でドアまで歩いた。

細めにドアを開けて、廊下の様子を窺《うかが》う。廊下には人影はなかった。

竜之介は素早く廊下に出た。

4

応接室のドアの札を『空室』にする。

竜之介は、もう一度、左右を見回し、誰もいないのを確認して、由美がオナニーをしている応接室のドアを開け、中に入る。

ドアを閉める音で、由美はソファから飛び起きた。

テープレコーダーのイヤホーンをはずし、急いで乱れた髪に手をやり、めくれ上がったスカートの裾《すそ》を引っ張る。

「困るわ、ノックもせずに入って来られたら。ドアに使用中の札がさがってたでしょう」

由美は睨んだ。目元が赤いのは、オナニーに興奮していたからである。

竜之介は黙って由美の右手の手首をつかんだ。

「何をするの！」

由美は眉を吊り上げた。

竜之介は由美の右手の指を鼻に近づけた。指先から、女の匂いが立ちのぼっている。

「応接室は私用に使わないでほしいな」

竜之介は指先の女の匂いを嗅ぎながら、ニヤリとした。

「私用になんか使っていないわ」

つっかかるように由美は言う。

「ごまかしてもダメだよ。君がここでオナニーをしていたのは分かっているんだ。ほら、パンティも脱いでいる」

竜之介は由美を引き寄せて、スカートの中に手を入れた。すべすべした冷たいヒップに手のひらが触れた。

「あっ……」

由美は体をよじって竜之介の手から逃れようとしたが、それより早く、その手を前に回す。

柔らかい茂みに指先が触れ、茂みを掻き分けると、温かい蜜液がからみついてきた。

「男日照りのようだが、相談に乗ってもいいのだよ」

どうしていいか分からずに、助けを求めるような顔をしている由美の唇に、竜之介は唇を重ねた。

由美はあらがったが、すぐにおとなしくなった。

唇を離すと、由美は食いつきそうな眼で、竜之介を睨んだ。

「まさか、ここでわたしを抱こうというのではないでしょうね」

「なぜ、オレのテープレコーダーを盗んだのかね」

「盗んだのじゃないわ。借りただけよ」

「無断で持ち出せば、盗んだのと同じだ」

竜之介はテープレコーダーからイヤホーンを抜いて、スイッチをオンにした。

礼子のよがり声が聞こえてきた。テープは竜之介が録音したものに間違いなかった。

「やめてよ。人に聞かれるわ」

由美は耳まで真っ赤になった。

竜之介はスイッチを切った。

「盗人にも三分《ぶ》の理があるそうだから、弁明の機会を与えてやろう」

竜之介は由美のスカートをめくった。

由美の下半身が剝き出しになった。白い腹部に、味付けノリを貼りつけたような、黒々とした長方形の茂みが盛り上がっていた。

「さあ、しゃべったらどうかね」

竜之介は茂みの下の亀裂に右手の中指を這わせた。

温かいぬめりが、オナニーを中断させられた女体の火照《ほて》りを伝えてきた。

由美は逆らわなかった。目を閉じて深呼吸をする。

由美が目を開けて、しゃべろうとしたときに、電話が鳴った。由美は股間を竜之介の指に委《ゆだ》ねたまま、電話に出た。

竜之介も受話器に耳をつける。

「円城寺竜之介の机の引出しにあったテープレコーダーには、何が録音してあったのかね」

男の声が受話器から勢いよくこぼれてきた。その声に聞き覚えがあった。

坂井専務の声だった。

「別にたいしたことではありませんでしたわ」

由美は体をくねらせながら、そう答えた。

太腿が小刻みに痙攣していた。

「だから、どんな内容なのかね」

「英会話のテープでした」

「ほう、彼は英会話を勉強しているのかね」

「そのようです」

「その他に、矢田部派に走るようなメモ類は引出しにはなかったのだね」

「ございませんでした」

「営業第二課長の中西君の引出しには何があったかね」

「使いかけのスキンが一箱と、料亭らしいところの床の間を背に、矢田部副社長と並んで写したインスタント写真がありました」

「矢田部副社長と並んで写した写真があったのか。とすると、中西には、矢田部サイドが触手を伸ばしているということになるな。分かった。いろいろご苦労だった」

電話は一方的に切れた。

「これで、わたしが私用でこの部屋を使っていたのではないことはお分かりね」

由美はトロンとした眼で竜之介を見つめた。

竜之介は直感で坂井専務と由美が他人の間ではないな、と思った。

「もっと釈明しろ、と言うのなら、今夜、九時に、新宿駅の南口の改札を出たところで落ち合ってもいいわよ」

由美は小突起を竜之介の指に押しつけながら、震える声で言った。

「それじゃ、そうしよう」

竜之介は由美の股間から手を引いた。

由美はけだるそうにパンティをはいた。いかにも、本当は、はきたくないのよ、と言いたげなはき方だった。

5

約束の午後九時に、竜之介はポケットにスキンをしのばせて、新宿駅の南口の改札を出たところに立った。

「ここよ、円城寺さん」

女の声が竜之介を呼んだ。

駅舎を出たところで、由美が手を振っていた。真っ赤なツーピースを着ている。胸元の開いた上着にミニのフレアスカートという、挑発的な服装だった。

スカートの下は素足だった。ひょっとして、パンティもはいていないのかもしれないな、と竜之介は思った。

「さっきから、待ってたの」

由美は駅舎を出たところに車を停《と》めていた。

「あなた、運転できるのでしょう」

そう言って竜之介に車のキイを渡し、自分は助手席に乗る。

「あなたの好きなところに連れてって」

そう言いながら足を組む。

ミニスカートから、見事な脚線が太腿の付け根のあたりまで、剝き出しになった。

車は国産の新車だった。

竜之介は車を発進させた。

新宿の町をひとまわりして、首都高速に乗って、八王子《はちおうじ》方面に進路をとる。八王子のランプの付近には、ラブホテルがいくつかある。しかし、八王子まで、走るつもりはなかった。

竜之介はしばらく首都高速を走って、非常待機用のふくらみに車を停めた。

すぐそばを百キロを超すスピードで、次々に車が通り過ぎる。

その振動で、停めた車も、かなり揺れた。

「さあ、ここで、釈明を聞こうじゃないか」

竜之介はサイドブレーキを引いて、由美の肩を抱き寄せた。

ミニスカートの裾から手を入れる。やはり由美はパンティをはいていなかった。

「こんなところじゃイヤよ。誰かに見られるわ」

由美は竜之介の手を太腿ではさみつけた。

「百キロを超すスピードで通り過ぎていく車から、何が見えるというのかね。万一、何かが見えたとしても、引き返して来るわけにはいかないのだよ」

竜之介は亀裂の中から小突起を探り当てた。亀裂には早くも蜜液が滲《にじ》んでいる。

「でも、高速道路の路肩でなんて、こんなに悪趣味な人とは思わなかったわ」

「いいから、弁明を聞こう」

「坂井専務が、次期社長のポストをめぐって、矢田部副社長と熾烈《しれつ》なつばぜり合いを展開していることはご承知ね」

「知っている」

「坂井専務は課長クラスの有能な人間をブレーンにしたがっているわ。しかし、それには、矢田部副社長の息がかかっていないことが条件なの。そのために、目をつけた課長が矢田部派かどうかを調べるように言われたの」

由美は蜜液をシートにしたたらせながら弁明を始めた。

「なぜ、君がそんなことを坂井専務から依頼されたのかね」

竜之介は女体の通路に中指を挿入した。通路は強い力で締めつけてきた。

「全部しゃべるまで、指を入れるのは待ってくれない？　フワッとなってしゃべれなくなるわ」

由美は眉を寄せた。

竜之介は指を通路から抜いて、小突起の愛撫に戻した。

「なぜ、坂井専務がわたしに依頼したか、という質問だったわね」

「そうだ」

「それは、わたしが坂井の女だからよ」

由美は専務の名前を呼び捨てにした。

「そんなことだろう、と思っていたよ」

竜之介は小突起の周囲を円を描くように愛撫した。

「すると、わたしが専務の愛人だと承知してスカートに手を入れてきたの？」

「そうだよ」

「呆《あき》れたわ。図々しいというか、度胸がいいというか、あなたみたいな人は初めてよ」

「専務の愛人だからといって、遠慮をしなければならないという決まりはないよ」

「それはそうだけど、わたしがひとことしゃべったら、あなたはクビになるのよ」

「しかし、君はしゃべらない」

「自信満々ね」

「だって、しゃべれば、君も専務の愛人の座と職を同時に失うことになるからね」

「それもそうね」

由美は両足を大きく開いて、小突起を指に押しつけてきた。

「わたしに、ひとつだけ質問させて」

「どうぞ」

「テープの女性だけど、あなたは、結局、ゆすられたの？」

「こっちが、彼女の声を録音しているとは知らなかったのでね、テープを聞かせてやったら参ってしまって、脅迫どころか、泣きを入れてきたよ」

「相当な悪《わる》ね、あなたって」

「悪じゃなきゃ、サラリーマン社会じゃ生き残れないよ。人がいいだけでは、会社や上司や同僚に利用されて、気がついたときには窓際族さ」

「頼もしいのね、円城寺さんって」

由美はキスを求めてきた。

竜之介はキスをしながらベルトをはずし、ズボンとパンツを一緒に足首まで下ろした。

欲棒が勢いよく現われた。

「どうやら、坂井専務はあっちのほうが強くなさそうだね」

欲棒を握らせる。

「会社のＯＬを愛人にするぐらいだから、以前は強かったわ。でも、次期社長のポストに狙《ねら》いを定めてからはさっぱりなの。女どころではないのね」

欲棒を強く握って由美は溜息をついた。

「上にこないか」

竜之介は由美の通路に中指を沈めた。

通路は強い力で中指を締めつける。

「こんなところじゃイヤ。ちゃんとしたホテルがいいわ」

由美はひっきりなしに通り過ぎる車を気にした。

「オレはホテルまで我慢できないよ」

竜之介は指を抜いて、運転席のリクライニングシートを倒した。由美も助手席のシートを倒す。

「さあ」

竜之介は仰向《あおむ》けになって由美をうながした。

「初めての人にわたしのほうから乗っかるなんて恥ずかしいことをするのは初めてよ」

由美は軽く竜之介を睨んだ。

そのくせに、いきりたった欲棒に顔を伏せて、口にふくむ。由美も我慢ができなくなったのだ。

「恥ずかしいことが大好きじゃないか」

「意地悪ぅ」

由美は唾液で欲棒をなめらかにしてから、竜之介にまたがってきた。

いきなり、車のホーンがけたたましく鳴った。由美がバランスを失いそうになって、ハンドルに手をついた拍子に、ホーンを鳴らしてしまったのだ。

由美は欲棒に手を添えて、迎え入れようとした。しかし、スカートが邪魔になって思うようにならない。

「スカートをめくり上げるか、脱ぐかしたらどうかね」

「ダメーッ」

由美は頭を振った。

どうにか、欲棒が女体の入口に導かれた。

通路の入口は、初めから固く閉ざされた感じだった。竜之介は腰を突き上げて、こじ入れるようにして結合した。

指を入れたときには分からなかったが、通路は狭く、締めつけてくる力も強い。

通路は熱く濡れていたが、油断すると押し出されそうになる。欲棒を吸い込む感じではなく、押し出す感じなのだ。

強い硬度を持った欲棒にとっては、押し出そうとする通路に逆らって、奥へ進むのは非常に楽しい。いかにも力で女体の抵抗を排除して、征服しているという感じを味わえる。

しかし、硬度が頼りなくなった老人にとっては、なかなか進入できないし、進入しても押し出される通路は、重荷である。

老人には、弛《ゆる》めで、吸い込んでくれる通路のほうが都合がいい。

坂井専務も欲棒の硬度が強かった頃は、由美の通路は楽しかったはずだが、急速に衰えてきた今は、負担になる女体だろう……。

欲棒が痺《しび》れそうなほど強く締めつけてくる通路に欲棒を深く突き立てながら、竜之介はそう思った。

6

由美は結合したまま、しばらく、上体を起こしていた。

結合した部分はフレアスカートがふわりと覆っているので、眺めることはできない。

竜之介はフレアスカートをめくった。

一瞬、茂みの下に欲棒がしっかりと突きささっている様子が見えた。

「イヤッ、見ないで……」

由美は竜之介の胸に倒れ込んだ。

通路が激しく収縮する。

胸を合わせた形になってからも、通路は女体の奥深く入り込んだ欲棒を、しきりに追い出そうとする動きをした。しかし、由美は腰を使うことはしなかった。

腰を使わなくても、すぐ横を高速で通り過ぎる車両の振動で、車がバウンドし、出没運動と同じ効果を生み出している。

特に、大型トラックが通り過ぎるときの振動は、激しい。

その通過車両が高速道路を揺らす振動で、恥骨と恥骨がバイブレートしながらぶつかり合う。そのために、由美は体が痺れてしまって、腰を使うどころではないのだ。

「ああ、とろけそう……」

由美は呻《うめ》く。

欲棒をつかむ力がますます強くなった。

欲棒はあまりにも強い力で締めつけられると、感覚がマヒして爆発が遠ざかってしまう。長持ちしそうだな、と竜之介は思った。

「わたし、ダメになりそう……」

由美が恥骨を強く押しつけ、竜之介にしがみついてきた。

全身が小刻みに痙攣する。欲棒を食いちぎるほど強い力が締めつける。クライマックスに達したのだ。

やがて、女体があくびをするように、ふわっと弛《ゆる》んだ。

欲棒を押し出そうとする動きが消える。

由美が甘えるように竜之介の頬に頬をすりつけた。

相変わらず、すぐそばを高速で車が走り抜ける。そのために、車を揺らす振動は続いている。

「ねえ、じっとしてて。くすぐったい……」

しばらくして、大儀《たいぎ》そうに由美が言う。

振動が伝わってくるたびに、恥骨がかすかにぶつかり合って、小突起を刺激するのだ。

クライマックスに達した直後に、小突起に刺激を加えられると、くすぐったくてしかたがないものなのだ。

しかし、竜之介はまだ終わっていない。男が終わらない限り、行為は終了しない。

小突起に刺激を加えないような形で結合し、男のリキッドを噴射し、終わらせようと思う。小突起を刺激しないように結合するには、バックの形がいい。竜之介はいったん結合を解いて、由美にバックの形をとらせた。

竜之介は欲棒にスキンを装着した。

両肘《ひじ》と両膝で体を支え、赤いフレアスカートに覆われたヒップを突き出して由美は結合を待っている。

フレアスカートをめくると、白いヒップが美しい曲線を見せた。

しかし、今はその曲線をゆっくりと観賞している場合ではない。竜之介は目標に欲棒の先端を押しつけて、結合した。

クライマックスに達した通路は別人のように弛やかだった。

竜之介は由美のヒップを抱え込んで動きはじめた。竜之介はふたたび由美がのぼりつめてくれることを期待していた。

しかし、由美は体をゆだねたまま、二度目のクライマックスに向かって始動しようとはしなかった。

「一回イッてしまったら、ダメなの。きっと、体力がないのね」

もう一度、イカないか、と言う竜之介に由美はそう言って首を振った。

「だから、いつ出してもいいわよ」

由美はけだるそうな声を出した。

竜之介は出没運動のスピードを上げた。

バックの形をとったときの独特の放屁《ほうひ》に似た音が、通路から洩れる。

「いやだわ」

由美はその音を恥ずかしがった。

通路は相変わらず弛やかだった。その弛やかさが爆発を早めた。

竜之介は結合部を強く押しつけながら、男のリキッドを噴射した。

噴射のリズムが収まると、竜之介はすぐに結合を解いた。

早く離れないと、欲棒が縮んで、スキンからリキッドが通路に漏れてしまう危険がある。

由美はハンドバッグからハンカチを出して竜之介の欲棒にかぶせ、手際よくスキンを脱がせた。

自分の蜜液は、ぬぐおうともせずに、スカートを下ろす。

竜之介はパンツとズボンを引き上げ、リクライニングシートを起こし、ハンドルを握った。

右のウインカーを点滅させ、車の流れが途切れたときに、走行車線に出る。

「ひと晩に一回しかクライマックスに達しないのなら、これからホテルに行ってもしかたがない。君を送るよ。道順を教えてくれないか」

アクセルを踏みながらそう言う。

「次の、永福《えいふく》のランプを出てちょうだい」

由美はリクライニングシートに横たわったまま、指示した。

「これっきりではないのでしょうね」

大きく息を吸い込んでから、由美は尋ねた。

「これっきりなんてイヤよ」

竜之介も慌《あわ》ただしい一度だけのカーセックスで由美との関係を終わりにしたくなかった。ゆっくりと、味わってみたい女体だ、と思う。

「次は専務が君の部屋を訪ねて来る直前に抱くよ」

「専務の来る直前？」

由美は体を起こし竜之介の顔を覗き込んだ。

「そこまで、悪趣味とは思わなかったわ」

呆れ果てたという口調で言う。

「誤解しないでくれよ。坂井専務によかれと思ってのことだ」

「自分が抱く直前に、愛人を他の男に抱かれて喜ぶ男がいると思っているの？」

「そうじゃない。坂井専務は君を抱くときに、結合が困難で困っているはずだ」

「だって、なかなか固くならないのだもの。わたしのせいじゃないわ」

「ところが、君のせいなんだな」

「わたしのせい？　どうして？」

「君の入口が締まりすぎているし、通路の内側も狭いし、おまけに、せっかく結合したものを押し出そうとするのだ。これじゃ、硬度が不足したものは入りにくいし、入ったところで押し出されてしまう。つまり君の体は硬度が足りなくなった老人には不向きなのだよ」

「知らなかったわ。それじゃ、わたし、坂井から嫌われるかもしれないわね。嫌われたら困るわ」

「だから、直前に、オレが抱こうというのだよ。君は、一度、クライマックスに達したら別人の体のように、入口の力が抜け、通路も弛やかになって、押し出す力が消えてしまう。つまり、老人向けの体になるのだ」

「ふーん」

由美は狐につままれたような顔をした。

「もしも、そうだとしたら、坂井に抱かれる前に、あなたに抱かれてクライマックスに達しておいたほうがいいわね」

首をかしげながらそう言う。

「今度、専務が来る日時が分かったら、知らせてくれるね」

「いいわ」

由美は素直にうなずいた。

竜之介は永福のランプを出た。

「次の信号を右よ」

由美は言う。

竜之介は信号を右折した。

「ところで、円城寺さんは、坂井に賭けてくれる?」

思い出したように由美は尋ねた。

「考えておく」

竜之介は即答を避けた。

坂井専務は次期社長のポストに意欲を剝き出しにして、いささか焦りすぎている。馬にたとえれば、入れ込んでいる状態である。

そんなときに、慌てて賭けるのは、賢明ではない。専務の女は手に入れたことだし、しばらく様子を見てからでも遅くない、と竜之介は判断した。

危険な旅行

1

竜之介は生臭《なまぐさ》い次期社長のポスト争いに巻き込まれるのを避けて、延び延びになっていた北海道への出張をすることにした。

由美とカーセックスをした翌日、出張の日程を来週の月曜日から三日間と決め、直属の上司の営業担当部長の村山《むらやま》常務に許可を求めるために、常務室を訪れた。

村山常務は坂井専務よりも三歳年下の五十六歳で、社長から数えて六番目のランクの役員である。村山常務は矢田部副社長と坂井専務の次期社長のポスト争いにも傍観者の立場をとっていた。

どちらが次期社長に就任しても、協力を求められ、専務に昇格し、新社長を補佐していくのは確実視されていた。村山の協力がなければ、会社の運営に苦労するだろう、と言われているほどの実力者だった。

　竜之介が入って行ったとき、常務室には、タンクトップにミニスカートという、若い女がいた。眼が大きく、肉感的な厚い唇をした、なかなかの美人である。

　村山常務は浮いた噂ひとつない堅物で通っていたので、竜之介は意外だった。

「北海道に出張か。うらやましいな。大いに羽根を伸ばしてくることだな。三日間といわず、有給休暇をとって、のんびりしてきたらどうかね」

　村山はそんなことを言いながら、竜之介の出した書類に、許可のハンコを押した。

「ああ、その子はわたしの長女の美雪《みゆき》だ。大学の三年生で、二十一になったばかりだ」

　顔を上げ、竜之介が若い女をチラリチラリと眺めているのに気がついて、照れくさそうに言う。

「そうだ、円城寺君。君は今夜、体は空《あ》いているかね」

　思い出したように尋ねる。

「別に、予定はございません」

「それなら好都合だ。今夜、美雪につき合ってやってくれないか。いやね、じつは、今夜、後楽園ホールである、ボクシングのタイトルマッチに連れて行くつもりで、リングサイドの切符を二枚買って、会社に呼んだのだが、急に、社長につき合うように言われてね、娘と行けなくなったのだよ」

村山常務はそう言った。

「それなら、わたしなんかではなく、気の合ったボーイフレンドとでも行かれたほうが楽しいのではありませんか。そうでしょう、お嬢さん」

竜之介は美雪にそう言った。

「おい、君。僕は美雪に変なムシがつかないようにと一生懸命なんだよ。気の合ったボーイフレンドとふたりだけでなんてとんでもない。君なら、妻子があるし安全だから頼んでいるのだ」

村山は怖い顔をした。

「お願いします。今夜のタイトルマッチ、どうしても見たいの」

美雪は竜之介に可愛らしく手を合わせた。

「わたしでよければ」

竜之介は困惑した表情でそう言った。

「お願いします」

美雪は頭を下げた。

「娘がああ言っているのだから、つき合ってやってくれ」

村山常務は命令口調で言う。常務の令嬢のお相手は気が重かったが、上司の命令は絶対である。竜之介は五時に常務室に美雪を迎えに来ることにして、出張の書類を庶務課に届けた。

「来週の月曜日の朝の札幌行きの便を取ればいいのですね」

庶務課の増井《ますい》が応対をした。

「明日中には、航空券を届けさせます」

自分のハンコを押す欄に捺印《なついん》すると、増井は部下のＯＬを呼んで、航空券の手配を命じた。

竜之介は五時きっかりに、村山常務の部屋に行った。

「ボクシングのあとで、食事をさせてやってくれないか。勘定はあとで請求書を回してくれたら、交際費で処理するから」

村山は竜之介に小声で言った。

村山は、後楽園までは、常務専用車を出した。

「本当に、常務はお嬢さんを大切になさっていますね」

後楽園のリングサイドの折り畳み椅子に並んで腰を下ろすと、竜之介は美雪にそう言った。まだ、前座の試合も始まっておらず、客の入りも半分程度だった。

「ときどき煩《わずら》わしくなるわ」

美雪は体をすり寄せながらそう言う。

肉づきのよい体だった。痩せた女が好きな竜之介の好みのタイプではない。

竜之介は太めの女は見るのもイヤだというのではない。太めの女は食わず嫌いだった。すり寄ってきた美雪の体の感触は弾力があって、悪いものではなかった。竜之介は新しいものを発見したような気持ちになった。

太めの子も、案外、いいものかもしれないな、と思う。常務の箱入り娘でなければ口説いてみたかもしれない。

間もなく、四回戦から試合が始まった。

プログラムによると、この夜は、四回戦が四試合と八回戦が二試合、それにセミファイナルの十回戦と日本フライ級のタイトルマッチ十回戦が組まれていた。

初めから、壮絶な打ち合いで、KOで決まる試合が続いた。

ウエルター級の八回戦では、三回の途中でKOされた選手が、鼻血を出してのびてしまい、担架で運ばれる場面もあった。

「凄《すご》い。こんなのは初めてよ」

美雪は竜之介の腕につかまって震え声を出した。

最後のタイトルマッチも五回の半《なか》ばでKOでケリがつき、全部の試合がすんだのは、八時半前だった。

2

「力を入れて見ていたらおなかがすいちゃったわ」

後楽園ホールを出ると、美雪は竜之介の腕につかまってそう言った。

何しろ相手は常務の愛娘《まなむすめ》である。食事といっても滅多な場所へは連れて行かれない。

「帝国ホテルでステーキでも食べましょうか」

竜之介は尋ねた。

「パパと同じところね。そんなところじゃなくて、円城寺さんたちが行くヤキトリ屋さんがいいわ」

美雪は首を振った。

「汚いところですよ」

竜之介は困った顔で言う。

「いいわ」

美雪はうなずいた。

竜之介はタクシーを拾って新宿に出た。懐《ふところ》が寂しいくせに飲みたいときに飛び込むヤキトリ屋に美雪を連れて行く。

「わたし、こんなところで飲みたかったの」

美雪は嬉しそうに薄汚い店の中を眺め回し、感激したように言う。

「飲むつもりですか」

「当然よ」

「しかし、お嬢さんに飲ませたりしたら、あした僕が常務に叱《しか》られますよ」

「サラリーマンって叱られながら出世していくものだ、とパパはいつも言ってるわ。叱られるのをいやがらないほうがいいわよ」

他人事だと思って美雪は太平楽《たいへいらく》を言う。

「分かりました。お嬢さんのために叱られましょう」

竜之介は肚《はら》を決めた。

「頼もしいのね」

美雪は竜之介を見て、眼を輝かした。

ヤキトリ屋で、美雪はメニューのヤキトリをひと通りと、生ビールの中ジョッキと酎《ちゅう》ハイを二杯飲んだ。

酒豪で聞こえている村山常務の血を引いているだけあって、なかなか強い。

男性同士の場合も、親しくなるには、百回話をするよりは一回酒を飲め、と言われている。酒を飲むと、どうしても地が出るし、いいところばかり見せているわけにはいかないからである。

　こいつ、固いばかりと思っていたらこんな一面があったのか、というので、相手に親近感を抱き、理解を深め、親友になる。

　男同士でそうだから、男と女も一緒に酒を飲めば、意気投合してしまうことが少なくない。

　ときには、アルコールの勢いで、男女の垣根を越えてしまうことも珍しくない。竜之介と美雪も、飲むほどに、遠慮がなくなり、意気投合してしまった。

　しかし、いくら意気投合しても、常務の娘をホテルに誘うわけにはいかない。美雪は竜之介が踏み込んで来ないのでじれているようだった。

「来週の月曜日から札幌に出張するのでしょう」

　二杯目の酎ハイを飲み干すと、美雪はトロンとした眼で竜之介を見た。

「そうです」

　竜之介は生ビールの中ジョッキの三杯目を半分近く残している。美雪を村山常務の家まで送り届けなければならないから、ベロンベロンに酔っぱらうわけにはいかない。

「わたしも札幌へ行きたいわ」

　美雪は竜之介の眼を覗き込んだ。

「ねえ、円城寺さん。わたしも連れてって」

美雪は竜之介に顔を寄せて囁《ささや》いた。

「出張にですか。無茶を言わないでください。出張に女性を連れて行ったことがバレたらクビですよ」

「出張でなければいいのでしょう」

「それはそうですが……」

「だったら、土曜日から行けばいいわ。土曜日に札幌に着いても、月曜日の朝までは、出張にはならないのでしょう。わたし、月曜日の朝の便でひとりで東京に帰るわ。それなら、出張に女を連れて行ったことにはならないでしょう」

「それはそうですが……」

竜之介はまぶしそうにまばたきを繰り返した。

男と女が旅行に出かけてひとつの部屋に泊まれば、当然、男と女の関係になる。それを承知でそんなことを言っているのだろうか、と思う。そういったことを抜きにひとつの部屋に泊まって、札幌を案内だけさせられるのでは地獄である。

「パパには内緒よ。女の子の家に泊まりがけで遊びに行くことにすれば、許してくれるわ。わたし、大学を出たら、たぶん、すぐに結婚させられる、と思うの。だから、悔《く》いがないように遊んでおきたいの」

美雪はそう言う。

その口振りからすると、札幌では、当然、男と女の関係になるつもりらしい。

竜之介は太めの女は好みではないし、できれば辞退したかった。

いくら出張にかからないとはいえ、常務の娘といっしょに札幌まで旅行するのは危険きわまりない行為である。

「それじゃ、土曜日に羽田のＪＡＬの札幌行きのカウンターの前で午前十時に落ち合いましょう。いいわね」

美雪は勝手に時間と場所を決めた。

「しかし……」

竜之介は二の足を踏んだ。

「イヤだ、と言うのなら、わたしこれからベロンベロンになるまで飲むわ。そして、家に帰って、飲まされた上に、ラブホテルに引っ張り込まれて、強引に犯された、とパパに言うわ」

美雪は上目使いに竜之介を見た。

そんなことを言われては大変である。

「分かりました。十時ですね」

竜之介は溜息をつきながらうなずいた。

翌日、竜之介は会社から札幌グランドホテルに電話をして、土曜日と日曜日の二泊、ダブルベッドの部屋を予約した。出張で宿泊するのは、別のホテルである。

庶務課のOLが月曜日の航空券を届けに来ると、竜之介はJALの予約センターに電話をして、土曜日の十一時の便に変更の手続きをとった。ついでに、美雪の航空券を予約する。

3

土曜日がくると、竜之介は午前九時半に羽田空港に到着し、発券カウンターで自分の搭乗券の変更をし、美雪の航空券を購入した。

美雪は自分で指定しておきながら、十時になってもJALの札幌行きカウンターに現われなかった。

搭乗受付の締め切りは出発予定時間の二十分前である。十時四十分がリミットだった。

美雪が急病で、突然、旅行を取りやめなければならなくなったことも考えられる。

しかし、村山常務の家に電話をして問い合わせるわけにはいかない。

竜之介はじりじりしながら待った。十時四十分までに美雪が現われない場合は、搭乗のキャンセルをしよう、と方針を決める。

十時四十分になり、竜之介が搭乗のキャンセルに発券窓口に近寄ったとき、美雪が空港の建物に入って来た。ワインカラーのツーピースを着て、同じ色の靴をはき、大きめのサングラスをかけている。

「ごめんなさいね。道路が混んでたの」

サングラスをかけたまま、美雪は白い歯を見せた。

「出発まで、二十分しかありません。急ぎましょう」

竜之介は搭乗の手続きをすると、搭乗待合室に向かった。

手荷物検査を受け、バス出発ラウンジへ降りて行く。札幌行きの乗客は、ほとんどがバスでジャンボ機に向かったあとだった。

竜之介と美雪はキャンセル待ちやスカイメイトの客と一緒に、最後のバスでジャンボ機に乗り込んだ。

竜之介たちが乗り込むと、ジャンボ機はすぐにドアを閉じて、駐機場から滑走路に向かって移動を開始した。

「誰も知った人に会わなかったようね」

座席に並んで腰を下ろすと、初めて美雪はサングラスをはずした。

「スリルがある旅行ね」

そう言いながらも、緊張した表情はしていない。

「札幌は二回ほど行ったことがあるけど、自由行動のない団体旅行だったので、初めても同然よ」

そんなことも言う。

ジャンボ機は予定どおり出発した。

定刻に千歳《ちとせ》空港に着く。

千歳空港から札幌市内まではバスを利用した。

竜之介と美雪は札幌グランドホテルでバスを降りた。

ホテルに入り、フロントでチェックインの手続きをする。

手続きを待って、ボーイがエレベーターで部屋にふたりを案内した。

入口を入ると突き当たるように壁があり、壁の向こうにダブルベッドがあった。ソファやテーブルはベッドの足元にある。

ボーイが部屋の使い方を説明して、部屋から出て行くと、竜之介は喉《のど》がからからになった。

ダブルベッドのある部屋に美雪とふたりだけになってしまったのだ。いやでも美雪を女として意識してしまう。

好みではない太めの女体もふたりだけになってしまうと、悩ましい魅力を感じさせる。

美雪は竜之介のそばに来た。

向かい合って竜之介を見上げる。

若い女の匂いが、竜之介に囁《ささや》きかける。

「食事に出かけましょうか。一時近い時間だし、おなかがすいたでしょう」

竜之介はかすれた声で言った。

「何も欲しくないわ」

美雪は本当に食欲はなさそうだった。

「これから《サッポロビール園》までタクシーを飛ばして、生ビールを飲みながらジンギスカンを食べませんか。夜は《氷雪の門》でカニ料理を食べましょう。夜食はラーメン横町でサッポロラーメンというのはどうですか」

「せっかくふたりだけになったというのに、食べることばかり考えているのね。わたし、そんなに魅力がない女かしら」

美雪はふくれて見せた。

「魅力的すぎて、飛びかかりたい気持ちを必死で抑えているのですよ」

「ホントかしら」

美雪は体を預けてきた。

竜之介はその体を受けとめて、キスをした。

こうなれば、キスをするしかないし、キスから先に進まざるをえない。

竜之介はキスをすませると、美雪をベッドに押し倒した。

美雪の体はいかにも乗り心地がよさそうだった。ボリュームがあって柔らかい。

そのボリュームと柔らかさが、かすかに残っていた竜之介の自制心を完全に痺《しび》れさせた。

竜之介は美雪のツーピースの上着の内側に手を入れた。ブラウスの上から乳房をつかむ。ブラジャー越しに、おいしそうな乳房が感じられる。

竜之介はブラウスのボタンをはずして、手を入れた。

ブラジャーの中から乳房をつかみ出す。乳首をつまむ。小さな乳首がつままれて固く尖《とが》った。

「分かったわ。でも、先にシャワーを浴びさせて」

美雪は竜之介を押しのけて、ベッドを降り、バスルームに入って行った。

すぐに、シャワーを浴びる音が聞こえはじめた。

竜之介はドアの外側のノブに「ドント・ディスターブ」の札を出して、裸になった。

欲棒は、まだ、だらりとなっている。

美雪は五分ほどで、バスルームから上がって来た。

入れ代わりに、竜之介がバスルームに入る。バスルームには、若い女の匂いがこもっていた。

その匂いの中で、竜之介は欲棒を石鹸で洗い、全身にシャワーを浴びた。

竜之介が体をバスタオルで拭《ふ》きながらバスルームから出ると、美雪はベッドに横たわり、毛布にくるまっていた。

窓の遮光カーテンを引き、部屋の明かりはすべて消している。

それでも、真昼の陽光がカーテンの隙間から部屋の中に忍び込んでいるので、暗闇とはほど遠かった。

竜之介はベッドに近寄ると、毛布をはぐった。

美雪は体に何もまとっていなかった。

太めの女体だが、余った肉が、まるで邪魔にならない。きっと、それは、若さのせいだろう、と竜之介は思った。

乳房はゆったりと張り出し、その豊かな丸みの頂点は、薄いピンク色の、それほど大きくはない乳輪があり、その上に、小さめの乳首が乗っていた。

痩せた女の乳首は、ともすれば、仲違《なかたが》いをしたようにソッポを向き合っているものだが、美雪の乳首はきちんと正面を向いていた。色の白い体だった。

腹部は思ったよりも、突き出してはいない。中年女の三段腹とはまるで眺めが違っている。

中年女の三段腹は、仰向けになってもボリュームがせり出している感じだが、美雪の腹部は仰向けになった状態では、なだらかになっていた。

茂みはマリモを思わせた。円形なのだ。可愛い茂みだな、と竜之介は思った。

おそらく、父親の村山常務も眺めたことはないはずだ。村山常務も見たことがない眺めを、とっくりと眺めていると、竜之介は自分が常務よりも偉くなったような気がした。

4

竜之介は美雪にキスをした。

キスをしながら、美雪の手が伸びて、欲棒をつかむ。欲棒はどういうわけか、柔らかいままの状態だった。

唇を離すと、美雪は首をかしげて竜之介を見た。

常務の愛娘と札幌に来てしまった、という罪悪感に似たものが、心の中に引っかかっていた。どうやら、それが、欲棒がいきりたつことにブレーキをかけているようだ。

美雪を抱けば、常務の娘をおもちゃにしたことになる。万一、村山常務の耳に入ったら、逆鱗《げきりん》に触れ、竜之介の人生はめちゃめちゃになる。

そう思うと、立つものも立たないのだ。

女はデリケートだというが、居直ってしまえば、女のほうがはるかにふてぶてしいものである。

男のほうがある意味では、神経がこまやかなのだ。重大な局面に対面すると欲棒が立たなくなるのがその証拠である。

美雪は柔らかい欲棒を握りながら、首をかしげたものの、どうしてそうなのか、とは聞かなかった。そんなことを聞く代わりに、体を沈めるようにしてずり下がると、柔らかい欲棒をパクリとくわえた。

竜之介は快感を感じるよりも、仰天《ぎょうてん》した。

常務のお嬢さんが、まさか欲棒をくわえるようなことをするはずはない、と考えていたからだ。

欲棒をくわえ、舌で先端の底の部分をくすぐるようにしながら、美雪は上目使いに竜之介を見た。

大胆なお嬢さんだな、と竜之介は改めて美雪を見た。

口を大きく開いて、欲棒を頬張っている美雪は、別に恥ずかしがっている様子もない。そうするのが当然だ、と思っているようである。

生温かいぬめりにようやく竜之介の快感が目をさました。

欲棒が大きくなり、硬度を増していく。

欲棒をしゃぶられて、ようやく、常務のお嬢さんという意識から解放されたのだ。

バレたら、バレたときだ。村山常務に叱責され、左遷されそうになったら、美雪が積極的に欲棒をくわえてきたことを話してやろう。そうすれば、誰にもしゃべらないでくれ、と懇願するのは常務のほうだ……。

そう思う。

欲棒がいきりたつと、美雪は苦しそうに口を離した。

「顎《あご》がはずれそうよ」

「交替だ」

竜之介は美雪を仰向けにすると、茂みに顔を伏せた。柔らかい茂みから、若い女の香気が立ちのぼっていた。

竜之介は美雪の太腿を開かせた。

女の香気が一段と強まる。

美雪の淫唇は年齢の割りには発達していた。父親の眼を盗んで、適当に遊んでいるらしい。

竜之介は美雪の溝を舌でさらった。溝にはおびただしい蜜液が湛《たた》えられていた。欲棒をしゃぶっているうちに濡れてきたのだ。

美雪の溝は短いほうだった。そこの短い溝の底が内側から盛り上がっている。

舌が溝を往復するたびに、ピクン、ピクンと女体が弾《はず》む。

「ああ……」

美雪の呼吸が乱れ、腹部がダイナミックに波打った。

淫唇は発達しているが、舌の往復の妨げになるほどではない。溝の上部の小突起はカバーを後退させ、固く尖って、舌の愛撫を待ち受けている。

その期待に応えるべく、竜之介は小突起を舌で弾《はじ》いた。キャン、というような声を出して、美雪は全身を弾《はず》ませた。

キャッ、という叫び声と、イヤン、という甘え言葉が同時に口を突いて出て、キャン、という声になったのだろう。

溝に蜜液が新しく湧き出した。

サラリとした感じの蜜液である。

「Gスポットをさぐってみようか」

竜之介はそう言いながら舌から指に愛撫を切り換えた。美雪はこっくりとうなずく。

竜之介は中指と人差し指を重ね、腹のほうを上にして、通路に進入させた。通路は狭く、二本の指は、なかなか入らない。

「痛いわ……」

美雪は腰を引いた。

竜之介は挿入を中指一本だけにしてみた。

今度はスムーズに入る。

通路の襞《ひだ》は尖っていた。摩耗《まもう》の少ない襞が若さを強調しているようだった。

竜之介は腹を上にした中指を軽く手前に折り曲げた。

指の腹が通路の入口の上部を内側から圧迫した。

「あうっ……」

美雪は腹部を突き出した。

「感じるぅ……」

突き出した腹部が波打つ。

竜之介はリズミカルに圧迫を続けた。

「何だか、オシッコをチビりそう……」

美雪は呻《うめ》く。

「チビっても構わないよ」

「いやよぉ、そんなの……」

育ちのよさを表わすように、美雪は顔を赤らめた。

通路は蜜液で溢れ、指を動かすと、グチュッ、という音を立てた。結合してもよさそうだった。ひとつになってもいいか、と美雪に尋ねる。

「いいわ」

美雪はうなずいた。

竜之介は美雪の両足の間に膝をついた。すっかりいきりたった欲棒を短い亀裂に押し当てる。

「ああっ……」

まだ、欲棒が入っていないのに、美雪は叫んだ。

欲棒を進めると、通路はきしみながら迎え入れた。蜜液を溢れさせるほど濡れているにもかかわらず、通路がきしむのは、狭いからである。

欲棒は通路を押し開いて、少しずつ前進する。奥行きは深く、欲棒はすっぽりと包み込まれた。

竜之介は美雪に重なって、体重を預けた。

太めの女体は意外にクッションがよく、乗り心地は快適だった。太めの女もいいものだな、と竜之介は思った。

ほっそりして、抱き締めると、胸の中で消えてしまいそうな女体もいいが、存在感のはっきりした太めの女も捨てたものではないと思う。

中年を過ぎて三段腹がせり出した女体は、腹が邪魔になって、結合も浅くなりがちである。ときには、突き出した腹からすべり落ちないように、しがみつかなければならない。

しかし、若い女体は、腹のふくらみが、まるで結合の邪魔にはならないのだ。

若さというものは、不思議なものだな、と竜之介は感心した。

「ああん、ああん……」

竜之介が動くと美雪はそんな声を出した。

まだ、腰を使うことは知らないらしい。

しきりに頭を振り、声を出す。

その様子を眺めながら、竜之介は、クライマックスを知っていないかもしれないな、と思った。

クライマックスに達したい、と本人は思っているのだが、どうしても、その手前が精一杯で、最後の坂を登ることができない、という感じなのだ。

「クライマックスを知っていますか」

動きながら竜之介は尋ねた。

「口惜《くや》しいけど、よく分からないの」

美雪は唇を歪《ゆが》めた。

クライマックスを知らない女を絶頂に導くには、そのためのキイを見つけ出す必要がある。

あと一歩、というときにそこを攻めれば、弾みでクライマックスに達してしまう、という、キイポイントが女体にはある。

それを発見してやろう、と竜之介は思った。

5

竜之介は、いったん結合を解いて、女体を裏返しにした。

首筋に舌を這わせ、背筋をなぞり、ヒップの割れ目まで降りる。そして、次は、右のウエストのくびれから、背骨をクロスして、左のウエストのくびれまでなめる。

背中が弱い女だと、この愛撫で、だいたい、悲鳴に近い叫び声を上げるものである。

しかし、美雪は反応を示さなかった。

ということは、背中にはキイポイントはないということになる。竜之介は腰骨を擽《かじ》ってみた。

背中に感じるポイントがない場合は、体のサイドにある場合が少なくない。

体のサイドで感じる場合は、腰骨を擽られると弱いものである。そう思って竜之介は美雪の腰骨を擽ったのだ。

しかし、美雪は、少し、くすぐったがったものの、それ以上の強い反応は示さなかった。

念のために、体のサイドを腋《わき》の下からウエストのくびれを経由して腰骨まで、なめる。

背中よりもくすぐったそうだったが、やはり、クライマックスに直結した、決定的なキイポイントではない。

乳首を吸ってみたが、ウフン、と鼻を鳴らした程度である。

竜之介は困ってしまった。

どこかに、攻めのポイントはあるはずなのだが、それが見つけ出せないのだ。

どこか、見落としたところはないだろうか、と竜之介は首をひねった。

背中でなし、脇腹でなし、腰骨でも乳首でもないとすると……。

竜之介は、指を折っていくうちに、アナルを見落としていたことに気がついた。

ふたたび女体を裏返しにして、竜之介は亀裂に指を沈め、たっぷりと蜜液をつけ、アナルを撫でた。素早く、第一関節まで、アナルに挿入する。

「痛い。ヘンなことしないで」

美雪は竜之介の手首をつかんで、指を引き抜いた。

どうやら、アナルも違ったらしい。

全身がにぶい感度の女なのかもしれない……。

竜之介はサジを投げた。

そうなれば、勝手に男のリキッドを放出して終わるほかはない。

竜之介は正常位でゴールに突っ走ることにして、女体を仰向けにした。

しかし、勝手にリキッドを放出するのだから、ひとことぐらい挨拶をしておくべきだろう、と思う。

「とても可愛いよ、美雪さん」

竜之介は亀裂に欲棒をすべらせながら、美雪の耳元で囁いた。

「あーっ、ダメーエッ……」

不意に美雪は女体を震わせて、そう叫んだ。うんともすんとも言わなかったのが、火をつけられたような反応を見せたのだ。

竜之介は何が起こったのか、しばらくは信じられなかった。

体をくねらせて頭を振り、髪を振り乱す美雪を信じられない表情で眺める。

「ダメなの、耳は。一番弱いのよ」

美雪はそう言う。竜之介はようやく、耳元で囁いたときに、美雪のキイポイントの耳を、無意識のうちに攻め、それで女体が強い反応を示したことに気がついた。

そうか、耳だったのか……。

竜之介は入念に、耳に息を吐きかけ、舌で耳たぶをなめ、耳の穴をくすぐった。

「あーっ……」

美雪は髪を振り乱して叫ぶ。半狂乱に近い乱れ方だった。

竜之介は美雪の耳を攻めながら、欲棒を通路にすべり込ませた。

一回、入って、道をつけておいたので、結合はきわめてスムーズだった。

「ねえ、わたし、きょうはヘンになりそう。いつもとまるで違うのよ……」

のけぞりながら美雪は唸《うな》る。

竜之介は冷静に美雪がクライマックスの寸前に達するのを待った。

やがて、美雪はしきりに首を振り始めた。

いつもだと、そこで引き返す、クライマックスの直前の地点に到達したらしい。

美雪はそれを、待ってね、もうちょっと待ってね、という言葉で表現した。

「待てないかもしれないよ」

耳元で囁きながら、竜之介は美雪の耳の穴をペロリとなめた。

それが、これまで越えられなかったクライマックスへの最後の坂を押し上げる働きをした。

「あうっ……」

美雪は太めの体をグイと持ち上げた。

竜之介の体が宙に浮く。

「うーっ……」

美雪は白眼を剝《む》いて唸る。

全身に痙攣が走った。

ついに、クライマックスに達したのだ。

ヒクヒクと通路が収縮する。

その収縮の中に竜之介は男のリキッドを勢いよく放った。

美雪のリズムと竜之介のリズムがコーラスを歌うように見事に調和した。

「おーっ……」

女体は背中を持ち上げて震えていたが、やがて、力尽きて崩れ落ちた。

「ありがとう。円城寺さんのことは忘れないわ。わたしに初めての女の喜びを教えてくれた人だものね」

竜之介が結合を解くと、美雪はしっかりと抱きついてきた。

「円城寺さんなら、きっと女の喜びを教えてくれそうだという予感があったの。わたし、北海道へ来てよかったわ」

そう言う。

「喜んでいただいて光栄です」

竜之介は遠慮がちに美雪を抱き締めながらそう言った。

「ねえ、満足したら、急におなかがすいちゃった。さっき、円城寺さんが言ってた《サッポロビール園》でおなかいっぱい、ジンギスカンを食べたいわ。おなかがいっぱいになったら大通り公園でも歩かない？」

そう言う。

「そうですね」

竜之介と美雪はベッドを出た。

6

《サッポロビール園》はホテルからタクシーでかなりのところにあった。中心部から離れたところにあるのは、もともとここがサッポロビールの工場だったからである。

竜之介は、ジンギスカン食べ放題、生ビール飲み放題のコースを注文した。

ジンギスカンというと羊の肉だからと二の足を踏む人がいるが、羊の肉は柔らかくて、牛肉よりも旨《うま》いほどである。その羊の肉をスライスしたものを兜《かぶと》を伏せた形の鉄鍋の上で、ピンク色が残る程度に焼いて、タレをつけて食べるのがジンギスカンである。これを生ビールで流し込むと、いくらでも食べられる。

美雪は何度も肉の皿をお代わりする竜之介を頼もしそうに見つめた。

「これだけ食べたのだから、美雪さんのあそこが腫《は》れ上がるまで離しませんよ」

生ビールをグイとあおってそう言う。

「わたしの夫になる男性が円城寺さんほどたくましい人だといいけど……」

美雪はそう言って、ふと、寂しそうな顔をした。

「フィアンセがいるのですか」

「フィアンセとまではいっていないけど、話は進んでいるの」

「いいのですか、わたしと北海道に来たりして」

「結婚すれば、相手に独占されるのだから、せめて独身の間は自由に生きたいわ」

美雪はきっぱりと言った。

腹が一杯になるまでジンギスカンを詰め込むと、竜之介と美雪はタクシーで札幌の中心の大通り公園へ戻った。大通り公園は札幌の町を東西に貫《つらぬ》いている細長い広場である。

大通り公園は文字どおり札幌の中心で、ここを境に南北に、一条、二条、と通りの名前がついている。つまり、大通り公園から北側は、公園に近い道筋から、北一条、北二条……となり、南側が、南一条、南二条……というようになっている。それぞれの通りの間は約百メートルである。ＪＲの札幌駅は北五条にあるから、大通り公園から約五百メートルの距離にあることになる。

東西の通りは札幌駅の東を南北に流れている創成川《そうせい》が基準になる。ここから東に東一丁目、東二丁目……、西に西一丁目、西二丁目……、と通りの名前がついている。駅前通りは西四丁目になる。

このように札幌の町は、碁盤の目のように整然と作られている。

条と条の間や、丁目と丁目の間にも、通りがあるが、その通りには条や丁目ではない、独特の通りの名前がついている。有名なものには、南二条と南三条の間のアーケードの狸小路《たぬきこうじ》がある。

観光客には北一条西二丁目の時計台や北三条西六丁目の北海道庁旧庁舎の赤レンガの建物も人気がある。

時計台や道庁旧庁舎はあとで見ることにして、手をつないで大通り公園を歩く。

大通り公園には、花が一杯咲いていた。

色とりどりの花が咲き乱れる大通り公園をカップルで歩くとロマンチックな気分になる。そのために、ここは恋人同士の散歩に最も人気がある。

緑の芝生《しばふ》の上では、そこここで、恋人の膝枕で寝転がっている幸せそうな男たちがいる。

「みんな仲がよさそうね」

美雪は芝生の上でジャレ合っているカップルをうらやましそうに見た。

美雪は竜之介の左の腕を両手で抱え込むようにして歩いている。

「あっ……」

突然、美雪が小さく叫んで立ち止まった。

竜之介の腕をつかんでいる手に力を入れる。

「どうかしましたか」

竜之介は美雪の顔を覗き込んだ。

美雪の視線は一点に釘づけになっている。

竜之介は美雪の視線をたどった。

五メートルほど先の芝生の上で、初老の紳士が、ギャルの膝枕で寝転がっていた。

初め、竜之介は、そのギャルが美雪の友だちかな、と思った。友だちが初老の男の愛人になって、札幌に来たのだろう、と考えた。

「パパ……」

美雪は呻くようにつぶやいた。

「えっ……」

竜之介は改めて、ギャルの膝枕で横たわっている初老の紳士を見た。

初老の紳士は美雪の父親の村山常務だった。

竜之介は心臓が止まりそうになった。背筋に冷や汗が流れ、膝頭から力が抜けそうになる。

美雪も顔面蒼白だった。体を震わせて、唇を噛んでいる。

父親が自分と年の変わらない女の膝枕で横たわっているのを発見したのだから、そのショックは想像を絶するものだろう。

美雪はわれを忘れて村山常務のところに駆け寄ろうとした。その腕を辛うじてつかまえて引き寄せる。

「われわれもお忍びだということを忘れちゃダメだよ」

耳元で囁く。

美雪はその言葉で、今度は崩れ落ちそうになった。その体を支え、竜之介はその場を遠ざかろうとした。ところが、焦《あせ》れば焦るほど、足が前に出ない。

「おい、円城寺君」

今にも村山常務からそう言って呼びとめられるような気がして、竜之介は生きた心地がしなかった。

ようやくの思いで西四丁目の通りと大通り公園が交差する交差点に出た。

二百メートル先に札幌グランドホテルの建物が見えた。竜之介は美雪を抱えるようにして必死でホテルに向かって歩いた。

ベッドでの約束

1

「わたし、男性が信じられなくなったわ。結婚しても、きっと、十年か二十年後には、パパがしたように夫になる男性に若い愛人を作られて裏切られるのね」

札幌グランドホテルの部屋に帰ると、美雪は竜之介の胸に顔を押しつけて泣きじゃくった。

竜之介は黙って背中を撫でるだけである。

背中を撫でていた手がそのうちに胸のふくらみをつかんだり、ヒップを撫でたりして、結局、裸になってベッドでからみ合うことになった。何しろふたりともジンギスカンを腹一杯食べているから、精力は充分に回復している。

それに、肌を合わせるのも二回目ともなると、初回のような遠慮はない。美雪の両足の広げかたも、角度が大きくなった。

「ひどいパパ……」

そう言いながら、体と頭は違うらしく、美雪はグングンとクライマックスにのぼりつめていく。

「パパも円城寺さんのようにテクニックは凄《すご》いのかしら」

のぼりつめて、ぐったりなってから、美雪はそんなことを言う。

「体力の衰えた分だけ、テクニックには磨きがかかっているのではないでしょうか」

竜之介はそう答えた。

「そうかしら、信じられないわ。わたしのカンでは、パパは体力も衰えているし、テクニックもヘタクソな男のはずよ。母の態度を見ているとそうとしか考えられないわ。だって、わが家では、パパはいつも小さくなっているのよ。セックスで妻を満足させている男は、もっと、堂々としているはずよ」

美雪はトロンとした眼で竜之介を見た。

「きっと、パパに膝枕をさせていた若い女はパパのテクニックに参っているのではなくて、パパのお金が目当てなのよ」

「なるほど」

「円城寺さんはわたしがこれまで体験した男性の中では、一番上手《じょうず》だわ」

美雪は何かを考える眼をした。

「わたし、パパに膝枕をさせてた子がどこの誰か、突き止めるわ。わたしが突き止めたら、円城寺さん、あの子を抱いて」

「えっ……」

竜之介は飛び上がりそうになった。

「つまり、憎いあの女を僕に強姦しろ、と言うのですか」

「強姦なんて言ってないわ。たっぷりとセックスの醍醐味《だいごみ》を教え込んでやってほしいの」

「なぜ、そんなことをするのですか」

「女は脳天まで痺《しび》れるようなセックスを教えられると、その男に夢中になるわ。だから、セックスのよさを教えて、パパから奪い取ってほしいの」

「つまり、常務の女を取れ、と……」

「そうよ」

美雪は真顔でうなずいた。

「しかし、常務の愛人を横取りしたら、サラリーマンとして、一生、浮かばれませんよ」

竜之介はさすがに美雪の提案に難色を示した。

「そのことだったら、わたしが保証するわ。絶対に、あなたに不利になるようにはしないわ」

美雪は自信たっぷりに言う。

「いくら美雪さんが村山常務のお嬢さんでも、会社の人事に口出しは無理ですよ」

「それなら、言うけど、わたし、倉沢社長のひとり息子の景太郎《けいたろう》さんと縁談が進んでいるの。あとはわたしがウンと言えばまとまるところまできているの」

美雪はザラっとした茂みを竜之介の太腿にこすりつけながら、ゆっくりと言った。

「えっ……」

竜之介は一瞬、失語症にかかったように絶句した。

そんなバカな、と思う。もしも、それが本当だったら、竜之介は社長の倉沢家の嫁になる女を抱いていることになる。

「このことは誰にも内緒よ」

美雪は竜之介に乳房を押しつけてきた。

「パパは早くわたしにウンと言わせたいらしいけど、わたしはわざと返事をしないでいるの」

美雪は、クスッ、と笑った。

「別に景太郎さんが嫌いじゃないけど、安売りしたくないので、返事を引き延ばしているだけよ」

美雪はそう言う。

「でも、そろそろオーケーしようかと思うの。景太郎さんと結婚したら、倉沢社長は義父になるわ。息子の嫁の言うことなら、きっと聞いてくれると思うわ。だから、あなたは、パパの女を横取りしても、左遷の心配はしなくてもいいのよ」

美雪はそう言うと楽しそうに笑った。

「そういうことでしたら、やりましょう」

竜之介は美雪の乳房をつまみながらうなずいた。

「その前に、わたしが一滴残らず絞り取ってあげる。どうせ、外に出たら、時計台か赤レンガの道庁の旧庁舎あたりでパパに出会う確率が高いし、ホテルのレストランやバーも危ないから、ベッドにいるほかはないものね」

美雪はそう言うと、三度目の奮起をうながして、欲棒をくわえにきた。本来なら、高嶺《たかね》の花の美雪の大胆な行為に、竜之介はたちまちその気になり、欲棒を復活させた。

「あたしのあそこを腫れ上がらせるほどすると言ったわね」

美雪は三度目は、上になってひとつになった。

「ああっ、ホントはこの形が一番好きなの。でも、最初から、男性に乗っかるわけにはいかないでしょう。我慢してたのよ」

美雪は辛《つら》そうに額に皺《しわ》を寄せ、腰を動かした。

太めの美雪だが、上になってもまったく重量は感じさせなかった。

こんな女は本当に好きものである。

竜之介は美雪が、女芯が腫れ上がるほどしたがっているのを感じた。

こんなときに、相手のクライマックスに合わせて、その都度、男のリキッドを放出していたのでは、体がもたない。

女を三回か四回、イカせておいて、こっちが一回、というペースで行なわないと、クタクタになって、女体を見るのもイヤになってしまいかねない。

美雪は上になると夢中で動きはじめた。

「うーん、うーん……」

目を閉じて、唸《うな》りながら、恥骨を竜之介にこすりつける。熱い蜜液が竜之介の茂みを濡らす。

しばらく唸っていた美雪が、不意に、ピクンと竜之介の上で跳ねた。

その反動で、胸が倒れるように崩れ落ちる。

「もう、ダメ……」

息も絶え絶えにそう言う。

「ねえ、喉がカラカラよ。何か飲ませて」

そうも言う。

竜之介はベッドを降りて、冷蔵庫から缶ビールを出した。

北海道で飲むビールは、生ビールにしろ、瓶詰めビールにしろ、缶ビールにしろ、非常においしい。

口移しにビールを飲ませると、美雪は竜之介の唇をむさぼるようにビールを飲んだ。

「あとは、四つん這いになって飲んでください」

そう言ってグラスについだビールを渡す。

「飲みにくい形ね」

美雪はボヤきながらも、言われたとおりに四つん這いになってグラスを口に運んだ。

竜之介は素早くバックに回って、欲棒を挿入する。

「ああっ、ビールがこぼれちゃう」

「こぼさないように早く飲んでください」

「無茶を言う人ね」

美雪は文句を言った。

竜之介は構わずに女体をバックから突いた。

美雪は飲みかけのグラスをナイトテーブルに置いて、両肘《ひじ》で体を支えた。

この形は女を征服した気分になる。

常務の娘で、社長のひとり息子の妻になる女を征服しているのだと思うと、竜之介は天下を取ったような気分になった。

美雪が倉沢景太郎と結婚すると、面白いことになりそうだな、と思う。

美雪は太めの女体の持主にもかかわらず、ヒップは小さかった。それが、発達途上の女体を思わせる。そのヒップを竜之介はピシャピシャ叩きながら、勢いよく欲棒を通路に出没させた。美雪は竜之介にされるがままになっている。

2

土曜日と日曜日の二泊で、本当に美雪の亀裂は真っ赤に腫れ上がってしまった。

合計、十四回も行なったからだ。

十四回、というのは、竜之介が男のリキッドを噴射した回数である。

だから、美雪がイッた回数は、その三倍として、四十二回を超えているはずである。

月曜日の朝には、淫唇も腫れ上がって、亀裂から外にめくれ返っていた。

竜之介も最後の頃には、噴射をしても、男のリキッドは出てこなくなってしまっていた。欲棒の付け根あたりに疲労感を伴った痛みすら感じられる。

「これ以上したら、わたしバカになっちゃうわ」

これが最後だ、と念押ししてからした行為が終わると、美雪はそうつぶやいた。

札幌グランドホテルの横から千歳空港行きのバスに乗るときには、美雪はガニ股になっていた。

竜之介は美雪を見送ってから、しばらく、ベッドで二度寝を楽しんだ。できれば、きょうはこのまま、寝ていたい、というのが正直な気持ちだった。しかし、そんなこともしていられない。竜之介は、正午近くになって、東京から、今、到着した、という顔をして、札幌支社に顔を出した。

札幌支社は、札幌グランドホテルから、歩いて五分ほどのところのビルの中にあった。早速《さっそく》、小峰《こみね》支社長の部屋に顔を出して挨拶をする。

「よくいらっしゃいました。本社から、連絡をいただいております。ごゆっくりくつろいで、遊んでいってください」

小峰支社長は愛想よく竜之介を迎えた。

支社長の部屋にOLが冷たいお茶とアイスクリームを運んで来た。

「北海道では、ビールもおいしいけど、アイスクリームも脂肪分がたっぷりでおいしいですから、用意させておきました」

小峰はそう言う。

「それはご配慮をいただいてありがとうございます」

そう言いながら、OLの顔を見て、竜之介は危うく心臓が止まりそうになった。

OLは土曜日の午後、大通り公園の芝生の上で、村山常務に膝枕をさせていたギャルだったからだ。

「どうかしましたか。この子は、秘書課の宮内友美《みやうちともみ》君ですが」

支社長は竜之介の顔色が変わったのを見て尋ねた。

「いや、友人の妹にあまりよく似ていましたのでね」

竜之介はそう言ったが、札幌ではおとなしくしよう、と方針を決めた。

札幌での行状《ぎようじよう》は支社からの報告とは別に、宮内友美の口から、逐一《ちくいち》、村山常務に語られるはずである。ここでは、おとなしくしていたほうがいい。竜之介はそう思った。

竜之介は美雪に、父親の村山常務に大通り公園の芝生の上で膝枕をさせていた若い女を抱く約束をしている。その約束を果たすつもりなら、宮内友美を抱かなければならない。

しかし、それはあくまでも膝枕をさせていた女を美雪が突き止めたらの話である。

その女が宮内友美であるということは美雪が突き止めたのではなく、竜之介が、偶然、札幌支社で出会ったにすぎない。だから、何も宮内友美を抱かなくても約束違反にはならない。それに、ベッドでの約束は、それが結婚の約束であっても無効だ、という裁判の判例もある。

裸の女がベッドで亀裂を蜜液で濡らして、結婚してくれるならわたしをあげる、と言えば、よほど意志が強いか、ホモ趣味でない限りは、男は結婚を約束してしまうものである。そんな約束は無効であるのが当然で、有効だとなると、不幸な結婚に引っ張り込まれる男が続出し、それは、ひいては日本をダメにしてしまう。

とにかく、札幌ではおとなしくするに限る、と竜之介は方針を固めた。

「せっかく北海道まで来たのだから、道産《どさん》っ子とも遊んでいったらいい思い出になるのではないでしょうか。何しろ、ソープランドもホテトルも選《よ》り取り見取りで、いい子もたくさんいますよ。ご案内役には、夜のススキノに強い男をつけますから、せいぜい札幌の夜を堪能してください」

小峰支社長は竜之介にそう言いながら、チラリと宮内友美を見た。

「この子も道産っ子ですよ。よろしかったら夜の札幌のご案内は彼女にさせましょうか」

そう言う。

友美は媚《こび》をふくんだ流し眼で竜之介を見た。まんざらでもなさそうな眼だ。

どうやら、村山常務は年のせいもあって、友美の体に火をつけただけで、消さないまま東京に帰ったらしい。

いつもの竜之介なら、辞退などはしなかった。しかし、何しろ、飽きるほど美雪を抱いた直後である。どんな女を見てもゲップが出そうな状態だった。

「ご好意は大変ありがたいのですが、せっかく空気のいい北海道に来たのですから、連日、ゴルフ場で、胸一杯、オゾンを吸って帰りたいと思いますので、そちらのご手配だけ、お願いしたいのですが」

竜之介がそう言った。

小峰社長と友美は意外だという表情をして、顔を見合わせた。

北海道での三日間は、竜之介はゴルフ三昧《ざんまい》に徹した。朝早くゴルフ場に出かけ、二ラウンド回ると、ホテルに帰れば夕食もそこそこにバタンキューである。とても、夜のススキノに出撃する余力はない。そのために、札幌では、三日間とも清潔な夜を過ごして竜之介は東京に戻った。

3

竜之介は本社に帰ると、早速、札幌の出張の報告に村山常務の部屋に顔を出した。

「ずいぶん、ご清潔だったそうだな。夜はホテルから出歩こうともしなかったそうじゃないか」

村山常務は竜之介の顔を見ると、笑顔を見せた。

「支社長の小峰君も感心していたよ。真面目《まじめ》な男だ、と言って」

村山常務はそう言ったが、竜之介は友美が報告をしてきたのだな、と思った。

「そうそう、近いうちに、また美雪の相手を頼むかもしれない。君なら娘を安心して委《まか》せられるからね」

村山はそうも言った。

竜之介は背中に冷や汗が流れるのが分かった。竜之介が美雪と、札幌に二泊旅行をして、やりまくったことを知ったら、怒りと絶望で発狂するかもしれないな、と思う。

その一週間後の夕方だった。

帰り仕度にとりかかったとき、村山常務から竜之介に内線電話がかかってきた。

「娘とロードショウを見に行く約束だったのだが、急用ができてね。また、代役を頼むよ」

村山はそう言った。

代役をつとめれば、美雪と肌を合わせることになるのは分かっていた。

札幌で美雪を抱いて以来、女から遠ざかっていた。女の体が恋しい頃でもあった。

美雪も同じかもしれないな、と思う。

「承知しました」

竜之介はすぐに常務室に向かった。

村山常務の部屋にはふたりの女がいた。

ひとりは美雪だった。

竜之介は美雪に最敬礼をした。

女の溝が腫れ上がるほど抱いた女に最敬礼をするのはいまいましいが、一応は常務の娘である。関係を常務に隠すには最敬礼はやむをえなかった。

美雪は固い表情をしていた。

その理由はすぐに分かった。

もうひとりの女が札幌支社の秘書課の宮内友美だったからである。

「やあ、この間はいろいろお世話さま」

竜之介は友美に軽く会釈《えしやく》しながら、なぜ、ここに北海道の女がいるのだろう、と首をかしげた。

「宮内友美さんは知っているね。僕の大学時代の親友の娘さんでね。僕が、わが社に入れたのだよ。近々、結婚することになったので、休暇をとって東京に出て来たそうだ。それで、親友からもよろしくと頼まれたので、今夜、食事でもしようと思ってね」

村山常務は照れくさそうに言った。

「そうだ、あしたの晩は、君に宮内友美さんにつき合ってもらうからね。体を空けといてくれないか」

村山はそうつけ加えた。

美雪の眼がキラリと光った。

「円城寺さん、わたしに黙っていたわね」

常務室を出ると、美雪は竜之介の腕を、イヤというほどつねった。

「何のことですか」

竜之介は空とぼけた。

「あの女のことよ」

「あの女？」

「宮内友美のことよ」

「宮内友美がどうかしましたか」

「とぼけないでよ。札幌の大通り公園の芝生の上でパパに膝枕をさせていたのはあの女じゃないのよ。あなたはあの女に札幌支社で会ったくせに、わたしには何も教えてくれなかったわ。それとも、わたしとの約束を果たしたというの？」

「へえ、あの女がそうでしたか。僕はあのときは常務の顔ばかり見ていたので、女のほうはまったく見ていなかったのですよ」

竜之介は徹底的にとぼけることにした。

「それに、あのときは女といえば美雪さんのことしか頭にはありませんでしたからね。だいたい、美雪さんと歩いているときにほかの女を見るなんて、あなたに失礼ですよ」

そう言う。

その言葉に美雪は機嫌を直した。

「女の顔を見ていなかったのならしかたがないわね。いいわ、それじゃ、あしたあの子を約束どおり抱いてちょうだい。パパの親友の娘なんて、嘘よ。パパが会いたくなって呼んだのよ。あしたあなたにあの子の相手を頼むと言ってたのは、夜は社長のお供をすることになっているからよ。いいチャンスだから、必ず宮内友美を抱いて、あなたのテクニックと体力で、パパから奪い取ってね」

美雪はそう言った。

4

会社を出て、銀座の天ぷら屋で食事をする。

「わたし、ロードショウなんか、どうでもよかったの。今夜はあなたに抱かれるつもりだったのよ。でも、あしたあなたが力一杯あの子を抱けるように、わたし、我慢する。それも、ただ、我慢するのではなく、あなたが女の体が欲しくてしかたがない状態にしておくわ。だから、食事がすんだらロードショウに行きましょう」

食事をしながら美雪はそう言った。

女の体が欲しくてしかたがない状態にする、というのはどういうことなのか竜之介には分からなかった。とにかく、黙って映画館をつき合う。

美雪は指定席を買った。

ほとんどの客が一般席で、指定席はガラガラだった。前後左右の座席が空《あ》いている。

館内が暗くなって映画が始まると美雪の手が伸びてきて、竜之介のズボンの上から欲棒をつかんだ。

予想もしなかった美雪の行為に竜之介は戸惑った。

それでも、欲棒は正直に固くなる。

美雪は竜之介のズボンのファスナーを引き下げた。そこから手を入れて、パンツの中から欲棒をつかみ出す。

スクリーンの明かりの中で、欲棒がそそりたった。しかし、映画に夢中になっている観客は、誰も竜之介の欲棒がそそりたっていることなどには気がつかない。

美雪はゆっくりと欲棒をしごきはじめた。

欲棒はしだいに硬度と容積を増やしていく。

美雪は欲棒を、準備完了の状態にすると、ゆっくりと顔を伏せた。

欲棒をパクリとくわえる。温かい粘膜が欲棒を包んだ。舌が欲棒のくびれた部分を下からくすぐる。

薄明かりの中で、美雪の頭が上下した。

竜之介は映画どころではなくなった。

さすがに周囲が気になって、そっと頭を巡らせる。竜之介たちを見ている観客はひとりもいなかった。

美雪は執拗に欲棒をしゃぶり続ける。

竜之介は爆発しそうになった。爆発すれば精力を温存するどころではない。

美雪は竜之介が爆発しそうになると、くわえていた欲棒を放した。

根元からつかんでいた手も放す。

「殺生《せっしょう》な。終わりまできちんとしてくれませんか」

竜之介は美雪の手を取って、欲棒に導いた。

「ダメよ。あんた、宮内友美に襲いかかることね」

暗がりで美雪は白い歯を見せた。

「あなたが宮内友美を抱いたら、ご褒美《ほうび》にわたしをあげるわ。それまでは、お預け」

そう言って、楽しそうに含み笑いをする。

竜之介は美雪のスカートの中に手を入れた。

パンストの上部から手を入れて、パンティの中に指を進める。

柔らかい茂みの下の女の溝は、蜜液が溢れ出ていた。欲棒をしゃぶっているうちに興奮したことを蜜液の量の多さが物語っていた。

蜜液のぬめりの中から固く尖《とが》った小突起を探り出す。

美雪はピクンと体を弾ませた。

「わたしだって欲しいのよ。辛くてしかたがないけど我慢しているのよ」

美雪は体をよじって小声で言った。

竜之介がパンティから引き抜いた指を鼻先に持っていこうとすると、美雪は素早くその指をつかんで、自分の手のひらでぬめりをぬぐい取った。

それでも、指には美雪の匂いが濃厚にからみついていた。

映画は終わりまで見たが、さっぱり感動しなかった。映画がすむとタクシーで美雪を送り届ける。

「あした、しっかりね」

タクシーを降りる寸前に美雪は素早くキスをして、そう言った。

5

翌日の夕方、宮内友美は村山常務の部屋で真っ赤なシルクのワンピースを着て、竜之介を待っていた。ワンピースはミニで、すらりと伸びた足が膝上まで眺められた。

「どうも煽情《せんじょう》的な恰好だが、大丈夫かな」

村山常務は口の中でブツブツ言った。

「それじゃ、頼むよ、くれぐれも間違いは起こさないでくれよ」

心配そうに竜之介を見て、念を押すように言う。

娘の美雪からは抱けと言われ、父親の村山からは間違いは起こすな、と念を押される。父と娘から正反対のことを言われることもそうザラにはないだろうな、と竜之介は心の中で苦笑した。

「どこか、行きたいところがあれば、ご案内しますよ」

竜之介は村山常務の前でそう言った。

「広い北海道から来ると、東京は狭くて息が詰まりそう。どこか眺めのいいところがいいわ」

友美は可愛らしく腕組みしてそう言った。

「それなら、オレのボトルが置いてある、新宿の住友三角ビルの四十九階にあるメンバー制のクラブの『スカイギルド』がいい。オレがママに電話をしておいてやる」

村山は手帳を出して、ゼロ発信で電話のダイアルを回した。

ママを呼び出して、部下をふたり行かせるから眺めのいいテーブルを押さえておいてくれ、と言う。

「地上二百メートルから大都会の夜景を眺めながら食事をするのは東京ならではだよ」

そう言う。少しでも自分の眼の届くところに友美を置いておきたいという気持ちが村山の言葉に表われていた。

「せっかく常務に予約していただいたのだから、その店に参りましょう」

竜之介は友美をうながして会社を出た。

新宿の住友三角ビルまで、タクシーを飛ばす。

四十九階のエレベーターホールに近いところにあるメンバーズクラブ『スカイギルド』は落ち着いた雰囲気の店だった。

ホステスはおらず、テーブルに酒や料理を運ぶウェイトレスがいるだけである。あとは感じのよいママと、人当たりのよさそうな店長とサブマネージャーが切り回している。

その窓際のテーブルに村山のスコッチの『オールドパー』のボトルが用意してあった。

村山常務が言ったとおり、地上二百メートルから眺める大都会の夜景は素晴らしいの一語につきた。

「さすがに東京ね」

オードブルを注文し、オールドパーの水割りを飲みながら、友美は溜息をついた。

大都会の夜景を背景にすると、札幌の大通り公園ではギャルに見えた友美が大人の女に見えるから不思議である。

会社の中では真っ赤なシルクのワンピースは派手だったが、夜の大都会には、よく似合った。それに、道産っ子で色白の友美には赤がよく映《は》える。

竜之介は友美にそう言った。

「ありがとう」

友美は素直に頭を下げてから、いたずらを企《たくら》んでいる少女のような眼で竜之介を見た。

「円城寺さんは、ホメ上手なのね。いつも、その手で女性をモノにしているのでしょう」

ひとくち飲んだ水割りが大胆にしたようで、友美はそんなことを言う。

「そんな……。札幌で僕がどんなに品行方正だったかご存じでしょう」

竜之介は抗議するように言った。

「そうかしら」

友美はさらにひとくち水割りを飲んで、流し眼で竜之介を見た。

「ゴルフばかりして、夜はホテルの部屋から一歩も出なかったのはご存じでしょう」

「それは知ってるわ。でもね、その前があるでしょう」

「その前?」

「村山常務のお嬢さんの美雪さんとのお忍び旅行よ」

「えっ?」

竜之介はいきなり心臓をナイフでえぐられたようなショックを受けた。

「円城寺さんが札幌支社に出張で来られたとき、わたし、心臓が止まりそうだったわ。だって、わたしが村山常務に大通り公園の芝生の上で膝枕をさせていたのを呆然と眺めていた人だったのですもの。ところが、東京に来て、村山常務のお嬢さんに会って、二度ビックリしたわ。だって、あなたのそばで、やはり、呆然と、わたしたちを眺めていた女性だったのですからね。同時に、ハハン、とすべて合点《がてん》がいったの。美雪さんも相当な女だけど、円城寺さんも大変なタマだと思ったわ」

友美は、わたしの勝ちよ、という顔をした。

竜之介は、一瞬、ひるんだが、すぐに開き直った。

「美雪さんが相当な女で、僕が大変なタマだということは認めます。同じように、部下のＯＬを愛人にして東京見物に上京させた村山常務も大変なタマだし、愛人になっているあなただって相当な女だ」

そう言う。

友美はしばらく竜之介を見つめていたが、やがて、はじけるように笑い出した。

「たしかにあなたの言うとおりだわ。いいわ、お互いにいいタマ同士、仲よくしましょう」

竜之介を見つめたまま、グラスを目の高さに持ち上げる。竜之介もグラスを持ち上げて、カチリと縁《ふち》を合わせた。

「ところで、僕と美雪さんのことを村山常務には？」

「しゃべってないわ。安心して」

友美はニヤッと笑った。

「しかし、まさか、友美さんに顔を覚えられているとは思わなかったな」

竜之介は溜息をついた。

「友美さんは素晴らしい記憶力の持主なのですね」

「誰だって、あんなに呆然とした顔で見られたら、忘れないわ」

友美は楽しそうに笑った。

竜之介はメニューからサーロインステーキを選んで注文した。焼き方は竜之介がレアで友美はミディアムである。

「レアを好む男性は精力家と言うわね」

友美は好色そうな眼をした。

『スカイギルド』は一時間ごとにピアノ演奏が入る。ピアニストが弾《ひ》き語りをするが、客には歌わせない。ムードたっぷりのピアノを聞きながら、大都会の夜景を眺め、うまいステーキをオールドパーの水割りで胃袋に流し込んでいると、知らない同士の男女でもおかしくなってしまう。

「ねえ、大都会の夜景を眺めていたら、胸が締めつけられそうになってきたわ。わたしたち、さっき、仲よくしましょうと言って乾杯したわね。あなたは男性として、具体的にわたしたちが仲よくできるところへ案内すべきよ。もちろん、村山常務には極秘で」

ステーキを半分残してナイフとフォークを投げ出すと、友美はそう言った。

美雪は友美を誘惑し、必ず、ものにしろ、と言ったが、友美は自分から胸に飛び込んできたのだ。

「わたし、きょうは思い切り叫びたい気持ちよ。遠慮せず叫ぶことのできるところがいいわ」

友美は濡れた眼でそう言った。

竜之介もステーキどころではなくなった。

ナイフとフォークを投げ出して、伝票をつかんで腰を上げる。

ママが目ざとく席を立った竜之介を見て、テーブルにやって来た。

「あら、ステーキがどうかしましたか」

ふたりが残している鉄板皿のステーキを見て心配そうに尋ねる。

「ステーキはおいしかったよ。ただ、この人が急に買いたいものを思い出したのでね。早く行かないと店が閉まってしまうからね」

咄嗟《とっさ》に竜之介はそう言った。

「それならいいのですが、なにかお気にさわったのかとびっくりしましたわ」

ママはホッとしたようにレジまで見送って来た。

竜之介は勘定を払って、しっかりと領収書を貰った。

ここまでは、村山の機密費で落とせるが、これから先のラブホテル代は自腹である。

竜之介は住友三角ビルから区役所通りの風林《ふうりん》会館前までタクシーを使った。新宿も広くなって移動にタクシーを必要とするほどになった。もちろん、近距離だと、運転手はいい顔をしないが遠慮することはない。

6

風林会館前でタクシーを降りると、友美は、まるで札幌のススキノみたい、と言った。

「何となく淫蕩《いんとう》な匂いがするわ」

そう言って、あたりを見回す。

竜之介は友美の腕を引っ張って、ラブホテルの立ち並ぶ裏通りに入った。

「へえーっ、みんなラブホテルなのね。ここで、男と女がエッサエッサとやってるのね。淫蕩な匂いがするはずだわ」

友美は竜之介の腕にしがみついてきた。友美の体は小刻みに震えている。

パンティの中はグッショリだろうな、と竜之介は想像した。想像した途端に、確かめたくなる。

竜之介はラブホテル街の入口に近い、なるべく清潔な感じのするホテルに入った。

カラーパネルで洋室を選び、キイを受け取って部屋に入る。

「見知らぬ町だと罪悪感なしに入れるわね」

友美は部屋に入ると大きく伸びをした。

「札幌だととてもラブホテルなんて入れないわね。でも、わたし、シティホテルよりもラブホテルが好きよ。いかにも、そのために造られた、というところがいいと思うわ」

そう言う。

竜之介は友美を抱いて、ベッドに押し倒した。

「ねえ、乱暴はイヤよ。まず、お風呂に入らせて」

友美は竜之介を押しのけようとした。

「こっちはパンティの中がどんな状態になっているかに興味があるのでね」

竜之介はスカートをめくって、パンストの上部から手を入れた。

「あっ、ダメよ。そんなの」

友美は慌てて竜之介の手を拒《こば》もうとした。

それより早く竜之介の指はパンティの上部からすべり込んだ。

柔らかい茂みが触れ、蜜液が指にからみついた。予想どおりパンティの中は洪水状態を呈していた。

「濡れているとは思っていたが、こんなにグッショリとは思わなかったなぁ」

竜之介は呆《あき》れたように言った。

グッショリと濡れた蜜液を指先に感じた瞬間から、竜之介のほうが優位に立っていた。

「だって……」

体をよじって何とか指から逃れようとしていた友美は、敏感な小突起を押さえられて、ピクンと体を弾《はず》ませた。

「あーっ……」

友美は大声で叫んだ。

茂みを竜之介の手のひらに押しつけるようにする。女体に火がついたのだ。竜之介は手をパンティから引き抜いた。

「いやっ、やめないで……」

恥も外聞もなしに友美は絶叫した。

「だって、まず、風呂だろ？」

「私の体の匂い、気になる？」

友美はパンストとパンティを一緒に脱ぎながら尋ねた。

竜之介は友美の蜜液を掻きまぜていた指を鼻先に持っていった。友美の匂いには他の男の匂いはまざってはいなかった。

「村山常務に朝まで抱かれていたのだろう？　それにしては男の体液の匂いがしないね」

「わたし、抱かれたら、必ず、トイレでしゃがんで常務がわたしの中に放出した液が出てくるのを待つの。全部、常務の液が出てから、今度はお風呂に入って、指を中に入れて、きれいに洗うの。だって、札幌では、両親と一緒に住んでいるのよ。男の匂いをプンプンさせて帰るわけにはいかないのよ」

そう言いながら、友美はブラウスを脱ぎ、ブラジャーをはずした。形のいい乳房が現われた。思わず吸いつきたくなる乳房である。

最後に、友美はスカートを取った。

小さな逆三角形の茂みが、盛り上がった恥骨のふくらみの上に、しがみつくように生えている。

「ねえ。私の匂い、気になる?」

友美は同じことを尋ねながら茂みを押しつけてきた。

「僕好みの匂いだから気にはならないよ」

「だったら、お風呂に入るのはあとでいいでしょう。わたし、もう、待てないの」

泣き出しそうな顔をして、友美は言う。

竜之介は、いったんベッドから降りて裸になった。欲棒はいきりたった状態になっている。

「まず、お風呂に入らせて、と言ったり、お風呂はあとにして、と言ったり、君も考えがクルクル変わる人なのだね」

竜之介はからかうように言った。

「だって、あなたが火をつけるからいけないのよ。火をつけられると、待ったなしになっちゃうの。ねえ、早くきて」

友美は両手を伸ばして竜之介を求めた。

竜之介はベッドに上がると形のいい乳房に顔を埋めた。友美の体臭が竜之介を包む。

唇が触れると乳首は固く尖《とが》った。

友美の右手が欲棒をつかみ、硬度を確かめるように、二度、三度、つかみ直した。

「固いのね」

あえぎながら言う。

「村山常務はぼくほど固くないのかね」

「固くはないわ。入って来るのがやっとなの。ときには、どうしても固くならないこともあるわ。そのときは、体に火がついたまま放り出されるのよ。たまらないわ」

友美は空腰を使った。

「早く、この固いので、わたしを貫《つらぬ》いて」

しきりに欲棒を引っ張る。

竜之介は友美に覆いかぶさった。

友美は欲棒を握って、通路の入口に導いた。女の溝には熱い蜜液が豊かに包み込まれ、欲棒はなめらかに女体に迎え入れられた。

「ああ、固いのが入ってくるのが分かるわ」

友美は竜之介の腕をしっかりとつかまえて叫んだ。

いったん欲棒を根元まで埋める。

恥骨のふくらみがしっかりと竜之介の体を支えた。伝わってくる圧迫感が快《こころよ》い。

通路が強く締めつけてくるのが分かった。

竜之介はゆっくり動きはじめた。

通路は欲棒の動きを封じるように、ますます強く締めつけてくる。いくら締めつけられても、溢れ出る蜜液で欲棒はなめらかに動くことができた。

友美は通路で欲棒をつかもうとして、竜之介が欲棒を引くときに、腰を持ち上げようとする。

「君の通路がウナギつかみをしているようだね」

竜之介は友美の耳元でそう囁《ささや》いた。

「イヤン、ヘンなことを言っちゃや」

友美は体をよじった。体をよじりながらも、ウナギつかみはやめようとはしない。

「でも、常務さんのウナギはつかもうとすると、外へ逃げ出しちゃうの。それを入れるのに、常務さん、ずいぶん、苦労しているわ」

友美はそう言う。どうやら、つかもうとすると、柔らかい村山常務のウナギをつかみ損ねて、押し出してしまうらしい。

「あなたのは逃げ出さないから安心だわ」

友美は嬉しそうに腰を突き上げた。

7

しばらくウナギつかみをしているうちに、友美は呼吸が荒くなり、切迫した状況が近づいてきた。やみくもに欲棒を締めつけるのではなく、ヒクッ、ヒクッ、とリズミカルに締めつける。

そのリズムが竜之介に男のリキッドの放出をうながした。

竜之介はそのことを友美に告げた。

「いやっ、まだ、終わっちゃイヤ」

友美はそう言いながら、腰を突き出すようにして背中を持ち上げた。通路が強く収縮し、収縮はやがてヒクヒクする痙攣《けいれん》に変わった。

竜之介はいつもほど、忍耐力がなかった。大きく動くと、リキッドを爆発させる。

友美は恥骨のふくらみを下から押しつけるようにして、竜之介が放出するリキッドを受けとめた。

「まだ、ダメだ、と言ったのに……」

放出を終えてぐったりとなった竜之介の背中に回した手で、友美はヒップを軽く叩いた。

「だって、君もクライマックスに達したのだろう?」

「イッたわよ。でも、まだしてほしいの」

友美は険《けん》のある眼で竜之介を見た。

その友美の眼を、淫乱な眼だな、と竜之介は思った。

村山常務の娘の美雪の出した注文は、ただ友美を抱くだけでなく、セックスの虜《とりこ》にしろというものである。

一回抱いただけで、疲れたから終わりにする、というわけにはいかなかった。

「ねえ、今の一回だけで終わりではないのでしょうね」

友美は茂みを竜之介の柔らかくなった欲棒にすりつけた。まるでタワシでこすられているような感じだった。

「あなた、まだ、してくれてないことがあるわ」

タワシでこすりながら友美は言う。

「そうかな」

「そうよ。まだ、なめてくれてないわ」

はっきりと、友美はそう言った。

竜之介は唸った。

女からそんなことを言われたのは初めてだった。そんなセリフを吐くところをみると、友美はやはり淫乱かもしれない。

淫乱な女をセックスの虜にするには、なまなかなテクニックではダメである。竜之介は、なめられるのが好きそうな友美を徹底的になめまくってやろう、と悲壮な決心をした。

「ひと風呂浴びてくるよ」

竜之介は浴室に入って体を洗った。

追いかけるように友美も入って来る。

全体に体が薄い感じだが、それでも、プロポーションはなかなかいい。ウエストはくびれていたが、骨盤はそれほど張り出してはいない。そんな体形に若さが感じられた。

乳首がやや大きめなのは、村山常務にしゃぶられすぎたせいだろう。友美は入念に股間を洗った。指を中まで入れて、掻き回すように洗う。

そんな友美を見ているうちに、欲棒は急速に回復してきた。

ベッドに戻ると、竜之介は友美を仰向《あおむ》けにして、女の溝と小突起を舌で集中攻撃した。

「待ってたのよ。そうされるのって大好き」

友美は新しい蜜液を湧き出させながら、あえぎはじめた。

竜之介は舌が疲れても、愛撫を止めようとはしなかった。

「もういい」

やがて、友美はヒップを突き上げながら叫び出した。

「まだだ。とてもおいしいから、もっと味わうことにする」

竜之介はもつれそうな舌でそう言うと、愛撫を続行した。

一時間ほどなめ続けたとき、友美は全身を痙攣させはじめた。

「あたし死んじゃう」

体をよじってそう叫ぶ。

「あなたの虜になっちゃうわ。知らないわよ。責任をとってよ」

叫びながら、友美はたて続けにクライマックスにのぼりつめた。

出世の難関

1

竜之介は友美を舌で一時間ほど攻めてから、今度は、ひとつになって三十分ほど動きまくった。

形も正常位から始めて、女上位、バック攻め、と攻めまくる。

友美はついに腰が抜けた状態になった。

帰り仕度をするときに、手に力が入らないので、パンティとパンストがはけないのだ。

竜之介はノーパンの友美をラブホテルから連れ出して、宿泊先のホテルに送り届けた。

「ねえ、また、絶対に会ってね」

帰ろうとする竜之介の背中にしがみついて友美はそう言った。

翌日、会社に美雪から電話があった。

「友美さん、ホテルで寝込んでいるわ。パパに朝、起きられないって電話があったの。朝食を一緒にする約束をしてたみたい。よほど、徹底的にやりまくったのね」

美雪は嫉妬《しっと》の入り混じった口調で言った。

「あなたの仰《おお》せに従っただけですよ」

「どんなふうにしたか、今度、同じようにしていただくわ」

美雪はそう言うと含み笑いをしながら電話を切った。

矢田部副社長と坂井専務の次期社長のポストをめぐる争いはますます露骨になり、課長たちはどちらかに旗色を鮮明にするように迫られていた。

しかし、竜之介はどちらの陣営にも接触しようとはしなかった。

「旗色を鮮明にしない君のような生き方は、結局、どちらが次期社長になっても、あいつはダメなヤツだ、と潰《つぶ》されるだけだぜ。悪いことは言わないから、こっちへ来いよ」

友美とハッスルした翌日、出社した竜之介は、坂井専務派についた中西から、哀れむような眼で、声をかけられた。

「ご親切は嬉しいけど、僕はどちらにもつきたくないのでね」

竜之介は首を振った。

両者の対立が会議でも目に余るようになったとき、倉沢社長はひとり息子の景太郎と村山常務の娘の美雪との婚約を発表した。

景太郎はそれまで都市銀行に勤めていたが、同時に、ユニバーサル産業に業務推進部長として入社することが発表された。

業務推進部長というポストはこれまでは取締役が坐っていたから、次の株主総会で景太郎が取締役に選任されるのは間違いなかった。

この発表に社内は騒然となった。

これまで、まったく、噂にものぼらなかった村山常務が、倉沢社長の血縁につながることで、次期社長レースに、俄然《がぜん》、有利になったからだ。

その発表が行なわれた日に、竜之介は村山常務に呼ばれて、娘の結婚式の司会を頼む、と言われた。

「美雪のたっての頼みなのだ。聞いてやってくれ」

「お嬢さんと社長のご子息の結婚式の司会なんて、そんな大役はとてもできません」

竜之介は固辞したが、村山常務は許さなかった。

「社長に君という人間を印象づけるいいチャンスだ。ぜひ、やれ」

そう言う。竜之介は美雪が出世のチャンスを与えてくれたのを感じた。

——やろう。

しばらく考えてから、竜之介は、せっかくのご好意ですから、やらせていただきます、と言った。

「新郎より目立ってもらっては困るが、君も男をあげてくれ」

村山常務は竜之介の肩を叩いて激励した。発表から挙式まで二カ月しかないという慌《あわ》ただしさだ。

倉沢社長と村山常務の間では、すでに、一年前から話はまとまっていて、披露宴の式場も押さえてあったようだった。ただ、美雪がなかなか、ウン、と言わなかったので、発表できなかったらしい。

その発表があった数日後、美雪は相談したいことがあるから、至急、会ってほしい、と電話をかけてきた。

人目につくと困るので、ホテルの部屋をとるから、直接、部屋に来てくれないか、という。

「度胸がいいですね」

「だって、急を要するのだから、しかたがないわ」

「承知しました」

「それじゃ、今夜、七時に銀座東急ホテルに。あなたの名前でチェックインしておくわ」

美雪はそう言うと電話を切った。

2

竜之介は約束の時間に銀座東急ホテルに出かけ、フロントで自分の部屋を尋ね、エレベーターで部屋へ上がって行った。

ノックすると、美雪がドアを開けた。

「おなかがすいてると思ったからカレーライスをルームサービスでとっておいたわよ」

美雪は入浴をすませ、ホテルの浴衣《ゆかた》に着替えていた。ということは、竜之介に抱かれるつもりらしい。

「いったい、急用って何ですか」

竜之介は美雪と一緒に、カレーライスを平《たい》らげながら尋ねた。

「その話はあとでするわ」

美雪はカレーライスを半分ほど残した。

竜之介が食べ終わるのを待って、食器やテーブルを廊下に出す。

「わたしが、結婚の返事を引き延ばしていた本当の理由を言うわね」

美雪はベッドに腰を下ろすと、竜之介を見た。

「景太郎さんに女がいるからよ」

「えっ？」

竜之介は驚いて美雪を見た。

「景太郎さんの女は、銀座のクラブのホステスの美也子《みやこ》という女なの」

そう言いながら、美雪は竜之介にバスルームで汗を流すように言った。

バスタブにお湯は入れてある、という。

「しかし、景太郎さんは、その美也子という女とは別れたのでしょう？」

竜之介は裸になりながら尋ねた。

「それが、まだ、続いているのよ。どうやら、二号として囲うつもりらしいの」

「それで、美雪さんはいいのですか」

竜之介はバスルームのドアを開けた。

「いいわけはないわよ」

美雪はバスルームについて来た。

竜之介はバスタブの中に体を横たえた。水面上に欲棒が頭を覗かせた。

美雪は浴衣の袖《そで》を腕まくりして、欲棒をつかむ。

「結婚までに別れなければ、結婚は取りやめる、という条件で、婚約したのよ」

「だから、景太郎さんが美也子という女と別れるまでは、あなたも遊ぶ、というのですか」

美雪の手の中で欲棒は力をみなぎらせはじめた。

「それもあるけど、景太郎さん、自分は遊んでいるくせに、結婚相手は処女でないといけないという頭の持主なの」

「それじゃ、美雪さんは失格だ」

「そうあっさり言わないで」

「それじゃ、処女膜再生手術でも受けますか」

「それもしゃくだから、わたし、処女のふりをして景太郎さんを騙《だま》してみようと思うの」

「なかなか悪女ですね、美雪さんも」

「それで、あなたに、どうふるまえば、処女だと思われるかを教えてもらいたいと思って呼び出したの」

「えっ？」

竜之介は体を起こした。

バスタブから出る。

その体を美雪はバスタオルで丁寧に拭《ふ》いてくれた。

「ね、ベッドに行って、処女の心得を教えて」

竜之介の背中を押してバスルームを出る。

「それは、教えないこともないけど、一時間もなめられたり、十五分も乗られたりしたら、簡単にバレてしまうのじゃないかな」

竜之介はベッドに横たわった。

「そうね。絶対に、なめさせないことね」

「できるかね」

「そんな不潔なことをなさるのなら、わたし、これから帰らせていただきます、と言うわ」

「時間をかけていじられてもバレるよ」

「指がさわってきたら、痛いからさわらないで、と言うわ」

「でも、きっと濡れてると思うよ」

「濡れてても、さわられたら、痛い、痛い、を連発するわ」

「痛い、痛い、を連発するというのはいいね」

「他にはどんなことに気をつけるべきかしら」

美雪は真剣な表情である。

「処女かどうかは、覗き込まれると、一目瞭然だからね。部屋を真っ暗にして、絶対にここを覗かせないことだね」

竜之介は並んでベッドに横になった美雪の女の溝をなぞった。美雪は浴衣の下には何もつけていない。

「まず、やってみよう。処女のつもりでふるまってごらん。不自然なところがあったら指摘する」

竜之介は美雪の浴衣の紐《ひも》を解いた。美雪は腰を浮かして紐が抜き取りやすいように協力する。

「それから」

「それがダメだよ」

竜之介は首を振った。

「紐を抜き取りやすいように腰を持ち上げちゃダメだ」

「怖いわね。つい、いつもの癖が出ちゃう」

竜之介は紐を抜き取ると浴衣の前を広げた。

美雪は慌てて浴衣の前を掻き合わせる。

「そんなに胸を隠すのは不自然だな」

「恥ずかしがってもダメかしら」

「しかし、花嫁はある程度の覚悟はしているのだから、胸を広げられたときには、抵抗せずに、ちょっと顔をそむけるぐらいがいいと思うよ」

「こんな具合に?」

美雪は恥ずかしそうに顔をそむけてみせた。

「うまい、うまい。その調子」

竜之介はほめておいてから手で乳房をつかんだ。

「ああ……」

美雪は声を出して体をよじる。

「声なんか出しちゃダメだよ。体をよじってもダメ」

「だって、とても気持ちがいいのよ」

「声を出したり体をよじったりしたら、一発で、経験豊富だということがバレちゃうよ」

「処女って辛《つら》いのね。いいわ。やり直しして」

竜之介は改めて乳房をつかんだ。今度は、美雪は声を出さずに、ジッとしている。

竜之介は乳首を指でつまんだ。

美雪の体がピクンとなる。

「自然にピクンとなっちゃうのよ。これだけはどうしようもないわ」

美雪は弁解した。

「自然になったのならしかたがない」

竜之介は指を茂みにすべらせた。

3

美雪の亀裂は蜜液でグッショリになっていた。

「まあ、濡れるのはしようがないだろう。処女でもグッショリなるからね」

竜之介はそう言いながら、美雪の溝を指で撫でる。

「痛いわ、止めて」

美雪は顔をしかめた。

「その調子。タイミングもピッタリだ」

竜之介は小突起を押さえた。

「そうされると困るのよ。声が出ちゃいそう。そこを攻められたらどうすればいいの?」

美雪は強く感じるらしく、声を震わせて尋ねた。

「あまりさわられると痛いわ、と言って足を閉じればいい」

「本当は、ずっとさわってってほしいのに、反対のことを言わなければならないのね」

美雪は口を尖《とが》らせた。

「さあ、やってみよう」

竜之介は小突起を押し回した。

「長くさわられると痛いわ」

美雪はそう言って足を閉じる。

「こうなると、景太郎氏はしかたがないから、きっと乗っかかってくるよ」

竜之介は美雪の両足を開かせた。

「ダメだよ。嬉しそうに、自分から足を開いては。開かれるたびに、膝を閉じるようにしなくちゃ」

「はい」

美雪は竜之介が足を開かせると、すぐに閉じた。

「全部閉じないで、少しは開いておかなくちゃ」

「加減がむずかしいのね」

そう言いながらも、美雪は竜之介が両足の間に膝をつくことができる程度に両足を開いた。

竜之介は欲棒の先端を亀裂に押しつける。

「ここで、痛い、と言ってずり上がるのだ」

「痛い」

美雪はずり上がった。

「処女を失ったときのことを思い出したわ。あのときは、勢いよくずり上がって、ベッドの天板にイヤというほど頭をぶっつけたわ。眼から火が出るほど痛くて唸っていたら、下から焼け火箸《ひばし》のようなものを突っ込まれて激痛が走ったわ」

「そのときのことを思い出して、思い切りずり上がって、天板に頭をぶっつけることだね。さあ、やってみよう」

竜之介は再び挿入の形をとった。

「痛いっ！」

美雪は叫び、思い切りずり上がった。

ベッドの天板に頭をぶっつける。そこからは、もう、ずり上がることはできない。

竜之介は欲棒を通路に挿入した。

「痛いっ！」

美雪は叫びながら、竜之介を突き飛ばそうとした。

竜之介はしっかりと欲棒を通路に埋めた。

「痛いわ」

顔をしかめて美雪はあえぐ。

竜之介は出没運動を開始した。

「痛いよぅ……」

美雪はいかにも痛そうにそう言う。しかし、口とうらはらに、下半身は竜之介の動きに合わせて気持ちよさそうに円運動を開始した。

「ダメじゃないか、腰を使ったりしては。未経験者は絶対に腰を使わないものだよ」

「つい、癖が出ちゃうのね」

美雪は腰の動きを止めた。

「でも、困っちゃったわ。きっとイッちゃうわ」

「処女がイッたら、新郎は腰を抜かすだろうな」

「ねえ、何とか、景太郎さんを早くイカせる名案はないかしら」

「これだけは運を天に委《まか》せるほかはないよ」

「そんな冷たいことを言わずに、何とか知恵を貸してよ」

「痛いから、やめて、を連発すれば、景太郎氏も焦《あせ》って、早く終わるのじゃないかな」

「痛いから、やめて。お願い、やめてぇ」

美雪は顔をしかめて叫んだ。

「これでいいかしら」

「もっと、もっと、繰り返すのだ」

「分かったわ」

美雪はホッとしたようにうなずいた。

「ところで、問題は終わってからね。出血がないから、きっと疑われるわ」

「出血がないことを彼が問題にしたら、生理のときに、ずっと、タンポンを挿入してきたからじゃないかしら、ととぼけてしまえばいい」

「それで、納得するかしら」

「きっと、納得するはずだよ」

「ありがとう」

美雪は通路をギュッと締めて礼を言った。

「もうひとつだけ、お願いがあるの」

美雪は竜之介の背中に手を回し、結合部をぐいと押しつけた。

「わたしたち、新婚初夜は大阪のロイヤルホテルなの。大阪でも、取引き先の人を招《まね》いてちょっとした披露宴をしなければならないの。それをすませてからハワイにハネムーンに行くの。だから、その夜は、あなたにも大阪のロイヤルホテルに泊まってほしいの」

「えーっ？」

「わたし、処女に見せかけることに失敗して、とやかく言われたら、あなたの部屋に逃げ込むわ。成功したら成功したで、お礼をしたいし」

「お礼なんかいりませんよ」

「ニブい人ねぇ。はっきり言えば、思い切り声を出して抱かれたいのよ。処女らしく腰も使わずにジッとしているのよ。フラストレーションがたまっちゃうわ」

美雪はニヤリとした。結婚が決まっても女と別れない景太郎への復讐よ、とも言う。

「美雪さんは男に生まれてくるべきでしたよ。新婚初夜のホテルに体の関係のあった男を待たせておく、という発想は、よほど度胸がないと出てきませんからね」

竜之介は呆《あき》れたように言った。

「今度生まれてくるときは男に生まれてくるけど、今は女なのよ、うんと、あなたに甘えたいし、可愛がられたいの」

美雪は結合部を押しつけてきた。

「もう、処女らしくふるまうためのお稽古は終わりにするわ。今からはいつものわたし」

美雪はそう言うと、あえぎ声を出して、竜之介にしがみついてきた。

「ああっ、いいっ……」

腰を突き上げながら、叫ぶ。

竜之介は美雪の女体に、リズミカルに、しっかりと、欲棒を打ち込んだ。

「ねえ、処女をなくしてから、どれぐらいで声を出したり、腰を使ったりするようになるものなの?」

美雪はのけぞりながら尋ねる。

「やはり、最初の出産からでしょうねぇ」

「イヤッ、とても、そんなに長くはネコをかぶってはいられないわ。せいぜい、一週間ね。一週間が限度よ。一週間経たなくても、声を出して、腰を使うかもしれないわ」

「一週間はいくらなんでも早すぎると思いますよ」

「処女でなかったのではないか、と疑われるかしら」

「たぶん、疑われますよ」

「いいわ、疑われても。女の中には上達の早い女もいるのよ、と煙《けむ》に巻いてあげるわ」

「それよりも、景太郎氏に、あなたのリードが天才的なのよ、と言ったほうがいいのじゃないかな」

「そうね。景太郎さんは己惚《うぬぼ》れが強そうだから、そのほうがいいわね。ありがとう、素晴らしいアドバイスだわ」

美雪は竜之介の体に手と足を巻きつけてキスをした。

「スキンをつけますか」

竜之介は尋ねた。竜之介は、いつ、爆発するか分からない状態が近づいていた。

「スキンはしなくてもいいわ。もしも、妊娠したら、あなたの子供を産むわ。きっと、景太郎さんの子供よりも優秀な子供かもしれないわ」

美雪はスキンの装着を許さなかった。

美雪もクライマックスの直前にきていた。からませた手と足に力を入れる。美雪の体が小刻みに震えはじめ、そのまま、いっきにクライマックスにのぼりつめる。

竜之介も美雪のクライマックスに合わせて男のリキッドを噴射した。美雪の通路は強く収縮して、竜之介のリキッドを体の最深部まで吸い込んだ。

竜之介は美雪の弛緩《しかん》が始まるまで、重なったまま、じっとしていた。美雪は女体をピクン、ピクンと弾ませ続け、なかなか、エクスタシーから醒《さ》めようとしなかった。

4

美雪を抱いた翌日、出社するとすぐに、竜之介は村山常務に呼びつけられた。

一瞬、美雪とのことがバレたのかな、と竜之介は蒼《あお》くなった。恐る恐る村山の部屋に顔を出す。

「やあ」

村山常務は上機嫌だった。

どうやら、まだ、バレてはいないようだな、と竜之介はホッとした。

村山常務の部屋には、ひょろっとした青年がいた。

「紹介しよう。社長の長男で、美雪の聟《むこ》になる景太郎君だ」

村山は嬉しそうな笑顔をして竜之介に男を紹介した。

これが美雪と結婚する男か、と竜之介は景太郎の顔を無遠慮に眺めた。なにしろ、美雪の体には自分のほうが先に男のリキッドを吸収させているから、優越感は否定のしようがない。しかし、一応は敬意を表しておくべきである。

「円城寺竜之介でございます。よろしくお願いいたします」

竜之介はニヤニヤしそうになるのを必死で押し殺して、頭を下げた。

「景太郎君はきょうから正式にわが社の社員になった。しかし、何分にも会社のことに関しては不案内だ。そこで、結婚披露宴の打合わせもあることだし、当分、君に景太郎君の秘書役をやってもらうことにする。営業第三課の課長の仕事は従来のままだ。いわば、兼任だが、辞令は出さない。一日の半分は、景太郎君のそばについているようにしてくれたまえ」

村山は命令調で言った。

「かしこまりました」

竜之介は頭を下げた。

「景太郎君の部屋は、これまで、業務部長が使っていた部屋を空けさせた。まず、その部屋への案内から始めてくれないか」

「はい」

竜之介は景太郎を案内して村山常務の部屋を出た。

業務部長が使っていた部屋はきれいに片付けられて、部長の机よりもひと回り大きい机と、たぶん、秘書用だと思われる机が入れられていた。それに新しい応接セットも入れられていた。

待遇とすれば、平取ではなく、常務だな、と竜之介は思った。

「なかなかいい部屋だな」

景太郎は与えられた部屋がことのほか気にいったようだった。

「そっちの机は君が使ってくれ」

もうひとつの机を顎《あご》で示す。

「ところで、君に折り入って頼みがある」

景太郎は応接セットに腰を下ろすと、足を組んだ。

「何なりと、お申しつけください」

竜之介は景太郎のそばに神妙な顔をして立った。

景太郎にサービスしておけば、近い将来、自分の出世に有利になることは間違いない。

「じつは、ある女と手を切らなければならないのだが、女がどうしても別れるのがイヤだというのだ。君に紹介するから、誘惑して、その女と寝てくれないか。女が他の男と寝た、という不貞の事実さえつかめば、それを口実に別れることができるからね」

景太郎はタバコに火をつけると、照れ隠しに、煙が目にしみるような顔をした。

「こんなことは誰にでも頼めることじゃない。君を見込んでの頼みだ。もちろん、このことは村山常務にも、他の社員たちにも内緒だ」

景太郎はけむたそうな顔を続けながらそう言う。

美雪が言っていた銀座のクラブの女のことだな、と竜之介は思った。

「分かりました。わたしを見込んでおっしゃったことだと思いますから、ご希望どおりにいたします」

竜之介はきっぱりと言った。

「女は銀座のクラブのホステスだ。愛人でいいから、結婚後も可愛がってほしいというのだが、そうもいかないのでね」

「金でケリをつけたらどうなのですか」

「それもね、考えたが、金で承知する女じゃない」

「よほど惚れられましたね」

「悪女の深情けというやつさ」

景太郎はそう言いながら、まんざらでもなさそうな顔をした。

「それじゃ、七時に会社を出ることにしよう。この部屋で待っている」

景太郎はそう言った。

竜之介は、午後七時に仕事を片付けて景太郎の部屋へ行った。

景太郎は玄関に会社の車をすでに待たせていた。その車で銀座に向かう。

まず、小料理屋で腹ごしらえをして、いよいよ、クラブへ繰り出す。

《子猫の家》という名前のクラブで、十五人も入れば一杯になる小さな店に、ホステスが七人、待機していた。つまり、客ふたりにホステスが必ずひとりつくシステムになっている。こんな店では、客とホステスができやすいはずだ、と竜之介は思った。

景太郎のそばについたホステスが、結婚しても愛人でいたい、という子だった。

ホステスは美也子といった。

眼が大きくて、厚い唇をした、男を誘うような感じの美人だった。年齢は二十二、三歳といったところである。胸は大きく、背丈も一メートル六十三、四センチはある。

景太郎は竜之介を美也子に、新しい会社の自分の秘書だ、と紹介した。

「よろしく」

美也子は媚《こ》びるような笑顔を見せて会釈《えしやく》をした。

美也子はけっしてほっそりしたタイプではなかった。むしろ、肉づきはいいほうである。

竜之介は美也子を見ているうちに、美雪の体を思い出した。どことなく、似ているのだ。やや、太めの女が景太郎の好みらしい。

竜之介のそばには、痩せた、これまた、眼の大きい美人が腰を下ろした。

「真由美《まゆみ》といいます。よろしく」

竜之介の腕を抱え込んで自己紹介する。竜之介は美也子よりは真由美のほうが好みだった。

時間が早いせいか、店には他に客はひと組しかいなかった。景太郎は、美也子をそばに引きつけて、腰を落ち着けてしまい、帰ろうとしなかった。

5

十一時になると、景太郎はハイヤーを呼んで、ようやく腰を上げた。美也子も一緒に店を出る。

「わたし、おなかがすいちゃった」

美也子は景太郎に甘えた。

景太郎はハイヤーを六本木《ろっぽんぎ》に走らせた。

鉄板焼きの店にハイヤーを乗りつける。

美也子は竜之介が邪魔のようだった。早く消えればいいのに、という気持ちが態度に表われる。しかし、景太郎は竜之介を帰らせようとはしなかった。

「君は最後までつき合え」

そう言う。

そう言われれば、竜之介は帰るわけにはいかない。竜之介が帰らないのを見て、美也子は鉄板焼きの店でワインをガブ飲みしてしたたかに酔っぱらった。

景太郎はふたたびハイヤーを呼んで、竜之介も一緒に乗せて、原宿《はらじゅく》のマンションに美也子を送って行った。

マンションの前でハイヤーを帰し、竜之介に美也子を抱えさせて、エレベーターで部屋に運ばせる。

美也子の部屋は２ＤＫで、そのひとつは寝室になっていて、ダブルベッドが置いてあった。竜之介は景太郎の指示で、美也子をダブルベッドに寝かせた。

「ねえ」

美也子は甘えた声で景太郎を呼び、両手を首に巻きつけてキスをした。

「ちょっと、隣りの部屋でビールでも飲みながら待っててくれないか」

景太郎はベッドでズボンを脱ぎながら、竜之介に苦笑してみせた。

美也子のスカートはめくれ上がって、太腿が剝《む》き出しになっている。

竜之介は美也子の寝室を出ると、冷蔵庫からビールを出して飲みはじめた。

「ウッフーン……」

寝室から悩ましい美也子の声が聞こえてくる。竜之介に当てつけるように美也子がわざと大きな声を出しているのだ。

寝室のドアには鍵はかかっていない。

鍵がかかるドアなら鍵穴があるから、そこから覗くこともできる。しかし、鍵穴のないドアからは、寝室を覗くことはできない。

「あーっ、いいっ……」

美也子の声はトーンが上がった。

景太郎が美也子の着ているものを脱がせて、オッパイをしゃぶりながら指で女体の亀裂をなぞっているのだろう……。

竜之介はそんなことを想像した。

女のよがり声を聞きながら、状況を想像するのは、非常に刺激的である。頭の芯が熱くなり、竜之介のビールを飲むピッチが上がった。

「いいわ、景太郎さん、とっても、いいわ……」

美也子のあえぎ声は続く。

——勝手にしやがれ。

竜之介は舌打ちをした。

ズボンの中では、欲棒がカチンカチンになっている。

「あーっ……」

美也子が叫ぶ。

同時に、ベッドがきしむ音が聞こえはじめた。いよいよ、景太郎が美也子とひとつになり、出没運動を開始したらしい。

美也子のあえぎ声と、ベッドのきしむ音に、ピチャッ、ピチャッ、と猫が水を飲むような音が混じる。

隣室にいる竜之介を意識して美也子が興奮し、蜜液を溢れさせている様子が、その音から感じられた。

「景太郎さん、いいわ、好きよ、大好き……」

ベッドのきしむ音が激しくなった。

竜之介の喉もカラカラである。竜之介は冷蔵庫から二本目のビールを取り出した。

「あーっ、景太郎さん……」

切迫した、美也子の声がひときわ高く景太郎の名前を呼んだ。クライマックスに達するところなのだ。

「あーっ、死んじゃうーっ……」

美也子がのけぞっている光景が竜之介の脳裏に鮮やかに浮かんだ。

「ああーっ、うーっ……」

美也子の叫び声は唸《うな》り声に変わり、ベッドのきしむ音が消えた。

景太郎が美也子のクライマックスに合わせて、男のリキッドを女体の中に炸裂《さくれつ》させ、営《いとな》みを終えたのだ。

竜之介は思わず溜息をついた。

時刻は午前零時をとっくに回っている。今から駆け込んでいきりたった欲棒を処理する場所はない。

——今夜はマスで我慢するほかはないな。

竜之介はいきりたった欲棒をズボンの上から押さえて、そう思った。

寝室のドアが開いて、パンツ一枚の景太郎が現われた。男のリキッドの匂いがした。やはり、美也子の体にリキッドを爆発させたのだ。

景太郎は竜之介の肩を叩いた。

「やれよ」

寝室に顎をしゃくる。

「えっ？」

竜之介は思わず景太郎を見た。まさか、景太郎のあとで、美也子を抱くことになるとは考えてもみなかったからだ。

「さあ」

景太郎はうながす。

「いいのですか」

竜之介は小声で聞いた。

「いきりたってるのだろう。やれよ。これは命令だ。でも、早いとこすませろよ」

景太郎は低い声で言った。

命令だ、と言われればやむをえない。

竜之介はうなずいた。

6

竜之介は上着を脱いで寝室に入った。寝室には情事のあとの淫蕩な空気が漂《ただよ》っていた。薄明かりの中で、全裸の美也子が両手と両足を大の字に開いてベッドに仰向《あおむ》けになっている。

竜之介はズボンとパンツを脱いだ。いきりたった欲棒がバネ仕掛けのように飛び出す。ネクタイを取り、ワイシャツも脱いで裸になる。竜之介はベッドに上がると、美也子に体を重ね、いきなりひとつになった。

通路は、女の蜜液と男のリキッドで、なめらかすぎるほどなめらかになっていた。

「もう、こんなに元気になったの？」

そう言いながら、美也子は薄目を開いた。

竜之介を見てその眼が大きく見開かれた。

「ダメよぅ。何するのよ」

美也子は竜之介の胸を突き放そうとした。しかし、クライマックスに達した直後で美也子の手には力が入らない。

「ねえ、景太郎さん、助けて！」

美也子は叫んだ。叫びながら、通路が強い力で欲棒を締めつける。

「どうした、美也子」

景太郎が入って来た。

「この人が……」

美也子は竜之介の胸をこぶしで叩いた。

「なぜ、やらせる前に拒《こば》まなかったのかね」

景太郎は冷たい声で言った。

「だって、てっきりあなただと思ったのよ」

「あんまり美也子が声を出すから、円城寺君がたまらなくなって、おれが風呂に入っている間に、乗ってしまったのだろう」

景太郎は醒《さ》めた声で言う。

「とにかく、やっちゃってしまったことは事実だ。君の弁解を聞く気はない」

「円城寺さんにわたしの上から早く降りるように言ってよ」

美也子は叫んだ。

「男に途中でやめろ、なんて残酷なことは言えないよ。円城寺君が終わるまで、オレはダイニングキッチンでビールを飲んでいるよ。とにかく、円城寺君がすませてから、話し合うことにしよう」

景太郎はそう言うと、寝室を出て行った。

景太郎が寝室に入って来たときから動きを止めていた竜之介は、出没運動を再開した。

「ねえ、いい加減にしてよ」

美也子が小声で文句を言った。

「どうしても出さなくちゃダメなの?」

「出さなきゃ終わらないのが男だということは君も銀座の女なら分かっているだろう」

「だったら、早く終わらせるために協力するわ」

美也子はそう言うと竜之介の出没運動に合わせて腰を使いはじめた。

竜之介は興奮していたし、それであっけなくダウンするはずだった。

ところが、景太郎に見られたことで、心に冷静な部分が生じていた。しかも、欲棒はこれまでなかった体験に、最高の硬度を保っている。欲棒が固すぎるほど固いときには、意外に所要時間が長くかかるものである。

「ねえ、早く出して」

そう言いながら、美也子の通路は新しく湧き出した蜜液で、結合した当初より、数倍、すべりやすくなっている。

「ねえ、早くぅ……」

そう叫ぶが、突き上げる腰も、竜之介を早く爆発させるためというよりも、自然に動く感じになった。通路がリズミカルにつかんでくる。

竜之介はそれまでは遠慮をしていたが、その遠慮をかなぐり捨てて、美也子の乳首をしゃぶった。

「あうっ……」

その途端に、美也子は、抑えた叫び声を出して、背中を持ち上げた。どうやら、乳首が美也子の最も感じる部分だったようだ。

竜之介は乳首をしゃぶりながら、腰を抱き、激しく欲棒を出没させた。

「あーっ」

通路が強い力で欲棒を締めつけ、美也子は大声で叫んだ。

当然、その声は、ダイニングキッチンにいた景太郎にも、聞こえたはずだ。美也子は本気でクライマックスに達してしまったのだ。

クライマックスに達した女体に誘われるように、竜之介は男のリキッドを美也子の通路の最深部に発射した。

　通路がひくついているうちに結合を解いて、枕元にあったティッシュペーパーで後始末をしてベッドを降りる。

　美也子は両足を開いたまま、ベッドでぐったりとなって動こうとしない。

　ドアを開けて、景太郎が寝室に入って来た。

　あられもない恰好で仰向けになっている美也子をチラリと眺め、顔をしかめる。

　景太郎はベッドに腰を下ろして、手のひらでスッと乳首を撫でた。

「あっ……」

　美也子は小さく叫んでピクンと体を弾ませた。

「くすぐったいからやめて」

　手で胸を覆《おお》ってそう言う。

「くすぐったい、ということは本気でクライマックスに達したのだな」

　景太郎は美也子の顔を覗き込んだ。

　美也子は顔をそむけた。

「ほかの男に抱かれて、クライマックスに達するとは呆《あき》れた女だ」

「だって、はずみでイッちゃったのだからしかたがないわ」

　美也子は弁解した。

「許さない、というのでしょう」

「許せないね」

「いいわ。別れてあげる」

美也子は静かに言った。

「でも、手切れ金はちょうだいね」

「いいだろう。金額などのことは、円城寺君と話し合ってくれ。円城寺君とは、今夜、義兄弟になった。君との交渉の窓口になってもらう。寂しければ、抱いてもらえばいい」

景太郎はそう言うと、名残《なごり》を惜《お》しむように、剝き出しになった茂みを眺め、立ち上がった。

「帰ろう」

竜之介をうながす。

「はい」

竜之介は景太郎に従って、美也子の部屋を出た。

「君のお陰であの女とも別れられたよ。ありがとう。手切れ金は、五百万円までは出そうと思っている。その範囲内でケリをつけてくれないか」

通りがかったタクシーを停めながら景太郎は言う。

「かしこまりました」

竜之介はタクシーに乗り込んだ景太郎に頭を下げた。
景太郎は、さっさとタクシーを発車させた。竜之介に一緒に乗れとは言わなかった。
竜之介は景太郎を見送ると、美也子の部屋に引き返した。
美也子はベッドで待っていて、嬉しそうに手足をからみつかせてきた。

ライバルの愛人

1

景太郎と美雪の結婚披露宴は、帝国ホテルの孔雀《くじゃく》の間に千人の客を招いて、盛大に行なわれた。

花嫁衣裳をつけた美雪は、処女のような恥じらいを見せ、終始うつむき加減だった。それが非常に初々《ういうい》しい印象を招待客に与えた。

新郎の景太郎は、美也子に手切れ金一千万円を渡し、身辺の整理をすませていた。五百万円の予定が二倍の一千万円になったのは、それだけ出さないと結婚披露宴に殴り込みをかける、と美也子が居直ったからだ。

もっとも、そう居直るようにと知恵をつけたのは竜之介である。女の大切な青春を景太郎一筋に捧《ささ》げた代償が、わずか五百万円では、あまりにも可哀相だと思ったからだ。

景太郎には、美也子が三千万円の要求をしたのを、何とか一千万円で納得させた、と報告した。実際には、美也子は竜之介に抱かれてクライマックスに達したのを景太郎に見られたのだからとても手切れ金は貰えない、と諦《あきら》めていたのだ。

それだけに、竜之介が景太郎に一千万円の手切れ金を出させたときは、喜んで、朝まで抱きついて離そうとしなかった。

竜之介は大汗をかきながらも、どうにか結婚披露宴の司会の大役を大過なくつとめ、倉沢社長と村山常務から、よくやった、とねぎらいの言葉をかけられた。

午後三時に、披露宴がすむと、竜之介は大阪での披露宴に、新郎新婦と一緒に向かう倉沢社長と村山常務の一家を東京駅に見送った。それから、いったん帰宅して、略礼服を背広に着替え、美雪との約束を果たすために、東海道新幹線で大阪に向かった。

司会の仕事に専念して何も食べていないのを思い出して列車食堂でステーキを食べる。

大阪に到着すると、竜之介はロイヤルホテルにタクシーを飛ばした。

チェックインをすませ、フロント係に、景太郎の友人を装って、美雪たちの部屋の番号を聞き出す。部屋は一階違いだった。

「彼のご両親にお祝いを言いたいのだけど」

そう言って、倉沢社長と村山常務の泊まっている部屋も尋ねる。

倉沢社長と村山常務は、新郎新婦と同じフロアに泊まっていた。

竜之介はホッとした。倉沢社長や村山常務と同じフロアに泊まり合わせたら、廊下などでバッタリ顔を合わせないとも限らない。

部屋に入ってホッとひといきついて腕時計を見ると、午後十時半を過ぎたところだった。

上着を脱いで、ベッドに仰向《あおむ》けになる。新婚初夜の儀式はすませたのだろうか、それともこれからだろうか、と考えたとき電話が鳴った。

「わ、た、し」

電話は美雪からだった。

「うふふふ。うまくいったわよ」

美雪は楽しそうに言った。

「景太郎さん、今、お風呂で体を洗っているわ。わたしのことを処女だと信じたみたい。でも、腰が動きそうになるのを必死で我慢していたら、体が震えそうになっちゃった。景太郎さんが、早く終わってくれたので助かったけど、一週間で腰を動かすと思うわ」

美雪はそう言う。

「景太郎さん、これから大阪支社の支社長さんたちとホテルのバーで飲みながらこちらでの披露宴の打合わせをするそうなの。どうせ、部屋に帰って来るのは、午前さまのはずだから、景太郎さんが出かけたら、すぐにそこへ行くわね。ああ、声を出して、腰を動かして、くたくたになるまでしたいわ」

美雪は鼻にかかった声を出して、電話を切った。

竜之介はその声を聞いているだけで、欲棒がいきりたった。

竜之介は風呂に入って体を洗い、裸の体に浴衣《ゆかた》をまとった。

2

三十分ほどして、ドアがひっそりとノックされた。

ドアを開けると美雪が竜之介に飛びついてきた。美雪はTシャツにスカートという軽装で、スカートの下には、ストッキングもパンティもはいていなかった。

「ちゃんと、体は洗ってきたわよ。早く、楽しませて」

そう言いながら、浴衣の下に手を入れて、欲棒を握る。

竜之介は美雪のスカートを脱がせ、Tシャツを脱がせた。Tシャツの下はノーブラだったので、それだけで、美雪は裸になった。

竜之介は美雪をベッドに仰向けにして、乳首をくわえ、茂みの下に手を這わせた。

「前戯なんてしないでね。たっぷり前戯を受けたのと同じ状態だから、すぐに、入って来て」

美雪は空腰を使いながら叫ぶ。

竜之介は前戯を省略して美雪の中に欲棒を埋めた。

「ああ、いいっ……」

美雪は叫びながら、大きく腰を突き上げた。

「ああ、こうしたかったの」

全身を震わせて叫ぶ。

「痛い、痛い、と叫びましたか」

竜之介は出没運動を行ないながら尋ねた。

「叫びっ放しよ。叫んでて、噴《ふ》き出しそうになって困ったわよ」

美雪はそのときの様子を思い出して。ククククッと笑った。美雪が笑うと女体の通路が小刻みに痙攣《けいれん》する。

美雪は、ああ、いい、と叫びながら、しきりに腰を突き上げる。

しかし、クライマックスが近づいたにしては、美雪の叫び声はいつもより小さかった。

腰の使い方も控えめである。

新婚初夜の初めての交わりで処女を演じた直後の後遺症がそんなところに表われていた。

「さあ、遠慮せずに大きな声を出して、大きく腰を使うのだ」

竜之介はそう囁《ささや》いた。

「本当に、大きな声で叫んでもいいのね」

美雪は泣き出しそうな声で念を押す。

「いいとも」

竜之介はうなずく。

「あーっ……」

美雪はジャングルの中で野生児が心の底から叫ぶような大きな声を出した。

それは、大阪を代表する超一流ホテルのロイヤルホテルを開業以来、初めて轟《とどろ》かせたと思われるほど、大きなボリュームの声だった。

「腰を使ってもいいかしら」

遠慮がちに腰を突き上げながら、泣きそうな表情で聞く。

「いいとも」

竜之介は女体を触発するように、出没運動の振幅を大きくした。

「うわーっ……」

美雪は、ふたたび腹の底から絞り出すような声で叫びながら、大きく、激しく、腰を突き上げる。

ピチャッ、ピチャッ、と女体の通路が濡れた音を立て、恥骨と恥骨が、ズシン、ズシン、とぶつかり合った。
「わたし、もう、ダメェーッ……」

美雪はのけぞって、全身を痙攣させた。

大きな声を出し、大きく腰を使うことで、あっけなくクライマックスに達してしまったのだ。

竜之介は、爆発を我慢した。一緒に男のリキッドを放出してしまうと、美雪が、たて続けにクライマックスに達したいと、望んだときに、回復に手間取ってしまう。

女体の通路は、欲棒を食いちぎるほど、激しく収縮し、やがて、ヒクつきながら弛緩《しかん》していった。美雪の眼の縁にうっすらと隈《くま》ができている。

「満足したようですね」

竜之介は美雪を覗き込んで尋ねた。

「でも、まだ欲しいわ」

予想したとおり、美雪はたて続けにクライマックスに達することを望んだ。

「イッて、イッて、イキまくって、グッタリした状態で、ハネムーンに出かければ、腰を動かすほど感じないのではないかしら」

うっすらと眼を開いてそう言う。

そんなことを尋ねられても竜之介に答えが出せるはずはない。

結局、美雪はたて続けに四回、クライマックスに達して、フラフラになり、廊下の壁を伝うようにして、泊まっているスイートルームに帰って行った。

部屋に戻ると、美雪はすぐに竜之介に電話をしてきた。

「景太郎さんは、まだ、帰っていなかったわ。体を洗って休むべきかもしれないけど、とてもそんな気力はないわ。このまま、バタンキューで眠るわ。お休みなさい」

ものうげな口調でそう言って、美雪は電話を切った。

3

竜之介は、翌朝、早くにチェックアウトをして、ロイヤルホテルを出た。

もたもたしていて、倉沢社長や村山常務に見つかると面倒なことになる。

伊丹《いたみ》空港まで、タクシーを飛ばし、七時の一便で東京に帰る。羽田空港から直行すると、充分に出社時間には間に合った。

出社すると、竜之介は会社の雰囲気が変わっているのに気がついた。同僚はもちろんのこと、上役の部長までが、一目《いちもく》置いた接し方をするのだ。

景太郎と美雪の結婚披露宴の司会を大過なくつとめたというだけで、一夜で社内の評価が変わってしまったのだ。

次期社長には、倉沢社長と縁戚関係になった村山常務が、矢田部副社長や坂井専務よりも、圧倒的に優位に立った。

その両家を結ぶめでたい結婚披露宴の司会をしたということは、竜之介が倉沢社長と村山常務に認められている、という証拠である。円城寺には、逆らわないほうがいい、という雰囲気が周囲に生まれたとしても不思議はない。ＯＬたちも、畏敬《いけい》の眼で竜之介を見るようになった。

そんな社員たちの視線が煩《わずら》わしくなって、竜之介は結婚披露宴の司会で疲れたから、という理由をつけて、残っていた関西出張に出かけたい、と部長に申し出た。

本来なら、関西出張は北海道出張より前にすませるべきなのだが、前後したところで別に問題はない。

「どうぞ、どうぞ。ゆっくり骨休めをしてきてください」

部長はニコニコして、書類に判を押し、出張を認めてくれた。秘書課の寺尾弥生を呼んで、新幹線のキップの手配を言いつける。

ホテルは大阪支社で用意することになっている。

次の週の月曜日の朝、竜之介は改めて、新幹線の『ひかり号』のグリーン車に乗った。

美雪に言われて大阪に行ったときは普通車だったが、今度はグリーン車である。

『ひかり号』の発車直前に、竜之介の隣りの席に甘い香りの香水をつけた女が腰を下ろした。何気なくその顔を見て、竜之介は驚いた。

女は部長に言われて竜之介のキップの手配をした秘書課の寺尾弥生だったからだ。

「君も重役さんのお供で大阪に出張なの？」

竜之介はグリーン車の車内を見回した。重役が乗っていれば挨拶しなくてはならない。

グリーン車の客は全部で十人ほどだったが、重役と思われる顔はなかった。

竜之介の席はちょうど真ん中あたりの海側である。前後の席も、通路をはさんだ山側の席とその前後の席も、空席である。

「いいえ、きょうは会社を休みましたの」

弥生は白い歯を見せながら首を振った。

「第一、出張なら、とてもグリーン車には、乗せていただけませんわ」

そう言う。竜之介の会社では、新幹線のグリーン車を利用できるのは、課長以上という規定になっている。

列車はすぐに発車した。

竜之介はシートをいっぱいに倒した。弥生も同じようにシートを倒す。

「じつは、部長さんから円城寺さんの大阪までのキップの手配を命じられたときに、わたし、並んだ席に自分のキップを買ったのです」

列車が東京駅のホームを離れると、弥生は体をすり寄せてきた。

「円城寺さんと、もっと、お近づきになりたくて」

弥生は竜之介の右手に自分の左手を重ねた。

竜之介の右手を自分の太腿に導く。

「人間でも犬でも、欲しいものが眼の前にあったら、よだれを流すでしょう」

弥生は竜之介の耳元で囁いた。

「わたし、今、よだれを流しているのよ」

そう言って、スカートの裾《すそ》を直すふりをして、素早く竜之介の右手にスカートをふわりとかけた。竜之介の右手はそのためにスカートの中に進入した形になった。

弥生はパンストではなしに、膝上までのストッキングをはいていた。そのために、剝《む》き出しの柔らかい太腿が、竜之介の右手を迎えた。

自然に、竜之介の右手は奥に向かう。いきなり、柔らかい茂みが触れた。弥生はノーパンだった。

茂みに竜之介が触れると、弥生は両足を開いた。茂みの奥は熱く濡れていた。

「ね、よだれをたらしているでしょう」

弥生はあえぐように言った。

竜之介は手を引っ込めようとした。

それより早く、弥生が竜之介の手を太腿ではさみつけた。

「わたしに恥をかかさないでね」

弥生は竜之介の二の腕を手で抱き込んだ。

「大阪支社には到着時間を知らせてはいないのでしょう」

「うん」

「だったら、支社に顔を出す前に、わたしに時間をください。いいでしょう」

弥生は竜之介の眼をじっと見つめた。

竜之介はこんなに大胆かつ積極的に女性から誘惑されたのは初めてである。何か魂胆があるはずだ、と竜之介は思った。

竜之介はスカートの中に入れた指でしばらく熱く溢《あふ》れた蜜液を掻き回していた。しかし、間もなく車掌の検札が始まったので、女体の探索は中止した。

検札がすむと、土産《みやげ》ものの売り子や、弁当や飲物の売り子が、ひっきりなしにやって来る。ふたたびスカートの中に手を入れるチャンスはなかなかつかめなかった。

4

列車が横浜《よこはま》駅を通過して間もなく、竜之介は車内放送で、電話の呼び出しを受けた。九号車まで歩いて電話に出る。

電話は会社の中丸恭子からだった。

「ちょっと気になる情報を耳にはさんだので、知らせておいたほうがいいと思って電話をしたのよ」

恭子の声は途切れ途切れ、そう言った。

新幹線の車内電話はどうしてもそんなふうになる。

「それはありがとう」

竜之介は先に礼を言った。

「秘書課の寺尾弥生って子を知ってるわね」

恭子は、いきなり、竜之介がつい先ほどまでグリーン車で蜜液を掻き回していた女の名前を口にした。

「知っている」

竜之介はテレビ電話なら、確実に、うろたえた表情を見せただろう、と思った。

「きょう休んでいるけど、ひょっとして、あの子、あなたを追いかけて大阪へ行くかもしれないわ」

「僕を追いかけて大阪へ来るというのかね。でも、これまで、個人的に口をきいたことはないのだよ」

それは本当だった。だから、個人的に口をきいた途端に、熱く濡れた女の溝をさわることになって、竜之介は戸惑っていたところだ。

「あの子、あなたのライバルの中西課長の愛人なのよ」

「へえーっ。そうだったのか」

「中西課長は、あなたの足を引っ張るために、寺尾弥生に体を与えてスキャンダルを起こせ、と命じたようね」

「またか。福岡と同じパターンだ」

竜之介は舌打ちした。

「だから、寺尾弥生が大阪にあなたを追いかけて行っても、罠《わな》にかからないようにしてね」

恭子は心配そうな声を出した。

「充分に気をつけるよ」

竜之介は礼を言って電話を切った。

グリーン車の席に戻る。

「会社から、仕事の連絡だった」

そう言って腰を下ろす。

弥生はふたたび竜之介の二の腕を抱え込んできた。

中西が愛人の弥生に、竜之介に抱かれてスキャンダルを起こせと命じたという恭子の情報を信じるなら、罠にかからないのが一番である。わざわざ新幹線の車内電話に竜之介を呼び出して教えてくれたほどだから、恭子の情報を信じるべきだろう。

しかし、竜之介は熱い〝よだれ〟をたらしていた弥生の女体も信じてみたかった。

蜜液を熱く溢れさせるということは、本当に女が相手に抱かれたいと思ったときだけであるはずである。単に、中西から、竜之介に抱かれろ、と命じられただけでは、そんなには濡れないはずだ。

竜之介は、サンドイッチとコーヒーを売りに来た車内販売の子が、通り過ぎるのを待って、ふたたび弥生のスカートの中に手を入れた。

茂みの下に、指を進める。弥生は足を開いて竜之介がさわりやすいように協力した。

亀裂は相変わらず、熱い蜜液を溢れさせていた。

その蜜液を指にすくって、鼻先に持っていって嗅いでみる。健康な女体の女芯の匂いがした。異臭はない。他の男のリキッドの匂いもしなかった。

ということは、弥生は自分の意思で濡れていることになる。

「ちょっと、会社に連絡しなければならないことを思い出した」

竜之介は弥生にそう言うと、シートを起こし、立ち上がった。

グリーン車から九号車まで歩き、車内電話で会社の番号を交換手に伝え、通話を申し込む。

会社の交換手が出ると、竜之介は恭子の内線につないでもらった。

「さっきはありがとう。ところで、ひとつだけ聞きたいことがある」

「なあに」

「女は義理で男と寝るときにも、グッショリ濡れるものかね」

「イヤねえ。新幹線の中から電話をしてくるから、どんな重要なことかと思ったら、呆《あき》れたわ」

「呆れる前に、答えてくれないか」

「わたし、義理で寝たことなんかないからわからないけど、よほどのテクニシャンでない限り、まず、濡れないのじゃないかしら」

恭子が電話の向こうで真っ赤になっている様子が眼に浮かんだ。

「ありがとう」

「それだけ？」

「それだけだ」

「呆れた人」

恭子は先に電話を切った。

竜之介は電話を切ったときには、ライバルの愛人を抱いてみようと決心していた。濡れた女体を信じることにしたのだ。あの濡れ方は、本心から竜之介に抱かれたがっていることを物語っている、と思う。

5

新大阪駅に到着すると、竜之介はタクシー乗り場に向かった。弥生は黙って竜之介について来る。

竜之介は大阪は、支社のある大阪駅前周辺とミナミの飲み屋街しか知らない。

もちろん、大阪のラブホテルには、入ったこともない。それでも、桜《さくら》の宮《みや》、というところに行けばラブホテル街がある、ということは聞いたことがあった。竜之介はタクシーに乗ると、桜の宮、と行先を告げた。

「へっ？」

運転手は驚いたように竜之介を振り返った。

「桜の宮」

竜之介はもう一度言った。

運転手は、今度はうなずいて、車を発進させた。

弥生は桜の宮にラブホテル街があるのを知らないらしく、涼しい顔をして乗っている。

「お客はん、東京からでっか」

しばらく走ってから、運転手はバックミラーの中から話しかけてきた。

「そうだよ」

竜之介はバックミラーの中の運転手にうなずいた。

「あのう、桜の宮のどこへ行けばよろしいので?」

また、しばらく走ってから、運転手はおずおずと尋ねた。

「ラブホテルへお願いします」

竜之介ははっきりと言った。

弥生はピクッと体を震わせた。

「ホテルなら、どこでもかましまへんのでっか」

「できるだけ、派手な構えのところがいい」

「はあ、派手なところにねえ」

運転手はうなずいてから、首をかしげた。

弥生は真っ赤になって竜之介の太腿をつねる。

「じつはね、われわれは東京の雑誌社の者でね。大阪のラブホテルを取材してこい、と命じられてやって来たのだよ」

竜之介は運転手に話しかけた。

「そうでっか。いや、東京から新大阪に着いた早々、桜の宮のラブホテルへ行け、言わはるからビックリしてしまいましたのや。なんせ、そんなお客はん、初めて乗せましたよって。そうでっか、取材でっか。いや、ご苦労はんです」

運転手は安心したように溜息をついた。

桜の宮のラブホテル街は、けばけばしい外観とはうらはらに、ひっそりと静まり返っていた。運転手は豪華な感じのラブホテルのガレージに車を入れた。

竜之介はメーターの料金の他にチップを五百円はずんだ。

「おおきに。入口はそっちですわ」

運転手は親切に入口まで教えてくれた。

その入口から中に入る。入ったところに、全室のカラーパネルがあった。そのカラーパネルの中から好みの部屋を選んで、部屋の番号の横にあるボタンを押してキイを出し、部屋に行くというスタイルである。従業員とは顔を合わせないシステムだが、防犯のために、どこかで隠しカメラが客を映しているはずである。

部屋の番号の横にあるボタンのそばに、小さな赤ランプがついている部屋は先客が使用中のしるしである。

驚いたことに、赤ランプのついていない部屋は四〇三号室しかなかった。選択の余地はないのだ。

「しかたがない。この部屋にしよう」

竜之介は弥生にそう言って、四〇三号室のボタンを押した。四〇三の番号のそばに赤いランプがつき、コトンと音を立てて、受け皿にキイが出て来た。

「凄《すご》いな。これで、全部赤ランプだ。大阪のみなさんも、ド根性を発揮して頑張ってるのだなぁ。もっとも、中には、新大阪駅から直行する東京のド助平のカップルもいるようだけど」

竜之介はそう言って弥生を振り返った。

弥生は真っ赤になってうつむいている。

竜之介はキイを取り、弥生と一緒にエレベーターに乗った。四階のボタンを押す。

弥生は竜之介の胸にすがりついてきた。

四階で降りると、各部屋のドアの上に、その部屋の番号が表示してあり、『四〇三号室』の表示が点滅して、入るべき部屋を指示していた。

ドアを開けて、中に入り、内側からキイをロックする。

靴を脱いで上がると、厚い絨毯《じゆうたん》の上に、大きなダブルベッドが据えてあった。ダブルベッドの枕元と足元と左側の三方と天井は鏡張りである。

ダブルベッドの足元のほうに、広い浴室があった。浴室のドアはガラスでできていて、中が丸見えである。

浴室には透明なサラダボウルを思わせる浴槽が台の上に据えてあり、床には泡踊りができるように、マットが埋め込まれていた。しかも、ご丁寧に、浴室の三方の壁も鏡張りだった。

「凄い部屋ね」

弥生は靴を脱いで上がったところで立ちすくんだ。

「セックスするためだけの部屋、という感じ」

そう言って溜息をつく。

「だって、ここに来る客の目的は、セックスをすることだけだから、これでいいのじゃないかな」

「でも、あまりストレートすぎて、ムードがないわ」

「ムードはふたりが作り出すものさ」

竜之介は弥生を抱き寄せてキスをした。そのまま、ベッドにゆっくりと押し倒す。

竜之介は弥生のスカートをめくり上げた。

膝上までのストッキングの上に、柔らかそうなふたつの白い太腿が現われた。

続いて、その太腿の付け根の部分に、黒い逆三角形が現われた。上になっている底辺が横に長い逆三角形である。ふっくらとした恥骨のふくらみが、その逆三角形を持ち上げていた。

竜之介は弥生の両足を開かせた。

茂みの下に亀裂が出現した。亀裂の中から双葉が芽を出すように、淫唇が覗く。淫唇は蜜液に濡れていた。女体の溝は淫唇に邪魔されて、底までは見ることができない。

淫唇の上部に、花の蕾《つぼみ》に似た小突起が、カバーに覆われていた。小突起はあまり大きくはない。女の匂いが静かに立ちのぼった。

「東京から、ずっと、濡れっぱなしだったから、匂いが強いでしょう」

弥生は匂いを気にした。

「悪臭じゃないから平気だよ」

竜之介は匂いの泉源に唇を近づけ、舌を尖《とが》らせて、ツン、と蕾を突いた。

「あっ……」

弥生は、ピクン、と体を弾《はず》ませた。

二度、三度、ツン、ツンと蕾を突いてから、竜之介は舌で左右の淫唇を割るようにして溝さらいをした。海水で洗った貝の味がする。

「あーっ……」

弥生は体をよじって大きな声を出した。

生《なま》の女の匂いが欲情をかきたてる。

「わたし、お風呂に入ってくるわ」

弥生は竜之介の頭を手で押しのけようとした。

「その必要はないよ」

竜之介は舌による愛撫を続行した。

「あーっ、わたし、ヘンになりそう」

弥生は新しい蜜液を湧き出させた。

「本当によく濡れる人だな」

竜之介は改めて弥生の蜜液の多さに感心した。

「こんなに君が好色な女とは思わなかったよ」

「いやっ、そんなことをおっしゃっては」

弥生は腰でイヤイヤをした。

表現法が豊かな女体だ。

「だって、天井の鏡に、全部、映ってるのよ」

弥生は泣きそうな声で弁解した。

竜之介は体をねじ向けて天井を見た。腹這いになって小突起と溝に舌を使っていた竜之介には分からなかったが、天井の鏡に愛戯のすべてが映し出されていたのだ。そして、天井に描き出されるポルノ絵図に、弥生は興奮し、とめどなく蜜液を溢れさせていたのだ。

「眼を開いて、しっかりと、天井の鏡を見ていたなんて、やはり好色な女だよ、君は」

竜之介はそう言った。

「イヤン、もう……」

弥生は身をよじる。

6

竜之介は女体の通路に中指をソロリと入れた。

「あうっ……」

弥生はのけぞる。強い力が中指を締めつける。

通路の天井に、入口から奥に向かって、ナマコ状の隆起が走っている。隆起には、無数の襞《ひだ》が刻まれている。その襞を指先で引っ掻くようにする。

通路の内部に蜜液が湧き出してくるのが分かった。

「本物がいいわ」

弥生は腕で顔を隠すようにして、小声で言った。指よりも欲棒で通路を充《み》たしてほしい、というのだ。

竜之介は裸になった。

弥生も自分で着ているものを脱ぐ。ストッキングははいたままである。脱ぐには時間がかかりすぎる。

竜之介と弥生は裸になると、抱き合った。

竜之介が弥生を組み敷く形をとる。その形で舌と舌をからみ合わせるディープキスをする。

「このキスは君自身の味がするはずだ。ご感想を聞かせてくれないか」

竜之介は尋ねた。つい先ほどまで蜜液を溢れさせた女の溝掃除をしていたので、竜之介の舌や唇には弥生の蜜液がからみついている。

「いやっ、ヘンなことを言わせないで」

弥生は欲棒をつかんで女体の入口に導いた。

竜之介が腰を進めると、スムーズに結合が完了した。通路が収縮し、欲棒を強く締めつける。

「いい通路だ」

「また、ヘンなことを言う」

そう言いながら弥生はヒクヒクと通路をヒクつかせた。奥行きもたっぷりある通路だった。

恥骨の丘に下腹部を叩きつけるようにしても、最も結合が深い状態にしてみても、欲棒は奥壁に突き当たらなかった。実際には、突き当たっているのかもしれないが、奥壁が弾力性に富んでいて、突かれるままに通路が伸びているのかもしれない。

恥骨の丘の出っ張りの具合もいい。

「男を夢中にさせるセックスの持主だよ、君は」

竜之介は囁いた。

「ああっ……」

弥生は竜之介の背中に回した手に力を入れて、結合した部分を押しつけてきた。

そうしておいて、グイと背中をそらす。

女体に激しい痙攣が生まれた。

「わたし、ヘンになっちゃう……」

弥生はガクン、ガクンと女体を揺らした。

あまりにも早いクライマックスだった。しかも、それは擬態ではなく、正真正銘《しょうしんしょうめい》の本物のクライマックスだった。

竜之介は弥生のクライマックスに誘われて男のリキッドを放出した。

初めての相手と行なうときは、一般的に男の持続時間は短い。そのために、満足するのは男だけで、女は取り残されてしまうことが少なくない。

女の場合は、初めての相手とするときは、遠慮があり、どこか醒《さ》めているものである。だから、最初からはクライマックスには至らないものである。それなのに、弥生は、ごく短時間に一直線にのぼりつめてしまった。それに竜之介は感動した。

竜之介が結合を解いても、弥生は両足を開いた恥ずかしい姿勢のまま、微動だにしなかった。ノビてしまって、動けないのだ。

竜之介はベッドから降りて浴室に入り、大きな透明なサラダボウルのような浴槽に蛇口をひねってお湯を入れ、体を沈めた。

正面の鏡にサラダボウルの中の欲棒が映った。サラダボウルの浴槽が拡大鏡の働きをして、欲棒が十倍ほどの大きさに見えた。

情事の前に、男女が一緒に入浴すると、そういった眺めが欲情をそそる作用を果たすのだろう。

床のマットレスも泡踊りに使わなかった。

そうした設備を活用することなくすませてしまったのだから、何のためにこんな設備のあるラブホテルに来たのか分からない。

しかし、竜之介は密度の濃い情事に満足していた。

石鹸で情事の痕跡を洗い流して浴室を出る。

弥生は、まだ、両足をだらしなく開いた恰好で横たわっていた。

「僕はそろそろ大阪支社に顔を出すよ」

竜之介は弥生の乳首をつまんだ。

「えっ……」

弥生は眼を開けて、慌《あわ》てて両足を閉じ、体をくの字にした。

「わたし、眠ってしまったのね」

竜之介の胸に顔を押しつけてそう言う。

「ありがとう」

顔を胸に埋めたまま、弥生はそう言った。

「えっ……」

竜之介は弥生の顎《あご》に人差し指を引っかけて、顔を覗き込んだ。セックスをして、ありがとう、と言われたのは初めてである。

「だって、体を洗う前に、舌を使ってくれたのは、円城寺さんだけよ」

弥生は顔を赤らめた。

「これまでの男は必ず君を風呂に入れてからでないと舌を使わなかったのかね」

「そうよ。これまでの男といっても、ひとりだけだけど」

「中西君か」

「えーっ……」

弥生はピクッと体を震わせて、驚いたように竜之介を見た。

「君が中西君の愛人だということは知っていた。中西君が君に、僕に抱かれてから、騒いでスキャンダルを起こし、僕の足を引っ張るように、と頼んだことも知っている」

竜之介は天井の鏡の中の裸の弥生を見た。

「知っていて、抱いたのですか」

弥生は固い表情を見せた。

「新幹線のグリーン車で君のここにさわったとき、グッショリと濡れていた」

竜之介は弥生の茂みを手のひらで覆い、指で亀裂を掻き分けた。亀裂には、竜之介の放出したリキッドが逆流しはじめていた。

「女は本気で抱かれるつもりにならなければ、とてもあんなに見事に濡れるものではない。僕は君が本気で僕に抱かれたがっている、と判断したのだ。それで、僕も本気で君を抱く気になった」

竜之介は弥生を見て、ほほえんだ。

弥生の表情から固さが抜けていった。

「嬉しいわ」

弥生は竜之介の胸に顔を伏せた。

「わたし、中西からスキャンダルを起こしてあなたを罠にはめるように言われたとき、この人はダメだ、と見切りをつけたの。それまでは、会社で将来一番伸びるのは中西だ、と思っていたわ。だから、中西の女になったのよ。ところが、中西に見切りをつけたら、今度は、円城寺さんが一番伸びる人に思われ出したの。女って、一番伸びると思った男性には、抱かれてみたいと思うものなのよ。それで、罠にかけるためではなく、本気であなたに迫ってしまったのよ。その望みを達したのだから、満足して東京に帰ります」

「中西君には、何と報告するのかね」

「あなたに惚《ほ》れちゃったから、これまでのことはなかったことにしましょう、と言うわ」

弥生は溜息をついた。

「本当は、今夜もあなたのベッドで過ごしたいのだけど、大阪支社にも中西の息のかかった人が何人かいるわ。彼らはきっと、ホテルのあなたの部屋を覗くと思うの。そして、わたしを見つけたら、鬼の首を取ったように騒ぎ立てるはずよ」

「そういう仕掛けになっていたのか」

「だから、ここから東京に帰ります。もしも、わたしが男を夢中にさせるセックスの持主だ、というあなたの言葉が本当なら、東京でわたしをもう一度だけ、抱いてください」

弥生は竜之介の胸に頬ずりしながらそう言った。

「必ず抱かせてもらうよ」

竜之介は約束した。

ラブホテルを出て、新大阪駅まで弥生を見送り、大阪支社に顔を出す。大阪支社では、竜之介はアクビばかりしていた。

しかし、そのアクビを情事の疲れのため、ととったものはひとりもいなかった。みんな、社長の息子と常務の娘の結婚披露宴の司会をした疲れだと受けとめた。
大阪支社での扱いは丁重だった。

禁じられた情事

1

大阪支社での扱いも丁重だったが、出張を終えて東京の本社に帰ると、社内の者たちの竜之介に対する対応は、より丁寧になっていた。竜之介は風向きが完全に変わったのを感じた。

露骨に尻尾を振ってくる同僚も増えた。きのうまで、円城寺君、と君づけで呼んでいた同期入社の連中も、円城寺さん、とさんづけで呼ぶようになった。

そんな同僚に竜之介はサラリーマンの悲哀すら感じた。

サラリーマンは組織の中で生き残るには、尻尾を振りたくない者にも尻尾を振ってみせ、頭を下げたくない者にも頭を下げなければならない。そうやって、ポストにありつき、妻子を養っていかなければならないのだ。

恰好をつけて、一匹狼を気取っていたら、たちまち組織からはみ出してしまうのだ。サラリーマンは出世とサバイバルのためには、どこかの元首相ではないが、風見鶏《かざみどり》でいくほかはないのだ。

次期社長のポストを狙って睨《にら》みあっていた矢田部副社長と坂井専務は、子会社の社長に転出する、という噂が立ち、代わって村山常務の社長昇格が確実視されるようなった。

そうなると、風見鶏サラリーマンは、矢田部派や坂井派からはずれ、村山のところに集まるようになった。

その村山は竜之介を何かと重用する。村山のところに集まって来る社員は、自然に竜之介を立てるようになった。

そんなとき、ライバルの中西営業第二課長のスキャンダルが火を噴《ふ》いた。

寺尾弥生が、中西の子供を妊娠し、おろしてほしいという中西に、産むから認知しろ、と迫ったというのだ。

その噂を耳にしたとき、竜之介は、弥生が自分でスキャンダルをしゃべっているな、と直感した。竜之介と寝てスキャンダルを起こせ、と非人道的なことを要求した中西に、弥生は中西とのスキャンダルを暴露することで応《こた》えたのだ。

——女は怖い。

竜之介はそう思った。

そろそろ、出世のために、女とはかかわり合いを持たないようにしなければ、と思う。

そんな矢先に、竜之介は同僚の管理課長の吉野の妻から電話を受けた。

吉野の妻は折り入って相談したいことがあるから会ってくれないか、という。

吉野はこれまで中西派だった。中西と一緒になって坂井派になっていたが、最近は坂井派からはずれ、村山のところに顔を出すようになった男である。その吉野の妻からの申し出とあれば、断わるわけにはいかない。

「承知しました」

竜之介はそう言った。

「あのう、このことは主人には内緒にしていただきたいのです」

吉野の妻は声を落としてそう言う。

竜之介は吉野の妻と、その週の金曜日の午後六時に、銀座の和光前で落ち合うことにした。吉野の妻がそう望んだからだ。吉野は金曜日は毎週マージャンで、深夜十二時前に帰宅したことはないという。

竜之介は吉野の妻には、一度も会ったことはない。吉野の妻は白いツーピースを着て参ります、と言った。

金曜日までに、吉野とは何度か顔を合わせた。しかし、吉野は何も言わなかった。同僚の竜之介が自分の妻と会う約束をしたことなどはまるで知らないようだった。

2

金曜日の退社時間がくると、吉野はマージャン仲間を集め、会社近くの雀荘に直行した。

竜之介は待ち合わせの場所の、銀座四丁目の角にある和光の前に向かった。

白いツーピース姿の吉野の妻はひと目で分かった。身長は百六十五センチはあると思われるほど背が高い。吉野にはもったいないほどの美人でもある。年齢は三十三、四といったところだ。声をかけ竜之介が名乗ると、吉野の妻は妖艶な笑顔を見せた。

「吉野の妻の紗樹子《さきこ》と申します」

そう言う。

竜之介は紗樹子を近くのビルの中にある、日本料理の店に案内した。

「お忙しいのにご無理を言って申し訳ございません」

日本料理屋でテーブルをはさんで向かい合うと、紗樹子は改めて頭を下げた。その表情は初対面ということもあって、やや固い。

竜之介は懐石料理を注文し、紗樹子の舌のまわりをなめらかにするために、日本酒を冷やで頼んだ。

紗樹子は竜之介がついだ盃《さかずき》をグイと空《あ》けると、おいしい、と言った。

三杯ほど飲むと、紗樹子の緊張がほぐれてくるのが分かった。

「ご相談と申しますのは、主人の女のことなのです。何とか手を切らせたいのですが」

料理を半分ほど平らげ、ふたりで日本酒の銚子を四本カラにすると、紗樹子は本題に入った。

「女は銀座のホステスです。名前も分かっています」

「信じられないなぁ。しかし、それがもしも真実だとしても、吉野君は家庭を崩壊させる気は毛頭ないのでしょう」

「家庭をこわす気はなさそうです」

「それなら、放っておいたらどうですか。自然に女とは別れると思いますよ」

竜之介はそう言った。

「わたし、それ、できないのです。吉野がわたしの他に女を抱いていると考えると、不潔感が先に立って我慢できないのです」

「不潔感だけですか」

竜之介は紗樹子を見た。

「正直に申しまして口惜《くや》しいのです。腹のムシがおさまらないほど口惜しいのです。わたし、女としてそんなに魅力がないかしら」

紗樹子は誘うような眼をした。

「そんなことはありませんよ。奥さんのような美人を放っておいて他に女を作るなんて、吉野君はけしからんと、思いますよ」

竜之介は慰める。紗樹子はその言葉にホッとした表情を見せた。

「奥さんも遠慮せずに浮気をすれば、腹のムシもおさまるのではありませんか」

そう言いながら、竜之介は自分の論法が無茶苦茶《むちゃくちゃ》なのに苦笑した。

「そうかもしれません。でも、そう思ったところで浮気の相手は簡単に見つかりませんわ」

紗樹子は真顔で答える。

「僕がお相手をしましょうか」

竜之介は冗談で言った。

「本当に?」

紗樹子は体を乗り出した。竜之介の眼を覗き込んでくる紗樹子の眼は真剣だった。

竜之介は、しまった、と思った。

しかし、今さら冗談ですよ、とは言えない。そんなことを言えば紗樹子に恥をかかせることになる。

「本当ですよ」

竜之介は腹をくってうなずいた。

「主人には、絶対内緒にしていただけますね」

紗樹子は念を押すように竜之介の表情を窺《うかが》う。

「バレたら僕も会社に居られませんよ。中西という有能な営業第二課長がいますが、彼はオフィス・ラブの相手を妊娠させたことが噂になって、苦しい立場に追い込まれています」

「その話は主人から聞きました。たぶん、次の異動で、左遷だろう、と主人は申していました。会社の子に手を出すほうがいけないのだ、と自分のことは棚に上げて厳しいことを言っていましたわ」

「それほど、オフィス・ラブは危険なのです。でも、それ以上に、同僚の奥さんとの不倫は危険です。バレれば、それまでですからね」

「つまり、禁じられた情事ってことね」

紗樹子は妖《あや》しく眼を光らせた。禁じられた情事、という自分が口にした言葉に興奮したようだった。

「まさに、禁じられた情事ですよ。しかし、禁じられた情事に僕を突っ走らせるほど、奥さんは魅力的ですよ」

「まあ……」

紗樹子はポッと顔を赤らめ両手で頬を押さえた。おそらく、男性からのほめ言葉を耳にしたのは結婚以来初めてだろう、と竜之介は思った。

「それじゃ」

竜之介は紗樹子をうながして席を立った。

3

日本料理の店を出ると、竜之介は紗樹子と肩を並べて、築地《つきじ》のほうへ向かった。

同僚の妻と銀座の目抜き通りを歩くこと、これ以上の冒険はない。知人に出会う確率も高いし、このあたりではテレビドラマが隠し撮りをすることが少なくない。誰にも出会わなかったとしても、テレビドラマの中に、不意に、映し出される可能性だってある。途中で、竜之介は公衆電話から銀座東急ホテルに電話をして、ダブルの部屋を予約した。

竜之介は紗樹子と歌舞伎座の前まで歩き、右に折れて、銀座東急ホテルに入った。

地下二階のメインバー『東』に入り、テーブル席に腰を下ろす。

サラリーマンふうの若い客が多く、ピアノの弾き語りを聞きながら賑やかに飲んでいた。

「びっくりしたわ。いきなり、ホテルに入るのだから。今にも心臓が口から飛び出しそうよ」

　腰を下ろすと、紗樹子は右手で胸を押さえた。

　竜之介は、ウェイトレスに紗樹子のためにカクテルのミリオンダラーを注文した。竜之介自身は、スコッチのダンヒルの水割りを頼む。

「ミリオンダラーって、百万ドルという意味でしょう。何だかリッチになった気分よ」

　紗樹子は運ばれて来たピンク色のカクテルに眼を輝かした。

「奥さんには百万ドルの価値がありますよ」

　竜之介は紗樹子を持ち上げた。

　ダンヒルの水割りを一口飲んで、トイレに立つふりをして、バーを出て、一階のフロントに行き、チェックインの手続きをする。

　部屋のキイを受け取ってバーに戻ると、紗樹子はグラスを空《から》にしていた。竜之介はプラスチックのバーについた部屋のキイを他の客に分からないように紗樹子に渡した。

「先に部屋に行って待っててください」

　耳元で囁《ささや》く。

　紗樹子は大きめのショルダーバッグに素早くキイをすべり込ませると、腰を上げ、足をもつれさせるようにして、バーを出て行く。

　竜之介はゆっくりと水割りを飲み、レジで料金を払い、エレベーターで部屋に上がって行った。

ドアをノックする。

待ち構えていたように紗樹子がドアを開けた。竜之介は廊下に人影がないのを確かめてから部屋に入った。

「わたし、怖いわ」

そう言いながらも、紗樹子はしがみつき、積極的にキスを求めてきた。柔らかい体だった。欲棒がズボンの中で固くなる。

紗樹子は竜之介の唇をむさぼりながら、手でズボンの上から欲棒をつかんだ。唇を離すと床に膝をついて、竜之介のズボンのベルトを弛《ゆる》め、ホックをはずし、ファスナーを引き下げる。ズボンは足元にすべり落ちた。続いて大きくふくらんだ竜之介のパンツも下ろす。解放された欲棒が嬉しそうに飛び出した。

紗樹子は竜之介の欲棒をパクリとくわえた。温かいぬめりが欲棒を包む。あまりの気持ちよさに竜之介は思わず呻《うめ》いた。

紗樹子は欲棒の根元をつかみ、頭を前後に動かした。

積極的に欲棒に唇による愛撫を加えてくるところは、いかにも夫の欲棒を扱い馴れている人妻らしい。男の欲棒に対して、最も積極的なのが、プロの女性と人妻である。

竜之介は紗樹子の頭を手でつかんだ。髪の中に指を入れ、紗樹子の頭の皮膚を掻きむしるようにして、快感を伝える。

紗樹子はしばらく欲棒を離さなかった。夢中になってしゃぶり続ける。

しばらくしゃぶってから、ようやく欲棒を離し、けげんそうに竜之介を見上げた。

「わたしのくわえ方、強すぎないかしら」

そう言う。いくら強くしゃぶられても、女芯自体の締めつけ方より強すぎることはない。

「強すぎないよ」

「よかったわ。夫はわたしのしゃぶり方は、強すぎる、と必ず文句を言うのよ。包茎って、先のところが敏感なのかしら」

「いつも包皮で保護されているから、敏感かもしれないね」

「それで、わたしのおしゃぶりをあまり歓迎しないのね」

紗樹子はそう言う。

竜之介は紗樹子を立たせ、ベッドに運ぼうとした。

「ダメよ。体を洗ってからよ」

紗樹子はそう言うと。竜之介の腕をすり抜けて、バスルームに入って行った。

竜之介は、裸になって、冷蔵庫から缶ビールを出し、テレビのスイッチを入れた。缶ビールを飲みながら、紗樹子が出て来るのを待つ。

紗樹子は間もなく、バスタオルを体に巻きつけて現われた。

「わたしにもビール飲ませて」

そう言う。竜之介は飲みかけの缶ビールを紗樹子に渡してバスルームに入った。

シャワーを浴びようとして、欲棒が赤くなっているのに気がついて、竜之介はギクリとなった。紗樹子の口による愛撫が激しかったので、欲棒がすり剝《む》けたのかと思ったのだ。

しかし、赤いのは紗樹子のルージュがついたせいだった。もしも、気がつかずにパンツをはいていたら、ルージュが付着していたところだったな、と竜之介は苦笑した。

欲棒についたルージュを洗い落として、バスルームを出る。

紗樹子は部屋の明かりを落として、ベッドに入って竜之介を待っていた。

人妻は最後の最後まで、ためらう者が多いが、紗樹子にはためらいはまるでなかった。

竜之介がベッドに上がっていくと、紗樹子は両手を首に巻きつけ、茂みを押しつけてきた。

「わたし、舌を使われるのって、大好きよ」

竜之介の耳元でそう言う。

舌を使ってくれ、というリクエストだな、と竜之介は思った。竜之介が体を洗う前に欲棒をしゃぶりにきたのは、お返しを求める伏線だったのだ。

竜之介は、一瞬、ためらった。舌を使って女体を愛撫する前戯は、予定に入っていなかったからだ。

夫にホステスの愛人がいる人妻は、病気を夫からうつされている可能性がある。というのも、愛人のホステスの男関係が複雑で、病気を持った男に遭遇する機会が多いと考えられるからだ。病気を持っていない場合でも、トリコモナスなどの『ムシ』を夫からうつされている可能性は高い。

もしも、病気やムシを持っている人妻と深い間柄になると、それがこっちに引っ越してきて、妻にうつしてしまうことになる。

竜之介はズボンの尻のポケットの定期券入れに、万一に備えて、いつもスキンを一個しのばせている。

今夜は、女芯には舌を使わず、結合するときは、そのスキンを使うつもりだった。

しかし、人妻から、舌を使ってほしいと言われれば、あつかましいリクエストだなとは思うが、イヤとは言えない。

——病気を持っていたり、ムシを飼っていて、もしうつされたら、治療すればいい。

竜之介は、そう、腹をくくった。

紗樹子の体を覆っている毛布をめくる。人妻の裸身が現われた。上半身よりも下半身が発達している女体である。典型的な人妻の体つきだ。

乳房は小さいが、ヒップは大きく張り出している。小さい乳房に大粒の乳首が飛び出していた。

竜之介は、まず、大粒の乳首をくわえた。

乳首は、はじめから、固かった。

乳首を吸いながら、手のひらで腹部から脇腹、太腿と撫で回す。すべすべした肌だった。

乳首もつまんでみる。平らに近い胸に無理やりふくらみを作った感じだった。弾力性はほとんどない。

ふたつの乳首で遊んでから、唇をゆっくり下降させる。腹部の可愛らしい窪《くぼ》みを通過して、茂みに近づくと、女の匂いがしだいに匂ってきた。

茂みはいっせいにそそりたっていた。縦長の逆三角形をした茂みである。茂みの下で、恥骨の丘がこんもりと盛り上がっている。

竜之介は太腿への舌と唇による愛撫は省略し、女の匂いがにおい立つ茂みに唇を押しつけ、熱い息を吐き出した。

「ああ……」

人妻の唇から快感を伝える声が洩れた。

4

竜之介は逆三角形の茂みの頂点を舌で探った。舌が女体の亀裂を探り当てる。亀裂は閉じられた状態だったが、ジワリ、と蜜液を滲《にじ》ませていた。

竜之介が亀裂に舌を割り込ませると、紗樹子は大きく両足を開いた。亀裂が左右に開き、秘密の眺めが現われた。

白玉粉をこねて作った小さな団子を親指で押し潰《つぶ》したような、一対の発達した淫唇が左右に開いていた。淫唇の内側に、ピンク色の溝が走っている。

女体の入口が溝の下部に漏斗《じょうご》状に口を開いていた。竜之介は溝を下から上へ舌で愛撫した。蜜液と女の匂いが舌にからみつく。

「ああ、凄《すご》い」

紗樹子は女体をうねらせた。

溝を往復させた舌で、亀裂の上部にふくらんでいる小突起を、ピンと弾《はじ》く。

「あはっ……」

紗樹子は女体をピクンと弾《はず》ませた。

竜之介は、毒食《くら》わば皿まで、の心境だった。始めたからには、入念に舌を使うほかはない、と思う。竜之介は左右に開いた淫唇も交互に吸った。

「あーっ、そんなの初めてよ……」

紗樹子は叫ぶ。

蜜液がほとばしるように溢れ出る。

「夫はいつも手抜きなのよ。こんなに丁寧にはしてくれないわ」

紗樹子はヒップを左右に振ったかと思うと、今度は突き出す。

竜之介は人差し指と中指を重ねて、通路に進入させた。襞《ひだ》の少ない通路だった。わずかに、天井にザラついたところがある。

「そうされるのって好きじゃないわ」

紗樹子は竜之介の手首をつかみ、腰をひねって進入者を追い出した。

女には、指が通路に入って来るのを好むタイプとイヤがるタイプがいる。イヤがるタイプの女の通路を指で攻め続けるのは、ときには、逆効果をもたらしかねない。

「指なんかより本物がいい」

紗樹子は空腰を使いながらそう言う。

小突起はめくれたカバーから、半分ほど頭を覗かせている。

竜之介は挿入を急がなかった。

小突起のめくれた頭に舌で挨拶をする。

「あーっ……」

紗樹子は叫びながら、下腹部に力を入れ、それから、ピクピクと全身を痙攣《けいれん》させた。

竜之介は小突起の裏側を舌でくすぐる。

「イクゥ……」

紗樹子は上半身を裏返しにするほど体をよじった。

「ああ、わたし、イクゥ……」

紗樹子は全身を痙攣させた。竜之介の舌の愛撫だけでクライマックスに達してしまったのだ。

竜之介の目の前にある女体の亀裂は、長さが半分ほどに収縮した。欲棒が入っていたら、強く締めつけられたところだな、と竜之介は思った。

やがて、亀裂はゆっくりと、二度、三度と収縮を繰り返した。

収縮がおさまり、亀裂が元の長さになると、紗樹子は大きく息を吐き出して、全身の力を抜いた。

「休憩よ」

紗樹子は一方的に休憩を宣言した。

——冗談じゃない。

竜之介は紗樹子に覆いかぶさって、いきりたった欲棒を通路に進入させた。

竜之介にすれば、唇と舌で女体を愛撫したのは、女体のオードブルを食べたようなものである。さてこれからメイン料理にとりかかろうというときに、食事の中止を告げられたのではたまったものではない。オードブルを食べたからには、フルコースに進むほかはない。

「イヤだぁ、まるで、強姦みたい」

紗樹子は欲棒が進入すると、体をピクピクさせた。たしかに女の意思を無視しての通路への進入だから、レイプだと言われれば、そうかもしれない。

「くすぐったい……」

欲棒を根元まで進入させると、紗樹子は首をすくめた。くすぐったいのは、クライマックスに達した証拠である。

「すぐに、また、よくなるよ」

竜之介は動きはじめた。

「わたし、一度イッてしまうと、二、三時間はダメなの」

紗樹子は申し訳なさそうに言う。

通路はまるで締めつけてこない。弛緩《しかん》しきったままである。

「それじゃ、僕だけ、勝手に終わることにするよ。とにかく一回ケリをつけなければ、落ち着かないからね」

竜之介は出没運動のスピードを上げた。

通路が締めつけてこないから、恥骨の丘に体を叩きつけるようにして刺激を求める。そうでもしなければ、とても爆発点には到達できそうもない。

竜之介が、爆発点が見えたな、と感じたときだった。通路に締めつける強い力が生まれた。

「ああ、いい……」

同時に、紗樹子が叫び、腰を突き上げた。

「ねえ、どうしたのかしら。わたし、また、よくなってきたわ。こんなこと、初めてよ」

大きく腰を使いながら、紗樹子はそう言う。

「オレ、出てしまいそうだ」

爆発点が見えてきたところで、突然、女体に参加され、大きく腰を使われたのでは、男はたまったものではない。一挙に爆発点に到達してしまう。

「待って。わたしもすぐだから、もう少しだけ待って」

紗樹子は無理な注文を出す。しかも、待て、というのなら、欲棒を刺激しないように、腰を使うのを控えるべきである。

ところが、紗樹子は竜之介の爆発にクライマックスを間に合わせようとして、一層激しく腰を使う。

――このままでは、爆発する。

竜之介はそう思ったので、欲棒を引き抜いた。

「あっ、ダメェ、抜いたらダメェ」

紗樹子の下半身が欲棒を求めて、ベッドの上で跳《は》ねながら、ずり下がる。結合をはずしたために、爆発は危ないところで回避できた。

「抜いたりしたら、せっかくイキかかっていたのが、ダメになっちゃうわ」

紗樹子は手探りで欲棒をつかむと、通路に導いた。

「抜かなかったら爆発していたよ」

「爆発してもいいから抜かないで」

紗樹子は、ふたたび大きく腰を使い始めた。

竜之介は、いったん抜いたのが功を奏し、爆発が遠ざかった。しかし、紗樹子の動きが激しいだけに、長くもたせる自信はまるでなかった。

「わたし、また、イキそう……」

紗樹子はグイと背中を持ち上げた。

通路が強く欲棒を締めつける。

竜之介はブレーキを弛《ゆる》め、動きを速めた。

爆発のリズムが始まり、熱いリキッドが勢いよく紗樹子の中に噴射した。

「あーっ……」

紗樹子は竜之介の背中に回した手に力を入れた。激しい痙攣が女体を襲った。

「ああ……」

紗樹子は痙攣をおさめようとして、竜之介の背中に爪を立てる。

通路がヒクヒクとなるのが分かった。

リキッドの噴射がおさまると、通路はゆっくりと弛緩し、紗樹子の体から力が抜けていった。背中に立てられていた爪からも力が消え、紗樹子は両手をダランと投げ出した。

紗樹子の目の下には、黒い隈《くま》ができていた。

竜之介の欲棒も、力がなくなり、小さくなった。

用済みになった欲棒を通路は押し出す。

竜之介はベッドに仰向けになってしばらく休息した。

紗樹子はすぐに寝息をたてはじめた。欲求不満だった人妻が満足したことをその寝息が物語っていた。

5

そのまま、放っておいたら、紗樹子は朝まで眠ってしまったかもしれない。

人妻が無断外泊をすれば、事件である。夫は問い詰め、妻は居直って白状するだろう。相手が同僚だと分かると、夫は絶対に許そうとはしないはずだ。それどころか、上司にすべてをぶちまけるに違いない。そうなれば、竜之介がせっかくつかんだ出世のパスポートも無効になってしまう。

「さあ、シャワーを浴びて帰ろう」

三十分ほど休ませてから、竜之介は紗樹子を揺さぶった。

紗樹子は目を覚ましてからも、ここがどこなのか、一瞬、分からないようだった。竜之介を見て、ようやく、浮気をしたことを思い出し、しがみついてくる。

「吉野君より先に帰ったほうがいい」

竜之介は人妻の背中を撫でながら囁いた。

「はい」

紗樹子は素直にうなずく。

竜之介は先に紗樹子にバスルームを使わせることにした。女は身仕度に時間がかかる。だから、情事のあとは、先に女に体を洗わせたほうがいい。

紗樹子は起き上がると、体をふらつかせながら、バスルームに入って行った。

竜之介は紗樹子がバスルームから出て来るまで、ベッドで横になって、疲れた体を休める。ベッドでは、どうしても、男の疲労度が高くなる。だから、事後はできるだけ体を休ませたほうがいい。

紗樹子は体を洗うと素っ裸でバスルームから現われた。

人妻は凄いな、と竜之介は全裸で歩き回る紗樹子を眺めながら溜息をついた。体の関係ができたのだから、もう、体を隠す必要はない、という居直った人妻の迫力のようなものが、紗樹子の裸身から滲み出ている。

竜之介は、入れ代わりに、バスルームに入って、石鹸とシャワーで情事の痕跡を洗い流した。

バスルームから出ると、紗樹子は裸のままデスクの前の椅子に腰を下ろし、壁にはめこまれた鏡に向かって化粧をしていた。

「ねえ、円城寺さん」

パンツをはき、シャツを着る竜之介に鏡の中から話しかける。

「吉野のこと、よろしくね」

紗樹子はルージュを塗りながら、夫の名前を出した。

「これまで吉野は中西課長の腰巾着《こしぎんちゃく》だったから、円城寺さんにとっては面白《おもしろ》くない男だったかもしれないけど、わたしの体に免じてこれまでのことは水に流していただきたいの」

紗樹子は媚《こ》びるように鏡の中から笑いかけてきた。

「吉野がお世話になったら……」

紗樹子は再度の情事を匂わせた。

「分かりましたよ」

竜之介は苦笑いしながらうなずいた。

次の週の月曜日に、竜之介は会社に出勤した途端、玄関で吉野と鉢合わせした。

「やあ、円城寺さん、お早うございます」

吉野は笑顔で竜之介に挨拶をした。その笑顔は、妻の浮気にまるで気がついていない男の穏《おだ》やかなものだった。

「お早うございます」

竜之介は会釈《えしゃく》をしながら良心が痛んだ。

「久し振りに今夜あたりどうですか」

竜之介は口にグラスを運ぶジェスチュアをした。良心の痛みに、思わずそんな言葉が口をついて出たのだ。

「ありがとうございます。ぜひ、お供をさせてください」

吉野は眼を輝かした。

「それじゃ、六時に、ここで落ち合いましょう」

竜之介はそう言った。

「必ず六時に参ります」

吉野は嬉しそうに頭を下げた。

竜之介が自分の席について間もなく、机の上の電話が鳴った。受話器を取ると紗樹子からだった。

「うちの人から電話があったわ。円城寺さんに誘われた、と興奮気味に報告してきたの。早速、誘っていただいてありがとう」

紗樹子は甘えた声を出した。

「いや、まあ、あれなので ね」

竜之介は要領を得ないことを口走った。

「うちの人、まったく気がつかなかったわよ」

不意に紗樹子は声をひそめてそう言った。

「吉野を早速誘っていただいたことだし、こちらも早速、お礼をしなければね」

紗樹子は楽しそうに含み笑いをした。浮気がばれなかったことで、どうやら、不倫の関係に自信を持ってしまったらしい。

「今度の金曜日に、また、銀座四丁目の和光の前でどうかしら。それまで、待てない、とおっしゃるのなら、あしたでもあさってでもわたしは構わないわ」

そう言って、うふふふ、と笑う。

その誘いに乗ったら、紗樹子の体に火をつけることになりそうだな、と竜之介は思った。そんなことになれば、紗樹子とは抜き差しならなくなる。

「今週の金曜日は、先約がありますし、ウイークデーは会社を出るのが遅くなるので、お目にかかるのはむずかしいと思います」

竜之介は額の汗を拭《ぬぐ》いながら、同僚の妻の申し出を婉曲《えんきょく》に断わった。

「残念だわ」

紗樹子は本当に残念そうな声を出した。

「とにかく、今夜、吉野君と胸襟《きょうきん》を開いて語り合いますよ」

「胸襟を開きすぎて、わたしのこと、口をすべらせないでね」

紗樹子は念を押して、電話を切った。

疲れが全身を襲い、竜之介は椅子の背にもたれて溜息をついた。

6

その夜、竜之介は吉野と新橋《しんばし》のヤキトリ屋でしたたかに飲んだ。

吉野は酔うほどに、竜之介に忠誠を誓い、会社のためなら、命を投げ出す覚悟だ、と繰り返して言った。

吉野の顔に紗樹子の顔が何度もオーバーラップした。

どんなに忠誠を誓ったとしても、竜之介が自分の妻の紗樹子と寝たことを知ったら、吉野は嫉妬《しっと》に狂い、反抗の矢を放つに違いない。

紗樹子とは二度と寝ないようにしよう。竜之介はそう自分自身に言い聞かせた。

「中西さんはとても冷たい人でした。子分だって、ときには切りかねない人です」

吉野は上体をふらつかせながらそうも言った。

「それは、出世をする人間の宿命だよ。部下ひとり切れないような人間は、けっして出世はできないものさ。社長がいい例だよ。これまで、ナンバー・ツウといわれていた部下を何人切ったか数えられないほどだよ。僕だってこれからは部下を切るかもしれない」

竜之介はそう言った。

「いや、円城寺さんは部下を切らないで出世をしていく、例外中の例外ですよ」

吉野は竜之介の言葉に首を振った。

たとえ切らなくても部下の妻と平気で寝るかもしれない……。

竜之介はそう思って苦笑した。

「円城寺さん、出世のコツは何ですか」

ふと、真顔になって吉野が聞いた。

「女でしくじらないことだろうな」

竜之介は即座に答えた。

竜之介自身、これまで女とはずいぶん遊んだが、しくじったことはない。一度でも、しくじっていたら、ここまではこられなかっただろう、と思う。考えてみると、それはラッキーなことである。

「女でしくじらないことですか」

吉野は唇を噛んだ。

「どうだい、最後は銀座で打ち上げるとするか。どこかいい店を知っていたらつき合うよ」

竜之介はカマをかけた。

しかし、吉野は自分の女がいる店に行こうとは言わなかった。

女でしくじるな、という竜之介の言葉がこたえたようだった。

二週間して、社長の長男の景太郎が美雪とハネムーンから帰って来ると、会社のトップの人事が具体的に動きはじめた。

まず、矢田部副社長の、子会社の社長への転出が決まった。

矢田部副社長と次期社長のポストを張り合ってきた坂井専務は副会長への昇格が決まった。副会長は社長よりも格は上だが、隠居同然だから実際の発言力はない。

倉沢社長は会長に退き、次期社長は村山常務でいくことが正式に決められた。

景太郎は常務に就任が決まった。

倉沢社長は、トップの人事を決めてから、社員の人事に手をつけた。

愛人志願

1

人事異動はかつてないほど大幅なものだった。

竜之介は重役になる最短コースである営業第一課長に昇進した。営業第三課長から営業第一課長に回っただけだから、表面はそれほどの栄転とは思われないが、営業第一課長と営業第三課長では、月とスッポンほどの違いがあるのだ。営業第三課長は次はせいぜい地方支店の次長だが、営業第一課長の次は取締役営業部長か取締役秘書室長である。

竜之介のライバルだった営業第二課長の中西は、オーストラリア支店の営業部長の辞令を受けた。こちらは課長から部長になったのだから、栄転のように思われるが、海外支店の部長は本社の課長と同格だから、横すべりをしただけである。

急死した重村のピンチヒッターだった竜之介の前任者はパリ支店長になった。

竜之介の後任の営業第三課長には吉野が回った。管理課長の吉野にすれば、日の当たる営業第三課長のポストは昇進も同然である。

吉野が営業第三課長になると、吉野の妻の紗樹子は、早速《さっそく》、竜之介にお礼の電話をかけてきた。

「吉野は銀座の女と別れたし、今度は日の当たるポストを与えられたし、それもこれもみんなあなたのお陰よ。早くお礼をしたいわ」

紗樹子は鼻にかかった声を出した。

お礼というのは体を抱かせることである。

竜之介は紗樹子の誘いをのらりくらりとかわした。それだけは二度としてはならない禁断の情事である。

出世レースで竜之介に大きく差をつけられた中西は寂しそうに机の引出しを整理し、竜之介のところに挨拶にやって来た。

「新規蒔《ま》き直しだよ。これで君には差をつけられたけど、きっと追いついてみせる」

中西はきっぱりと言った。

「早く帰って来いよ。ライバルが不在だと気合が入らなくて困るからな」

竜之介は余裕をみせて中西と握手をした。

中西というライバルがいなければ、これほどまでに出世に意欲を燃やしたかどうか分からない。その意味では中西は感謝すべき存在である。

中西は辞令を受けた五日後に、妻子と一緒にオーストラリアに飛び立った。

前任者から仕事の引継ぎをすませると、営業第一課長になった最初の仕事が待っていた。

最初の仕事は入社試験を受けた学生の面接を人事担当常務の景太郎と小坂《こさか》人事部長の三人で行なうことだった。将来の重役として部下にふさわしい人物を選抜する仕事である。

初日が男子で、二日目が女子だった。女子は大半が短大生で、四年生大学の女子学生も何人かいた。

その短大生の中に、美少女をそのまま大人にしたような子がいた。大島菊江《おおしまきくえ》というのがその子の名前だった。竜之介はその名前をしっかりと胸に刻み込んだ。

大島菊江のことは面接のあとの選抜会議でも話題になった。

「あの子以上の美人はいないのじゃないかな」

景太郎は興奮気味にそう言った。

「光り輝いている感じでしたからね」

小坂人事部長もうなずいた。

「しかし、入社しても一年もちますかね」

竜之介は首をかしげた。

「どういう意味かね」

景太郎は険《けわ》しい表情をした。

「誰かが一年以内に口説《くど》き落として結婚するような気がします」

「うーん、結婚か」

景太郎は腕組みをした。

「それじゃ、僕の秘書にして、若い社員からガードするしかないな」

「大丈夫ですか、奥さん。あんな美人を秘書にしたら、ヘソを曲げるのではありませんか」

「美雪のヤツ、ヤキモチ焼きだからなぁ」

景太郎はガックリと肩を落とした。

「まあ、配属はあとで考えるとして、とりあえず、採用だけは決めましょう」

小坂が結論を出した。

採用不採用の通知は、ただちに、受験者に郵送された。

数日後、竜之介のところに、若い女の声で電話がかかった。

「会社のことで相談に乗っていただきたいのですが」

女はそう言う。

「本年度の採用試験は終わりましたよ」

竜之介は事務的に答えた。

「わたし、採用の通知を受けたものです。円城寺課長さんは、面接をなさった方ですわね。それで、お話を伺《うかが》いたいと思いまして。ひょっとして、わたしの希望する職場ではないかもしれない、という気がするものですから」

「お名前は」

「大島菊江と申します」

女は名前を言った。あのピカ一の美人である。

「分かりました。今夜、お目にかかりましょう」

竜之介は即座にそう答えた。

ピカ一の美人に逃げられては会社の損失である。会社のために何としても説得しなければ、と思う。

「何時に、どこへ、うかがえばいいでしょうか」

「七時に新宿の西口の地下広場の交番の前でいかがですか」

「分かりました」

大島菊江は電話を切った。

2

その夜、竜之介は約束の十五分前に交番の前に着いた。たくさんの男女が待ち合わせをするために交番の前に立っていた。大島菊江はすでに来て竜之介を待っていた。

菊江はすぐに分かった。そこだけがまるで輝いているように明るかったからだ。

「やあ、早かったね」

竜之介は大島菊江のそばへ近寄って話しかけた。菊江のほうは竜之介に気がつかなかったようで、話しかけられて体をピクッとさせた。

「お忙しいところをご無理を言って」

菊江はピョコンと頭を下げた。

菊江の周囲にいた男たちが、竜之介が現われたので失望して、散って行った。待ち人が現われなければ誘ってやろうと手ぐすねを引いていた男たちである。待ち合わせの名所はこうした手合いが少なくない。

「食事でもしながらお話を伺いましょう。近くに京料理の店がありますけど、そこでどうですか。嫌いだったら別の店にしますけど」

竜之介は菊江の表情を窺《うかが》った。

菊江は戸惑った顔をした。

「あのう、わたし、ハンバーガーとかスパゲティとかピザなどの店しか知らないのです。たまに、ステーキの店に行くこともありますけど、京料理って食べたことがないので、好きか嫌いか、と聞かれても分かりません」

菊江は首を振った。

「食べてみようという気はありますか」

「ええ。わたしにはとても手が出そうもないので、ご馳走《ちそう》していただけるのでしたら」

菊江は白い歯を見せた。

「もちろん、ご馳走しますよ」

竜之介は西口の地下道を歩いて、新宿センタービルに入り、そこからさらに地下道をくぐって、野村ビルと安田海上火災ビルの地下二階の地下街『ペアタウン』に菊江を案内した。京料理『下鴨《しもがも》茶寮』はそこにある。

暖簾《のれん》をくぐって、店内に入ると、いくつかの小座敷と、テーブル席がある。予約はしていなかったが、テーブル席が空《あ》いていた。竜之介は月変わりのコースを注文した。

「可愛い！」

運ばれて来た料理を見て菊江は歓声を上げた。あまりきれいに作られているので、食べてしまうのがもったいない、という。

そう言いながらも、菊江は次々に運ばれて来る料理を、熱心に平らげていった。その食欲に若さが溢れていた。

竜之介がすすめると日本酒の冷やもうまそうに飲み干す。飲みっぷりも素晴らしい。

料理のコースが終わりにさしかかったとき、竜之介は本題に入った。

「ところで、うちの会社が希望する職場ではないかもしれないから話を聞きたいということでしたが……」

「ええ、要は円城寺さんのご返事しだいなの」

「僕の返事しだい？」

「わたし、中年の素敵な男性の愛人になりたいの」

竜之介は、いきなり脳天をしたたかに殴りつけられたようなショックを受けた。

入社すれば、ピカ一のＯＬになるのは間違いないと思われる美人の女子大生の口から、まさかそんな過激な言葉が出て来るとは夢想だにしなかったからだ。

「素敵な中年男の愛人になりたいのですか」

魂の抜けた声で、竜之介は菊江の言葉を復唱した。

「そのためにＯＬになりたいの」

「うちの会社には、菊江さんの希望するような素敵な中年男はいませんよ」

竜之介は力なく首を振った。

「わたし、五社ほど会社訪問をして、いろいろと調べたの。その会社にわたしが希望するような素敵な中年の男性がいるかどうかを」

菊江は体を乗り出した。

「うちの会社にはいなかったでしょう」

「いなかったら面接なんか受けないわ」

「それじゃ、いた、というのですか」

「将来有望な人がひとりだけいたわ」

「へえ」

竜之介は首をかしげ、盃《さかずき》を口に運んだ。

「その男性は、あなたよ、円城寺さん」

竜之介が酒を飲み込もうとしたとき、菊江はそう言った。

タイミングが悪かった。竜之介は酒を飲み込み損ね、目を白黒させて、むせかえった。

「だから、あなたの返事しだいだ、と言ったの。あなたがわたしを愛人にしてくれないのなら、ユニバーサル産業に入社してもしかたがないし、愛人にする、と言ってくださるなら、喜んで入社するわ」

むせかえって苦しんでいる竜之介に菊江はそう言う。

出世のために女は遠ざけようと思ったら、こんな美女が自分のほうから飛び込んで来るのだから……。

竜之介は恨《うら》めしそうに菊江を見た。どう考えても、見逃してしまうのはもったいない美人である。

こんなチャンスを逃すようでは、仕事だってチャンスを逃すはずだし、ツキだって逃げてしまうかもしれない。それに、菊江を愛人にしたからといって、それがただちにスキャンダルになるというわけでもない。

竜之介はそう考え直した。

むせかえっていただけ、考える時間をかせぐことができた。

「わたし、真剣なのです」

「なぜ、愛人になりたい、と思ったの?」

「だって、わたし、京料理すら食べたことがない世間知らずなのよ。このまま結婚したら夫になる男性にとっては、退屈な女でしかないと思うの。若くて美しい間はそれでもいいけど、年を取って、美しくなくなったら、きっと捨てられてしまうわ。だから、もっと、中年の男性から多くのことを学んで、自分を磨いてから結婚したいの」

「君は愛人が何をするか分かっているのだろうね」

竜之介は菊江を見た。

「セックスをするのでしょう」

菊江はケロリと言った。

竜之介のほうが心臓の調子が狂いそうだった。

「試してみる?」

菊江は誘う眼をした。

「だって、洋服を買うときだって、試着しないで買う人はいないでしょう。まず、抱いて、試してから、愛人にするかしないかを決めたらいいわ。抱いてみていやだったらそう言ってくれれば、他を探すわ」

菊江はそう言った。アルコールの酔いのせいか、口はなめらかになっている。

「ね、試してみたら」

「今夜?」

「早いほうがいいわ」

菊江はそう言いながら、さすがに顔を赤らめた。

「いいだろう」

竜之介はうなずいた。

「それじゃ、行こう」

竜之介はレジで勘定を払って、エスカレーターで地上に出た。

菊江はそっと竜之介の腕に手をからませ、頬をすりつけた。

3

竜之介は目の前にそびえたつセンチュリーハイアットに向かった。

予約はしていかなかったがダブルベッドの部屋に空きがあった。その部屋にチェックインする。

ボーイの案内は断わって、エレベーターで部屋のある二十五階に上がる。

部屋に入ると、菊江は窓のそばに立って、眼下を見下ろした。

竜之介はドアをチェーンでロックして、菊江のそばに行き、背後から抱き締めた。

ほっそりした体だった。胸のふくらみを撫で、腹部から茂みを撫でる。

菊江はクルリと向き直ると、キスをしてきた。両手を竜之介の首に巻きつけ、舌をからませてくる。清純そのものと思っていた菊江は、意外にもキスのベテランだった。

竜之介の欲棒が固くなり、菊江の腹部を突いた。

キスをすませると、菊江は竜之介のズボンのベルトをはずした。ホックをはずし、ファスナーをずり下げる。ズボンは足元にすべり落ちた。

菊江はひざまずいた。菊江の顔のすぐ前に、ふくらんだパンツがくる。菊江はゆっくりとパンツを下げた。

欲棒が勢いよく飛び出した。菊江は欲棒をつかみ、先端を口にふくんだ。温かいぬめりが欲棒を包み、竜之介は小さく呻《うめ》いた。

菊江はゆっくりと頭を動かした。

欲棒はぬめりの中でますます固くなった。

「苦しいわ。大きすぎるわ」

菊江は苦しそうに欲棒を口からはずした。

竜之介は菊江をベッドに押し倒した。

「待って。お風呂に入らせて」

菊江は首を振った。起き上がると、ホテルの浴衣《ゆかた》を持って、バスルームに入って行く。

すぐにシャワーの音が聞こえはじめた。

竜之介は裸になると、バスルームに入って行った。

「きゃぁーっ」

菊江はシャワーを浴びていたが、悲鳴を上げて、バスタブの中にしゃがみ込んだ。

「なんだ、試してみろ、なんてカッコいいタンカを切りながら、悲鳴なんか上げたりして」

「だって、いきなりなんだもの」

菊江はしゃがんだまま、両手で乳房を押さえた。

「さあ、立って」

竜之介は後ろに回って、菊江を立たせた。体をピッタリと菊江の背中に密着させる。シャワーノズルを受け取って、菊江の腹部にお湯をかけ、石鹸をつけ、手で泡立てる。

「イヤだぁ、くすぐったい」

菊江は体をよじった。

竜之介の欲棒がいきりたち、ヒップに分け入る。

「イヤン……」

竜之介は菊江の溝を左手で開いて、シャワーをそそいだ。

「うふん……」

菊江は体をもじもじさせる。

欲棒はますますヒップに食い込んだ。

竜之介は菊江を前かがみにさせ、タイルの壁に手をつかせた。

片足をバスタブの縁《ふち》に上げさせ、体中に石鹸をつけ、手のひらで泡立てながら、全体に伸ばす。ついでにアナルから女の溝を洗う。

「いやっ……」

菊江はヒップを振った。

竜之介は欲棒に石鹸をつけた。そのまま、菊江のヒップの間に欲棒をグイと差し込む。

「あっ……」

菊江が叫んだときには、立ったまま、バックから結合していた。

結合した状態で菊江の背中の石鹸を流す。

「ああ……」

菊江は背中を伸ばし、竜之介にもたれかかる。

竜之介は後ろから女体を抱く形になった。ゆっくりと菊江の体を撫で回す。

肌はきめこまかで、さっと水を弾《はじ》き、手のひらに吸いついてくる。あまり大きくない乳房は弾力性があり、つかむと指を押し返す。

茂みはふわりと盛り上がっていた。茂みの下の恥骨のふくらみは小さかったが、尖《とが》った形をしている。小突起はしっかりとした大きさを持っていた。

竜之介は乳房から小突起まで、両手で交互にくまなく撫でた。

「ああ、いい……」

通路が欲棒を締めつけた。

菊江は首をねじまげて、キスを求めた。

竜之介は首筋にキスをした。

「ああ、わたし、ヘンになっちゃう……」

菊江は通路をリズミカルに締めつけながら、体を震わせた。

「あうっ……」

叫びながら、後ろ手で、竜之介の体をつかもうとする。クライマックスに達する寸前だった。

竜之介はシャワーの蛇口を女体の通路に当てた。

「ひいっ……」

菊江は大声で叫び、通路を締めつけ、ぐったりとなった。イッてしまったのだ。

竜之介は結合を解いて、菊江を抱き上げ、バスタブから出た。ドアを開けてベッドに向かう。

菊江を仰向《あおむ》けにすると、裸身を眺める。初めて見る裸身だった。

乳房は大きく、両サイドに張り出している。乳首はやや、上向きで、喧嘩をしたように互いにそっぽを向いていた。乳首と乳輪はピンク色である。

茂みは面積が小さく、逆三角形に短い毛が生えている。一本一本の毛はほとんど縮れてはいない。直毛で、しかも、短毛である。

茂みの下に、女の通路が開いていた。

女の通路は裂け目が小さい。竜之介の中指の第二関節までの長さしかない。普通、だいたい、中指の長さがある。菊江のは、中指を当てると、先端が入口にさわり、第三関節が小突起にさわる。

恥骨の丘は小さいが、きちんとしたふくらみを持っていた。圧迫感が期待できるふくらみである。

女体の入口は通路の下のほうにあった。いわゆる下付きである。立ったまま後ろからひとつになれたのは、下付きのせいだな、と竜之介は思った。

女体を眺めてから、改めてひとつになる。

恥骨のふくらみは期待したとおりの圧迫感を伝えてきた。恥骨が尖った感じがするのは小さいからである。

下付きの女は両足を上に上げるようにするものだが、菊江は両足を伸ばし気味にしたまま、結合している。

竜之介はゆっくりと動きはじめた。

「あーっ……」

菊江はふたたびあえぎはじめた。

通路がヒクヒクと締めつけてくる。

「なかなかいいじゃないか」

竜之介はそう言った。

菊江は答えるどころではない。

「ああ……」

菊江は失神寸前であえいでいた。

こんな愛人なら悪くない。

竜之介はそう思った。

「ねえ、わたし……」

菊江はしきりに竜之介の背中を引っ掻く。

竜之介はこれ以上待てなくなった。

そのことを菊江に告げる。

「わたし、イクゥ……」

菊江の体が弓なりになった。竜之介もそれ以上は持ちこたえられなかった。

熱い噴射を浴びせかける。

「あうっ……」

菊江は背中を持ち上げたまま、竜之介を振り落とそうとするように体をよじった。

「熱いわ……」

そのままの姿勢で呻く。

竜之介は菊江にしがみついて、リズミカルに熱射を浴びせかけた。

やがて、噴射はおさまった。

弓なりになっていた女体が弛《ゆる》み、長々となった。両手は上に上げたままである。

柔らかくなった欲棒が女体から押し出された。

竜之介は仰向けになって荒い呼吸をした。

「ねえ、合格？　それとも不合格？」

菊江は竜之介に両手と両足を巻きつけてきた。

「もちろん、合格だ」

竜之介は菊江を抱き寄せて背中を撫でた。

「ウフン、また、感じてきたわ」

菊江は鼻にかかった声を出した。

「ねえ……」

欲棒を握ってくる。

「またかね。しばらく休ませてくれないか」

「いやっ。もう一回してくれたら、休ませてあげる」

「体がもたないよ」

竜之介はそう言いながらも、体が回復を始めたのを感じた。いつもより回復が早い。

「今度はわたしが上になるわ」

菊江は回復を確かめると嬉しそうに言う。

その夜、竜之介は三回菊江を抱いた。

翌朝、もう一回。

会社にたどり着いたときには、女の顔なんか見たくもないほど消耗してしまっていた。

4

出社すると、待ち構えていたように、中丸恭子が電話をかけてきた。

「ちょっと、会いたいのだけど」

そう言う。

「いいだろう」

相手が恭子ならしかたがない。竜之介は溜息をついた。

「今夜、いつものホテルで、六時半にね」

恭子はそう言うと電話を切った。

竜之介は会社を抜け出して近くの薬局に走った。疲労回復のドリンク剤を求め、四本たて続けに飲む。

「そんなに飲んじゃ体に毒ですよ」

薬局の主人はあっけにとられ、そう言う。

「しかたがないよ。今朝までに四つもしたのだから。今夜は今夜で約束があるし」

「そんなにモテモテでは命を縮めますよ」

薬局の主人は面白くない顔をした。

その夜、竜之介はいつも恭子と会うときに使っているホテルに出かけた。恭子は先に来て待っていた。

ホテルの部屋に入ってキスをすると、恭子はそう言った。

「わたし、結婚しようと思うの」

「結婚する?」

竜之介は予想もしなかった恭子の言葉に目を剝《む》いた。

「いったい、誰と?」

恭子の眼の中を覗き込む。

恭子はうるさそうに竜之介の眼を避けた。

「社長の知り合いの方で、先方は再婚なの」

恭子はソファに腰を下ろした。

「長い間おつかえした社長さんは会長になられたし、あなたは営業第一課長になったし、ここらできちんとしようと思うの」

恭子はそう言った。

「だから、今夜があなたに抱かれる最後なのよ。結婚したら、貞淑な妻でいたいと思うの」

恭子は改めてキスを求めた。竜之介はしっかりと恭子を抱いて、長いキスをした。

不思議なもので、これが最後だ、と言われると、人間ハッスルするものである。

竜之介は恭子をベッドに押し倒して、パンストとパンティを脱がせた。

恭子の亀裂はグッショリとなっていた。

昨夜、男のリキッドを残らず菊江に絞り取られたはずなのに欲棒はいきりたっていた。

竜之介は早くひとつになりたいと思った。恭子も思いは同じらしい。

竜之介は恭子のスカートをめくり上げると、ズボンとパンツを脱ぎすてて、いきなり結合した。

「あっ……」

恭子は小さく呻いて体を震わせた。

通路の中も蜜液を湛《たた》えている。馴れている同士にはときには前戯は不要である。

「わたし、今夜はヘンだわ……」

恭子は竜之介の背中に手を回しながら小さく呻いた。

前戯を省略すると、それだけ持続力が長引く。前戯を行なうと、興奮して、リキッドの発射が早くなるからだ。

しかも、前夜から今朝にかけての菊江との四回の勝負で出すものはあらかた出しているので、さらに持続力はついている。その持続力にものをいわせてグイッ、グイッと攻めつける。

「わたし、ダメェ……」

恭子はシーツを握りしめてのけぞった。ヒクッ、ヒクッと通路がリズミカルに収縮する。

その収縮がおさまると、恭子はグッタリとなった。

竜之介はそのまま運動を続けて、リキッドを放出しようかと思ったが、辛《かろ》うじて思いとどまる。

「わたし、あなたと別れられるかしら」

恭子は重なっている竜之介の首に腕を巻きつけてキスをした。

「だんだんあなたがよくなるもの」

恭子は竜之介を見つめた。

「以前はわたしが先にイッたら、必ず追いかけてきてあなたも爆発していたわ。でも、今はそうやってわたしの回復を待っているわ」

恭子はそう言う。

違うんだよ、これは、昨夜、浮気をしたせいなんだ……。

竜之介は危うく本当のことをしゃべりそうになった。これも間一髪のところでその言葉を呑み込み、キスでごまかす。

「大丈夫だよ。それだけ、重村先輩の思い出が薄らいでいったということだし。きっと、誰と結婚してもうまくいくよ」

竜之介はそう言った。

もともと、恭子は亡くなった重村先輩のオフィスワイフだった。重村が出張先のヨーロッパで急死したあと、竜之介が引き継いだのである。

「もしも、うまくいかなかったら？」

「僕が君の身柄は引き受けるよ」

竜之介はそう言った。本気でそう思っていた。

菊江を愛人にする約束をしたばかりだったが、恭子には恩を感じている。万一、結婚生活に失敗したら、荷物の半分は背負ってやるべきだろう。

「ありがとう」

恭子は欲棒を締めつけてきた。回復してきたのだ。

「裸になって、今度は本格的にやろう」

竜之介は結合を解いて裸になった。

「わたし、シャワーを浴びてくるわ」

恭子は裸になりながらそう言った。

その手を引き戻しベッドに押さえつける。

「シャワーはあとにしろよ」

竜之介はそう言うと、匂いの強い恭子の溝に唇を押しつけた。

「あっ……」

恭子は驚いて逃れようとした。

「じっとして。君の匂いを脳裏に刻み込んでおきたいのだ」

竜之介は舌で溝をさらった。女芯の匂いが竜之介の後頭部を甘く痺《しび》れさせた。

ひとつになってからも、竜之介はなかなかクライマックスに達しなかった。その間に、恭子は何度ものぼりつめる。ついに、恭子はすべてのヒューズを飛ばして動かなくなった。そして、ようやく竜之介は爆発を迎えたのだった。

そのまま、朝までぐっすりと眠る。

目が覚めてから、シャワーを浴びて、ふたたび抱き合う。

「さあ、会社だ」

小一時間ほどかけて楽しむと、竜之介は起き上がって、会社に出かける身仕度を始めた。

「わたし、きょうは会社を休むわ」

満足した体をシーツの上に伸ばして、恭子はそう言った。恭子はとても幸せそうだった。

5

恭子はその翌日、会社に退職願を出し、新しい社員が入って来るのを待って辞めることになった。

結婚の相手はユニバーサル産業の子会社の副社長の小森《こもり》という男だった。数年前に奥さんをガンで亡くし、男手ひとつでふたりの娘を嫁がせて、いよいよひとりになったので再婚することにしたというのだ。

それから、一週間して、竜之介は小坂人事部長に呼ばれた。

「この間の、大島菊江君のことだけど、中丸恭子君が辞めたら、村山社長の秘書にしたらどうかと思ってね。景太郎さんも岳父《がくふ》の秘書なら手は出さないだろうし、他の社員だって遠慮をするはずだ」

小坂はそう言った。

「なかなか、名案ですね」

竜之介はニヤニヤした。

菊江を社長秘書にするのは竜之介の望むところである。これで、社長の考え方をリークしてくれる恭子の後継ぎができたようなものである。

「大島菊江君の処女は、われわれが死守しなければならないからね」

小坂は肩に力を入れた。

「しかし、処女ですかねぇ」

竜之介は菊江の痴態を思い出し、空とぼけて首をひねった。

「処女に決まっとる」

小坂人事部長は断定した。

「絶対にあの子は処女だ」

小坂は大きくうなずいた。

竜之介はそれ以上逆らわなかった。

雑談をして部長室を出る。

竜之介は菊江とは、毎週、金曜日にデートをすることに決めていた。

「君の配属先が決まったよ。社長秘書だ」

次の金曜日に、新宿駅の西口の交番の前で落ち合うと竜之介は菊江にそう言った。

「わたし、そんな大役、できるかしら」

菊江は不安そうな顔をした。

「大丈夫だよ」

竜之介は菊江の背中を叩いた。

「分からないことがあったら、僕が教えてあげるよ」

そう言って元気づける。

「よろしくお願いします」

菊江は神妙に頭を下げた。

竜之介は、この夜は、ホテル・センチュリーハイアットの隣りのビルの第一生命ビルの下にある『人形町今半《いまはん》』に連れて行った。

ここで、シャブシャブ懐石を食べさせる。菊江はシャブシャブ懐石は初めてだという。

「中年の男性とつき合うと、珍しいものが食べられるから素敵よ」

そう言って、忙しそうに箸を動かす。

食事の途中で竜之介は席をはずし、センチュリーハイアットのフロントに行って、ダブルベッドの部屋にチェックインの手続きをとった。

食事をすませると、竜之介は菊江と一緒に一階からエレベーターに乗った。一階から乗ると、フロント階の二階は呼ぶものがいないと素通りする。エレベーターは二階を素通りして、部屋のある二十五階に着いた。

部屋に入ると、竜之介は菊江を抱き寄せてキスをした。菊江は力を抜いて、唇を竜之介に吸われている。菊江の手がズボンの上から欲棒を撫でた。

「ねえ、社長秘書って、社長がしようと言えば、イヤだとは言えないのでしょう」

唇を離すと、体を預けたまま、尋ねる。

竜之介は初めは菊江が何のことを言っているのか分からなかった。

「何を社長がしようと言うのかね」

「もちろん、セックスよ」

ケロリとした顔で菊江は言った。

「社長はそんなことは言わないよ」

「だって、映画なんかでは、社長秘書って、たいてい、社長に抱かれているわよ」

「それは映画の中での話だよ」

竜之介は菊江を裸にしはじめた。菊江はたちまちブラジャーとパンティだけになった。

「社長さん、ホントにこんなことしないかしら」

「しないと思うよ」

「わたし、そんなに魅力がないかしら」

「魅力があるとか、ないとかじゃないよ。経営者の姿勢の問題だ」

竜之介は菊江のブラジャーを取った。

形のいい乳房が現われた。

「わたしが社長さんを誘惑したら、どうなるかしら」

「ヘンなことを考えないでくれよ」

竜之介はパンティを脱がせた。パンティに押しひしがれた茂みが伸びを始める。

「誘惑してみたいわ、社長さんを」

菊江は裸のまま、クルリと回ってみせた。

そのまま、バスルームに入る。

竜之介は溜息をついて、裸になった。社長を誘惑なんかされては、一大事である。

竜之介はバスルームに入ろうとしたが、きょうは中から鍵がかかっていた。

竜之介は裸のまま、冷蔵庫からビールを出して飲みはじめた。十五分ほどで、菊江はバスルームから鼻唄を歌いながら出て来た。

バスタオルを胸に巻きつけている。

「ねえ、ミニスカートから太腿をチラチラさせるというのはどうかしら」

菊江はバスタオルの裾《すそ》を茂みぎりぎりまで持ち上げた。

「それとも、胸を大きく出したほうがいいかしら。年を取ると、オッパイのほうがいいというから」

「どっちも社長の血圧を上げるからダメだ」

竜之介は菊江の手をつかんで、ベッドに腰を下ろし、膝の上に腹這いにさせた。

「悪い子だ」

そう言って、お尻をパシパシと叩く。

「ああっ、いいっ……」

菊江は嬉しそうな声を出した。

「ねえ、もっと遠慮せずにひっぱたいて」

そう言う。

「社長を誘惑なんかするなよ」

竜之介はそう言って、ピシャッ、と叩く。

「いいわ……」

菊江はうっとりと、竜之介を見上げた。

「それから、社長の考えはまずオレに教えること」

「分かったわ。だから、もっとぶって……」

菊江は体をよじる。

「驚いたな。こんな趣味があるなんて」

竜之介はボヤきながら、パシッと叩く。

「ああ、最高」

菊江はヒップを真っ赤にしながら、竜之介を押し倒し、上からのしかかって、キスを求める。

竜之介は唇をむさぼられて呻いた。

「うぐっ……」

菊江は竜之介に馬乗りになって、欲棒をつかみ、ひとつになった。

「ああ、わたし、もう……」

乱暴に体を前後に揺さぶって、結合した部分をこすりつける。

「いいわ……」

菊江は両手で髪の毛を後ろから持ち上げ、体をよじった。

「いいっ……」

大声で叫ぶ。火をつけてしまったな、と竜之介は思った。

「あーっ……」

菊江は叫びながら、ヒクヒクと欲棒を締めつけた。

「やっぱり、あなたがいいっ……」

グラリと体を揺らし、仰向けに倒れそうになる。

「ああ、わたし、もう、ダメーッ……」

竜之介は菊江の手をつかんで引き戻した。そのまま仰向けに倒れられたのでは、欲棒が折れてしまう。

菊江は竜之介の胸の上に倒れ込み、荒い呼吸をした。熱い蜜液が奥から流れ出る。

竜之介は静かに菊江の背中を撫でた。

「頼むから、社長を誘惑することだけはやめてくれないか」

耳元で囁く。

「だったらわたしを毎週、必ず可愛がってくれる？」

「必ず、可愛がるよ」

「だったら、いいわ」

菊江は深呼吸をして竜之介にしがみついた。

竜之介はホッとした。これで、どうにか、ポスト恭子の体制が出来上がったからだ。

いよいよ、これからが、胸突き八丁である。

あとがき

代議士に当選した者は、誰もが一度は総理大臣のポストにすわることを夢見るという。同じように、サラリーマンの夢は一国一城の主《あるじ》になることである。

脱サラを敢行して、社長兼小使いと言われようと、社長という肩書を名刺に刷《す》り込む人があとを断《た》たないのもそのためである。

会社という大きな組織に組み入れられ、脱サラもままならないサラリーマンは、せめてエリートコースから重役のポストを手にしたい、と思うものである。

重役が無理なら部長でもいい。何とかして、もうひとつ上のポストへ、できればその上に這《は》い上がりたい……。

そう考えるのが自然である。

これは、サラリーマンのささやかな野望である。

わたしはサラリーマンを目指さなかった男である。サラリーマンには不適な人間だからである。

わたしは耳が悪い。難聴である。

生まれ落ちるとき、本来なら顔の皮膚にならなければならない組織を、耳の中に残して生まれてきた。

そのために耳の中で皮膚の組織が新陳代謝を繰り返し、耳の器官をじわじわと破壊し、わたしから聴力を奪っていった。新陳代謝を繰り返しても出口のない密閉された耳の中では、古い皮膚は行き場がない。耳の中で真珠のようにふくれ上がるだけである。

医学的に言うと、真性《しんせい》真珠腫性《しんじゅしゅせい》中耳炎《ちゅうじえん》というのだそうである。

聴力が常人の半分もない男がサラリーマンになったら悲劇である。

上役の命令は聞こえない。同僚との会話には入っていけない。

ヘマばかりやって昇進は遅れ、ＯＬの失笑を買うのが関の山である。

だから、わたしは初めからサラリーマンになることはあきらめた。

サラリーマンになっても出世するどころか、最初から落後者の道を歩むことは分かりきっているからだ。

それだけに、サラリーマンになって出世をしてみたかった、という気持ちはサラリーマンよりも強い。

そういった気持ちが、わたしにサラリーマンのサクセスストーリーを書かせると言ってもいい。

本書はご一読いただけば分かるが、サラリーマンのサクセスストーリーである。

実際にサラリーマンとして功成《こうな》り名遂《なと》げた男の書いた、自分の歩いて来た道の自慢話や苦労話ではない。
あくまでも、サラリーマンの夢、男の本懐を描いたものである。
理屈抜きに楽しんでいただくならそれで満足である。

豊田行二《とよだこうじ》

（本書は、平成元年二月に刊行した作品を、
大きな文字に組み直した「新装版」です）

野望街道

一〇〇字書評

切・り・取・り・線

購買動機（新聞、雑誌名を記入するか、あるいは○をつけてください）

□（　　　　　　　　　　　　　　　　）の広告を見て
□（　　　　　　　　　　　　　　　　）の書評を見て
□ 知人のすすめで　　　　　　　□ タイトルに惹かれて
□ カバーが良かったから　　　　□ 内容が面白そうだから
□ 好きな作家だから　　　　　　□ 好きな分野の本だから

・最近、最も感銘を受けた作品名をお書き下さい

・あなたのお好きな作家名をお書き下さい

・その他、ご要望がありましたらお書き下さい

住所	〒				
氏名		職業		年齢	
Eメール	※携帯には配信できません	新刊情報等のメール配信を 希望する・しない			

この本の感想を、編集部までお寄せいただけたらありがたく存じます。今後の企画の参考にさせていただきます。Eメールでも結構です。

いただいた「一〇〇字書評」は、新聞・雑誌等に紹介させていただくことがあります。その場合はお礼として特製図書カードを差し上げます。

前ページの原稿用紙に書評をお書きの上、切り取り、左記までお送り下さい。宛先の住所は不要です。

なお、ご記入いただいたお名前、ご住所等は、書評紹介の事前了解、謝礼のお届けのためだけに利用し、そのほかの目的のために利用することはありません。

〒一〇一‐八七〇一
祥伝社文庫編集長　坂口芳和
電話　〇三（三二六五）二〇八〇

祥伝社ホームページの「ブックレビュー」からも、書き込めます。
http://www.shodensha.co.jp/bookreview/

祥伝社文庫

野望街道《やぼうかいどう》　新装版

平成22年12月20日　初版第1刷発行
平成25年12月10日　　　　第3刷発行

著　者　　豊田行二《とよだこうじ》

発行者　　竹内和芳

発行所　　祥伝社《しようでんしや》

東京都千代田区神田神保町3-3
〒101-8701
電話　03（3265）2081（販売部）
電話　03（3265）2080（編集部）
電話　03（3265）3622（業務部）
http://www.shodensha.co.jp/

印刷所　　萩原印刷
製本所　　ナショナル製本

Printed in Japan ©2010, Kōji Toyoda　ISBN978-4-396-33631-8 C0193